¡NOSOTROS!

William Ospina
O País da Canela

TRADUÇÃO
Eric Nepomuceno

*mundaréu

© Editora Madalena, 2017
© William Ospina, 2008
c/o Schavelzon Graham Agencia Literaria
www.schavelzongraham.com

TÍTULO ORIGINAL
El País de la Canela

COORDENAÇÃO EDITORIAL – COLEÇÃO ¡NOSOTROS!
Silvia Naschenveng

CONCEPÇÃO DA COLEÇÃO E SUGESTÃO DE TÍTULOS
Tiago Tranjan

CAPA
Tadzio Saraiva

DIAGRAMAÇÃO
Editorando Birô

PREPARAÇÃO
Lui Fagundes

REVISÃO
Editorando Birô

Edição conforme o Acordo Ortográfico da Língua Portuguesa (1990).

Dados Internacionais de Catalogação na Publicação (CIP)
(Câmara Brasileira do Livro, SP, Brasil)

Ospina, William
O país da canela / William Ospina ; tradução Eric Nepomuceno. -- São Paulo : Mundaréu, 2017.
Título original: El país de la canela
ISBN 978-85-68259-18-4
1. Ficção espanhola 2. Ficção histórica I. Nepomuceno, Eric. II. Título.

17-09612   CDD-863

Índices para catálogo sistemático:
1. Ficção : Literatura espanhola 863

[2017]
Todos os direitos desta edição reservados à
Editora Madalena Ltda. EPP
São Paulo, SP
www.editoramundareu.com.br
vendas@editoramundareu.com.br

Sumário

APRESENTAÇÃO   7

O país da canela   13

1. A PRIMEIRA CIDADE QUE RECORDO   15
2. SÓ ENTÃO AFASTEI A VISTA DO MEU PASSADO   24
3. UM DIA APARECERAM NAS PLANÍCIES AMARELAS   31
4. NÃO SE SABE QUEM ANDA MAIS EXTRAVIADO   39
5. SE ACEITEI CONTAR OUTRA VEZ COMO FOI A NOSSA VIAGEM   45
6. VOCÊ VAI À PROCURA DE UMA CIDADE IMPONENTE E O QUE ENCONTRA É UMA TUMBA   52
7. PARA ENTENDER A QUEDA DOS INCAS   57
8. GONZALO PIZARRO ERA O TERCEIRO   63
9. AQUELAS MONTANHAS NUNCA TINHAM SENTIDO   71
10. DIAS DEPOIS VIMOS APARECER NO ACAMPAMENTO   77
11. QUASE SEM LUTAR, ORELLANA SE TRANSFORMOU, POR SUA CHEGADA OPORTUNA   83
12. ACOSTUMADO AOS BOSQUES DE ÁLAMOS E OLIVEIRAS   87
13. QUANDO O CAPITÃO PIZARRO ENLOUQUECEU   95
14. NAQUELA ALTURA, O RIO JÁ TINHA UMAS CEM VARAS   104
15. SE TEM UMA COISA QUE ESTAVA LONGE DA NOSSA INTENÇÃO   111
16. DESTA VEZ NÃO HAVIA COMO DUVIDAR DOS SONS   118
17. ERA HORA DE EMBARCARMOS, MAS TAMBÉM DE DECIDIR PARA ONDE   126
18. ESTÁVAMOS PERTO DA DESEMBOCADURA DO RIO YAVARY   133
19. CONFORME DESCÍAMOS, O RIO IA MUDANDO   142
20. UM DIA DECIDIMOS EXPLORAR DE NOVO A MARGEM DO RIO   148
21. TÍNHAMOS VIVIDO MUITAS COISAS, MAS O ACHADO MAIS ESTRANHO   154
22. LUTAMOS COM TANTA ENERGIA E RESISTIMOS COM TANTA FEREZA   160
23. AS SELVAS UNIFORMES AO LONGE   166
24. ORELLANA FAZIA ESFORÇOS PARA CONSEGUIR DO ÍNDIO   173
25. O SAL DO MAR SE CONFUNDIU EM NOSSOS LÁBIOS   178

26. QUASE TÃO DURO COMO MINHA VIAGEM DE DEZOITO MESES   186
27. AOS 64 ANOS OVIEDO AINDA   190
28. DE VIAGEM RUMO À ESPANHA, EU ME SENTIA   195
29. POUCA GENTE SABE QUE O PRIMEIRO LUGAR DA EUROPA   202
30. PIETRO BEMBO VIVEU MAIS QUATRO ANOS   211
31. FAZ APENAS DEZ MESES QUE O MARQUÊS DE CAÑETE   219
32. JÁ FALTA POUCO PARA QUE NOSSO BARCO ZARPE   226
33. TEM DIAS EM QUE VOLTO A RECORDAR O PAÍS DA CANELA   230

NOTA   237

APRESENTAÇÃO

A literatura tem um lugar privilegiado, embora comumente negligenciado: o da reflexão e do (auto)conhecimento. E a reflexão sobre a História requer muito mais que a consolidação de fatos e datas; requer curiosidade genuína no olhar para trás – é preciso imaginar e compreender o ser humano de então: como vivia, o que o cercava, suas ambições e aflições. Não basta saber retrospectivamente o futuro que o esperava, mas aquele que ele razoavelmente poderia esperar. Assim faz William Ospina.

O País da Canela é uma hipnotizante narrativa épica sobre a violenta aventura de busca de glória e fortuna pelos conquistadores espanhóis do século XVI, e sobre a descoberta do rio Amazonas, por Francisco de Orellana. Como narrador, Ospina escolhe o filho de um espanhol que tomou parte nas expedições de conquista do Peru, nascido na ilha de La Española (hoje dividia entre Haiti e República Dominicana) e criado por sua ama de leite indígena. Escolhe, assim, narrar os fatos a partir de um ponto de vista que, se ainda não pode ser propriamente latino-americano, mescla em sua origem elementos da nossa formação. Um jovem profundamente marcado pelos relatos do pai ausente acerca da tomada de Cusco, a lendária cidade dourada em forma de puma, sede do vasto Império Inca. E cuja devastação e pilhagem lhe renderam um grande butim como herança, a ser reclamado dos irmãos Pizarros.

Com o sabor das crônicas do descobrimento da América e, ao mesmo tempo, uma prosa direta e moderna, de alto teor lírico, Ospina representa a tensão entre a imensidão e a riqueza destas terras e a Europa do Renascimento, entregue a um empreendimento de conquista sem precedentes. Época de contrastes e assombros também imensos, em que novas descobertas intelectuais conviviam com a persistência de lendas e antigas crenças; época em que os homens aprenderam a navegar longas distâncias, mas não afastaram o medo de se descobrir no abismo em que acabaria o mar, repleto de sereias e criaturas monstruosas.

O chamado descobrimento foi, de fato, um sangrento choque entre o que havia aqui — literalmente um novo mundo, surpreendentemente grande, organizado e povoado — e o que os conquistadores traziam consigo. E o resultado desse choque raramente foi a conciliação. Mais do que toda uma nova cultura e instituições, com a subjugação pelo conquistador foi imposto o esquecimento do passado. E dele ainda padecemos.

O País da Canela recebeu o prêmio Rómulo Gallegos de 2009, o mais importante prêmio da literatura hispânica, que já premiou Gabriel García Márquez (*Cem anos de solidão*), Mario Vargas Llosa (*A casa verde*), Carlos Fuentes (*Terra nostra*), Javier Maria (*Amanhã, na batalha, pensa em mim*), Roberto Bolaño (*Os detetives selvagens*) e Ricardo Piglia (*Alvo noturno*).

*mundaréu

São Paulo, outubro de 2017

O País da Canela

Veja esta música.

FERNANDO DENIS

Em Flandres, em 1547, Teofrasto me explicou tudo. "Nos deram a diversidade do mundo", me disse, "mas nós só queremos o ouro. Você encontrou um tesouro, uma selva infinita, e sentiu infinita decepção, porque queria que aquela selva de milhares de aparências tivesse uma única aparência, que tudo nela não fosse mais que lenhosos troncos de canela da Arábia[1]*. Vamos lá, diga ao desígnio que fez brotar miríades de feras que você só quer ver tigres. Diga ao artífice dos metais que você só está interessado na prata. Diga ao demiurgo que inventou as criaturas que o homem só quer que o homem sobreviva. Vá lá e diga ao paciente oleiro que sem trégua modela milhões de seres que tudo que você queria ver é um rosto, um único rosto humano para sempre. E diga ao incansável e celeste desenhista de árvores que para você só interessa que uma, uma árvore exista. É isso o que fazemos desde que surgiu a vontade. Apertar na mão fechada um punhado de poeira de estrelas, para tratar de condensá-la num sol irradiante.*

---

[1] Há árvores do gênero *Canella*, da família das caneláceas, originárias da Flórida e do Caribe; e árvores do gênero *Cinnamomum zeylanicum*, da família das lauráceas, originárias da Índia e do Sri Lanka, cuja casca é usada como especiaria. À época, a canela era negociada internacionalmente em entrepostos na região chamada Arábia. (N.E.)

Reduzir a argila as estátuas de todos os deuses para erguer de sua massa um deus único, desgarrado de contradições, atravessado por paradoxos e, por isso mesmo, lastreado de impossíveis".

1.

A PRIMEIRA CIDADE QUE RECORDO veio até mim pelos mares, num barco. Era a descrição que meu pai fez para nós na carta que mandou lá da capital do império dos incas. Eu tinha 12 anos quando Amaney, minha babá índia, me entregou aquela carta, e nela o traçado de uma cidade lendária, que minha imaginação enriqueceu de detalhes, recostada nos picos da cordilheira, tecida de pedras gigantes que a abraçavam com uma muralha tripla e que estavam forradas com lâminas de ouro. Tão pesados e enormes eram os blocos que parecia impossível que alguém tivesse conseguido levá-los lá para cima, e estavam encaixados com tanta precisão que insinuavam trabalho de deuses e não de humanos ínfimos. As letras de meu pai, pequenas, uniformes, destacadas às vezes por grandes traços solenes, me fizeram entender a firmeza dos muros, nichos que ressoavam como cavernas, fortalezas estriadas de escadarias seguindo os desenhos da montanha. Não sei se aquela leitura foi a prova das cidades que uma raça tinha sido capaz de construir: pelo menos foi a prova das cidades que um menino é capaz de imaginar.

Era uma cidade plana, vizinha das nuvens, na concavidade de um vale entre montanhas, e habitada por milhares de nativos do reino, vestidos de cores: túnicas azuis debaixo de mantas muito finas de rosa e bordô, bordadas com sóis e flores; grossos discos de lã vermelha, amplos como auréolas sobre as cabeças, e chapéus que meu pai só conseguia descrever como barretes lilases que caíam sobre uma vistosa aba amarela. Gente de escuros rostos de cobre, de pômulos asiáticos e grandes dentes branquíssimos; homens de silêncio e de milho[2], que passavam governando rebanhos de bestas de carga desconhecidas para nós, uns animais de lã e

---

2 Referência ao mito maia presente no *Popol Vuh* (compilação de narrativas míticas), segundo o qual homens teriam sido criados a partir do milho, que tem caráter sagrado em certas culturas indígenas. (N.E.)

de longos pescoços e olhar manso, incrivelmente hábeis em trotar por beirais estreitos sobre o abismo.

Fiquei assombrado que a coisa mais importante da cidade não fossem aqueles milhares de nativos que se agitavam por ela, nem aqueles rebanhos de lhamas e vicunhas carregadas com todas as mercadorias do império. A coisa mais importante eram os reis mortos: múmias com ares de majestade que presidiam as fortalezas, monarcas embalsamados encolhidos em suas poltronas de ouro e de pedras brilhantes, vestidos com finos *tukapus* de lã de vicunha, a roupa dos soberanos, cobertos com mantas bordadas, com turbantes de fina lã adornados com plumas, e por cima a *mascapaycha* real, uma borla de lã com incrustações de ouro sobre os crânios cor de mogno. Cada morto ainda levava nas mãos ressecadas uma atiradeira com sua pedra de ouro puro.

Mas no mesmo dia em que eu soube da existência daquela cidade, soube da sua destruição. Meu pai escreveu aquela carta para falar de riquezas: não deixou de contar como os ginetes envoltos em suas couraças cavalgaram pelos trezentos templos, como arrojaram por terra os corpos dos reis e espalharam feito poeira seus ossos pelas montanhas e pilharam as fortalezas. Já desde o dia anterior os ginetes que avançavam pelo vale sagrado tinham percebido a luz da cidade sobre o pico, e sei que os primeiros que a viram se sentiram cegos pelo seu resplendor. Eu tratava de imaginar o esforço dos invasores montados em potros inábeis subindo pelos penhascos escorregadios, por degraus desiguais de pedra, a entrada embriagada de gritos nos terraços, a fuga desvalida dos guardiões dos templos, e meus pensamentos se estendiam em fragmentos de batalhas, uma punhalada súbita em um rosto, dedos saltando ao passo da espada de aço, um corpo que se encolhe ao impulso da adaga no ventre, sangue que flutua um instante enquanto a cabeça vai caindo no pó.

Sabe-se lá que nostalgia por ausências tão longas veio acossar meu pai, e quis me dar num dia de ócio o que havia reunido em anos de incansáveis expedições. Talvez quisesse pôr à prova, com um longo exercício de leitura, o que eu aprendia naquele tempo, ou pressentindo que já não seriam muitos os nossos encontros tentou ser, por algumas horas, o pai que deixei de ver tão cedo, e me dar um pedaço mágico da sua vida na região mais insólita que as viagens haviam concedido a ele. Por isso a fantástica cidade dos incas se gravou na minha memória, envolvendo a imagem de meu pai, que tinha sido um de seus destruidores.

Hoje sei que aquela carta enfeitiçada me arrancou da minha infância. Era como se eu visse a Lua, com sua cara de pedra, presenciando na noite a profanação dos templos, a violação das virgens, o roubo das oferendas e, embora não fosse o que meu pai se propusesse, me afligiu que mãos aventureiras volteassem feito lixo aquelas relíquias. Em minha babá índia, que não esquecia as violências padecidas pela sua própria gente, aquelas coisas doíam tanto, que seu gesto enquanto eu lia me fez rejeitar aquelas mãos sujas de sangue que repartiam entre si esmeraldas e oferendas de ouro, aquelas unhas negras arrebatando os tecidos finíssimos, aqueles dentes corroídos que cuspiam blasfêmias, aqueles olhos ávidos que continuavam buscando mais ouro, mais prata, mais mantas. Em nossa casa, de uma ilha distante, o fogo nos olhos escuros de Amaney refletia com ira os salões incendiados, os povos derrotados que fugiam, a lua bicada pelos condores flutuando sobre a ruína de um mundo.

Mais, porém, que os fatos, o que eu quero contar a você é o que aqueles fatos produziram em mim. Pouco antes, nossos homens tinham capturado o senhor das cordilheiras. Para você e para mim, hoje, simplesmente o condenaram ao garrote; para meus 12 anos, o que aconteceu não cabia numa palavra: como fecharam ao redor do seu pescoço uma fita de aço até que a falta de ar nos pulmões completou a tarefa do torniquete despedaçando os ossos do pescoço? E o mundo dos incas viveu com espanto a profanação do seu rei. Para os invasores, era a morte de um rei bárbaro, mas para os incas era o sacrifício de um deus, o Sol se apagava no céu, os alicerces das montanhas afundavam, uma noite maior que a noite se instalava nas almas. E mais grave ainda que a morte do rei foi aquela festa insolente, quando os invasores arrasaram, sala por sala, morto por morto e trono por trono, a memória do reino. Um caudal de talismãs e feitiços, de sabedorias e rituais, foi destroçado, e séculos de piedosas relíquias se converteram em fardo de saqueadores, em rapina, em riqueza. Aquele dia descobri não só que éramos poderosos e audazes, descobri que éramos cruéis e que éramos ricos, porque os tesouros dos incas agora formavam parte do butim de meu pai e de seus cento e sessenta e sete companheiros de aventura.

Não sei se ao ler essa carta aos 12 anos a riqueza me importou. Enfeitiçava-me o relato da cidade, a simetria dos templos, o poder dos reis embalsamados, os canais sonoros, as muralhas dentadas, a cidade, dilatada junto ao abismo, apagando-se como um sol no meio de profundas cordilheiras.

A ideia que eu tinha das montanhas era, naquele tempo, modesta. Minha vida havia sido o descampado marinho; os altos galeões que sobreviviam ao corpo de serpente das tempestades e que atracavam extenuados na baía. Já que você quer saber tudo desde o princípio, devo começar contando que vivíamos em La Española, onde nossa casa sempre esteve. Na ilha de areias muito brancas, eu só sabia que minha mãe tinha morrido no parto. Eu era o fruto dessa morte, ou, melhor dizendo, eu era a única vida que sobrara dela, e Amaney era a babá a cujas mãos meu pai me confiou quando partiu rumo à aventura. Foi preciso passar anos antes que a riqueza mencionada na carta tivesse algum sentido para mim, foi preciso chegarem notícias intempestivas para provocar confissões que nunca previ.

Meu pai só voltou de terra firme uma única vez, para confirmar de viva voz as coisas que tinha escrito. Não pressentia que era sua última visita, mas aqui todo mundo vive fazendo as coisas pela última vez. Veio ausente e luxuoso; envelhecido o rosto cor de cinza debaixo do chapéu de plumas de avestruz, vacilantes os passos em suas longas botas de couro. Os colares de prata com esmeraldas não faziam seu rosto menos sombrio, os anéis de ouro faziam mais rudes seus dedos escuros e cheios de calos. Não sabia se relacionar com um menino: os reinos e as guerras haviam entorpecido seu coração. Vinha, como sempre, para "resolver assuntos". O mundo dos incas, que fez ricos muitos aventureiros, agora incubava entre eles rancores e invejas, e as riquezas estavam rapidamente sendo transformadas em arcabuzes e em espadas, porque mais haviam tardado em ser amos do reino que em ter que começar a se defender uns dos outros.

Não me pareceu que sonhasse voltar aos dias felizes da ilha, onde o regedor da fortaleza administrava para ele, por amizade, um engenho de açúcar. Nestas Índias ninguém pode descuidar de suas conquistas: tinha que estar de corpo presente se quisesse sua parte do tesouro de Quzco, que demorava a ser repartido. Como sócio do marquês Francisco Pizarro, corresponderam a ele índios, terras e minas, mas também esperava sua parte em metal, o ouro arrebatado dos mortos.

Essas riquezas do Peru eram malditas para nós. Um dia, na sua mina profunda das montanhas, o desmoronamento de um túnel sepultou meu pai com muitos dos índios que se esfalfavam às suas ordens. Quanto terão durado vivos nas trevas? Ninguém conseguiu resgatá-los a tempo. Tinha eu 15 anos quando Amaney trouxe do porto a notícia, com aquela dignidade indecifrável que nos índios substitui o pranto, e foi quando pude ver quanto ela gostava dele. Eu, por meu lado, achei que tinha me acostumado com a ausência dele, mas foi como se tivessem arrancado o chão debaixo dos meus pés: me senti devastado e perdido, o mundo ficou incompreensível, e só mesmo a companhia daquela índia que era como minha mãe me salvou do desespero.

Esse consolo duraria muito pouco. Vendo minha solidão, Amaney se animou a me contar uma coisa que me pareceu enviesada e absurda. Pelo que ela me disse, a dama branca, a esposa de meu pai pela qual tinham me ensinado a rezar e a chorar, a senhora que jazia nas colinas fúnebres de Curaçao, não era minha mãe; minha verdadeira mãe era ela mesma: a índia de pele escura, que precisou, desde o começo, fingir que era minha babá para que eu pudesse ser reconhecido sem sombras como filho de espanhóis pela administração imperial.

Esperava que eu me consolasse com isso? A morte de meu pai já era desgraça suficiente, e aquela revelação tão incrível como inoportuna não podia ser outra coisa que uma astúcia da criada para ter sua parte no destino familiar. Alegou que havia testemunhas que podiam confirmar aquilo tudo: eu me neguei a escutá-las. A minha infância inteira eu tinha gostado dela como se fosse minha mãe: foi só ela pretender ser mãe de verdade para que minha devoção se transformasse em algo parecido ao desprezo. Se acreditasse nela, sua história teria me imposto, além de tudo, uma insuportável condição de mestiço, logo a mim, crescido no orgulho de ser branco e espanhol. Mas a história contada por Amaney foi minha ajuda: durante os dias mais duros daquele luto compensei a minha pena de órfão com a indignação de me sentir vítima de uma infame manobra.

Quando viu frustrada sua tentativa de dar outro rumo à minha vida, Amaney se refugiou no silêncio. Eu não tinha tido suficiente coração para afastá-la da minha casa, mas deixei que se resumisse à sua condição de serva, agora sem privilégios. Morta ou vendida a sua raça, transformado o paraíso de seus ancestrais numa ilha cheia de guerreiros e comerciantes da Espanha, a verdade é que eu era a única coisa que ela tinha no mundo, e tratei de explicar a mim mesmo que por isso ela quis usurpar o lugar da minha mãe.

Minha educação não tinha sido deixada nas suas mãos. A simples índia de La Española me deu seu amor enquanto conseguiu, mas não podia me dar o saber que o seu povo transmitiu pelos séculos em rezas e cantos, em contos e costumes. Alguém devia velar para que eu crescesse como bom espanhol, e a partir dos 11 anos fui aceito como aprendiz na fortaleza maior da ilha, onde, por decisão do meu pai, orientou meus estudos o homem mais importante que havia em La Española, seu antigo companheiro por Castilla e pelas selvas de Darién, o regedor Gonzalo Fernández.

Parece que você não sabe direito de quem estou falando, e isso me surpreende, porque já quase não há mais nas Índias quem desconheça esse nome e a sombra ilustre que vem atrás dele. Por ter crescido alguns anos ao seu lado, eu, mais que outros, ignorei a importância do homem que me educava e depois fui me encontrando com rastros de uma lenda. Acostumado a ver suas coisas como fatos naturais, tardei a entender que eu havia conhecido um ser excepcional. Recebi seu latim e sua gramática, suas lições de História e suas histórias de viagens, sua destreza manual e sua ciência do sabre e da balestra, sem me perguntar demasiado por ele: não sabia diferenciar entre a vida de meu mestre e as lições que ele me dava. O idioma era, simplesmente, sua maneira de falar, a corte espanhola era o relato da sua infância, os reinos da Itália eram a crônica da sua juventude, e ouvindo o que ele falava daqueles anos, outra cidade assombrava a minha mente: Roma, que seus velhos livros me descreveram, e que na sua memória e na minha fantasia era menos uma cidade e mais um poço de lendas, uma cisterna mágica do tempo. Guerra e conquistas preenchiam as suas jornadas, mas eu senti que aquilo era comum, e para mim o mundo foi, primeiro, o mapa das andanças de Gonzalo Fernández de Oviedo, que havia convertido os velhos reinos, e também os novos, na colheita das suas mãos e na curiosidade dos seus olhos.

Costuma acontecer de entendermos melhor a grandeza de algum desconhecido que a de alguém que vemos todo dia tropeçar ou espirrar, ficar resfriado com as mudanças de clima e padecer das mudanças de ânimo que os anos vão impondo. Só o sulco do tempo e os acidentes da vida foram me revelando a magnitude daquele mestre que marcou, de tantas maneiras, o meu rumo. Mais tarde, se houver tempo, falarei a você de Gonzalo Fernández: sua história é mais notável que a de muitos varões das Índias.

Tinha eu 17 anos quando me revelaram que o engenho de açúcar que era minha única herança estava a ponto de falir. Foram maus negócios do regedor, ou os trancos das guerras e do comércio, ou os assaltos dos piratas franceses, mas o fato é que um negócio que tinha nos sustentado durante anos estava sendo carcomido pela ruína. E isso coincidiu com minha chegada à idade em que devia assumir a responsabilidade pela minha casa, e foi então que a lembrança daquela carta lida anos atrás voltou. Senti ter encontrado a razão pela qual meu pai a havia escrito: ele queria que eu soubesse das grandes riquezas que os sufocadores do reino obtiveram em Quzco, que eu tivesse alguma noção da parte que nos cabia. Mandar-me a carta era me contar que eu era objeto de suas preocupações, que tinha direito às suas propriedades e riquezas.

Depois de ler e reler aquelas velhas folhas, decidi finalmente viajar ao Peru para reclamar minha herança legítima, que de acordo com longos cálculos se elevaria a vários milhares de ducados. Foi o que comuniquei ao meu mestre e ele também esteve de acordo que eu não deveria tardar muito a ir reclamá-la. Ignorante da fragilidade dos direitos nestas terras, comecei a reunir todas as provas da minha filiação: a carta do meu pai, os documentos que havia deixado, os registros de seu matrimônio com a dama branca das colinas, a certidão do meu batismo na catedral de La Española, entre o uivo ao céu de seus lobos de pedra.

E um dia me senti maduro para viajar até Castilla de Oro. Calada como sempre, naquela manhã Amaney foi comigo até o barco e não conseguiu se impedir de tremer ao me despedir, tremer de um modo que quase conseguiu o que seus argumentos não conseguiram. Eu disse a mim mesmo que aquela aflição, aquela forma de pranto, era porque ela ficaria mais sozinha que ninguém. Sua raça já quase não existia, seus índios tinham morrido aos milhares na guerra e no trabalho. E aquela moça que recordo na minha infância nadando nua pelas águas translúcidas do mar dos caribes com flores vermelhas nos cabelos, aquela mulher de canela, que entregou ao meu pai seu destino e a mim sua juventude, ficou sozinha na praia da minha ilha, e eu a olhei sem pensamentos até quando a ilha não era mais que uma lembrança no vazio luminoso do mar.

2.

Só ENTÃO AFASTEI A VISTA DO MEU PASSADO e enfrentei o destino que me esperava. O barco do capitão Niebla nos levou a Margarita, a ilha grande e ressecada, em cujo centro estão os arvoredos joviais, os casarões e as igrejas. Vi pela primeira vez o impressionante bazar de pérolas, os barcos traficantes e a multidão de canoas, junto às quais desaparecem e afloram sem cessar os índios pescadores, com uma tosse de água na boca e punhados de ostras nas mãos escravas. Dias depois ancoramos em Cartagena, uma aldeia suarenta que não olha para o norte azul mas para os poentes vermelhos, onde governava o homem de nariz remendado que acaba de se afogar na costa da Espanha. E ao fim de muitos dias de sol e de mar cheguei aos golfos alucinantes de Nombre de Dios, a este braço de selvas que tanto havia imaginado, e a este porto do Panamá, onde mudam os casarios e os templos de pedra, mas o mar é o mesmo, olha só para ele, com esse sopro de vagas promessas, repetindo seu brilho e suas ondas debaixo da mesma desordem dos alcatrazes.

Era o ano de 1540. Você nem tinha ouvido falar das Índias, mas Castilla de Oro já era um litoral carregado de lendas, uma babel rangedora de madeiras de água, galeões levados pelo vento e galeras movidas pelo sofrimento, caravelas e navios para longas travessias, bergantins e fragatas furtivas que pareciam olhar pelos olhos de seus canhões. A terra era um amontoado de escravos africanos, de comerciantes genoveses, de aventureiros de muitas regiões que já levavam meia vida perambulando nas ilhas, de índios sábios e laboriosos trazidos do Peru, derrubadores de pássaros roubados no Chocó, pescadores capturados no lago da Nicarágua, sacerdotes nativos transformados em servos, guerreiros dos vales do Sinú com os tornozelos ulcerados pelas correntes, e homens de cobre de La Guajira, acostumados aos céus imensos do deserto e que em cada noite buscavam, em vão, as estrelas.

Desandei a seguir as pegadas de meu pai, aquele senhor que eu mal conhecia e que tinha visto tantas coisas: o caminho de ouro de Balboa e o caminho de sangue de Pedrarias Dávila, a casa de limoeiros de meu mestre Gonzalo Fernández em Santa María la Antigua del Darién, sob um céu de trovões, e os cadafalsos insaciáveis de Acla. Fazia mais de dez anos que tinha sido recrutado por Pizarro para sua aventura no sul, para padecer as desgraças de uma ilha de lodo onde comeram até cascas de caranguejos, e para desembarcar mais mortos que vivos na cidade de colchões venenosos de Túmbez, onde muitos homens se viram de repente cheios de verrugas infecciosas quando já se sentiam às portas do reino.

Percorri, com menos sofrimentos, aquele mesmo caminho: engolindo com os olhos o mar do Sul; passando diante da costa do Chocó, que saúda o Sol com flechadas; diante das enseadas de Buena Ventura, onde uma tarde vimos o arquear dos lombos e o afundar das caudas das grandes baleias; diante da ilha que os lábios febris e gregos de Pedro de Candia chamaram de Gorgona; diante da baía de Tumaco, onde se oculta rancorosa a ilha do Galo; e finalmente entrei no Peru que sonhava, não a *terra incógnita* que os aventureiros do ano 32 pisaram, mas um país misterioso já dominado por espanhóis, onde os átrios das igrejas começavam a alimentar mendigos, e os campanários a cristianizar os ventos.

Tudo muda com uma pressa dos demônios; cada dez anos destes reinos tem um rosto diferente. Se há trinta ainda eram o mundo fabuloso das fortalezas do Sol e das múmias em seus tronos, há vinte foram cenário de guerras desconhecidas entre homens e deuses, e há dez uma paisagem calcinada onde tentava-se plantar a Europa grande que avassala o mundo. Quem sabe que país nos estará esperando agora lá ao sul, atrás dessas águas cinzentas? Eu, que cheguei a essas terras do Inca antes de você, ainda vi muitas coisas que depois desapareceram: povoados intactos, caminhos de pedra providos a cada tanto de bodegas de grãos, palácios de ardósias grandes da cidade sagrada, festas que você não conheceu. Mas a gente só vê com nitidez o que dura: um mundo que não cessa de mudar assim se produz nos olhos o efeito de um vento.

    Era recente a primeira conquista. Ainda se falava das cidades onde se refugiaram as virgens do Sol, do paraíso perdido onde ninguém era rico, nem pobre, nem ocioso, nem desvalido em toda a extensão das montanhas, da região onde aninhavam os *coraquenques*, os pássaros sagrados que era proibido caçar, e que ofereciam as plumas coloridas para o diadema do rei. E ainda se falava da prisão do Inca, de seu assombro diante dos livros, de seus diálogos com os soldados. Ninguém esquece o resgate que Pizarro exigiu dele — um quarto grande de Cajamarca cheio de ouro até a altura de dois metros —, porque este foi até agora o tesouro mais assombroso recolhido nas Índias. Enquanto o quarto ia se enchendo com o ouro das oferendas, Atahualpa ia ficando cada vez mais calado e mais melancólico; Hernando de Soto ensinou-o a jogar xadrez e o rei chegou a se igualar com ele em algumas partidas, até que a certeza de que, houvesse o que houvesse, seus captores o matariam apagou sua vontade de falar com eles.

    Um dia, aquele prisioneiro que não sabia nada da escrita pediu a um sentinela de guarda que lhe traçasse o nome de Deus sobre as unhas, e depois andava mostrando a mão a todos os seus captores. Parecia gostar de ver que repetiam a mesma palavra quando ele punha aqueles sinais diante de seus olhos. Mas Pizarro não reagiu como os outros, e Atahualpa teve a sagacidade de perceber que o marquês Francisco Pizarro era mais ignorante que seus próprios soldados. Há quem pense que por isso Pizarro, um homem limitado e soberbo, se indignou por ter sido descoberto e quase ridicularizado pelo rei prisioneiro, e que esse episódio influenciou na decisão brutal de matá-lo depois de receber o resgate.

Vinte anos terão apagado grande parte do mundo que existia quando Atahualpa morreu e os conquistadores entraram em Quzco. Foi lá por agosto de 35 que o tribunal que o julgava o condenou à morte, e ele só aceitou o batismo para salvar-se de ser queimado vivo. Juan de Atahualpa morreu no garrote vil, dizia meu pai em sua carta, e dois meses e meio depois os guerreiros da Espanha fizeram sua entrada na cidade imperial.

Cheguei à Cidade dos Reis de Lima quatro anos mais tarde, e desde o dia do meu desembarque não me cansei de perguntar como teria sido a entrada no Quzco, e como seria a cidade que encontraram. Eu, que vivi deslumbrado, e talvez enfeitiçado desde menino por aquela maravilha das montanhas, cheguei a lamentar não ter tomado parte das tropas que a saquearam, só para haver tido a ocasião de vê-la, de vê-la diante dos meus olhos, nem que fosse no último dia da sua glória.

Então você também terá ouvido a lenda de que a cidade deslumbrava à distância, com suas pedras laminadas de ouro. Pois eu posso dizer a você algo mais assombroso ainda: quando Pizarro apareceu lá em cima dos morros, ficou maravilhado e também assustado porque a enorme cidade tinha a forma de um puma de ouro. Nunca se havia visto no mundo antigo uma cidade que fosse um desenho no espaço, e ali estava o exato desenho de um puma, a cauda estendida e arqueada até a cabeça, que se alçava levemente sobre os montes, com o olho de grandes pedras douradas em cuja pupila vigiavam os luxuosos guardiões.

Espalhou-se então a suspeita de que haveria outras cidades parecidas no norte e no sul, porque o império estava dividido em vários reinos. Enquanto seu irmão Hernando Pizarro se apoderava dos templos de Quzco, Belalcázar foi para o norte, mais além de Cajamarca, rumo aos vulcões nevados de Quito; e Valdivia foi para o sul, rumo aos confins do mundo, pelas planícies costeiras do Arauco. Continuando a guerra contra os índios rebeldes, foram percebendo a magnitude de um império que num instante pareceu a eles maior que a Europa. Procuraram tomar posse das diferentes comarcas, embora bastasse ver as cordilheiras para entender que ninguém, nem mesmo os incas, poderia apoderar-se de tudo, porque além da sua rede de caminhos e de suas plantações de milho, há milhares e milhares de montanhas que só o céu viu e só os astros vigiam.

Já desde os primeiros tempos, quem vacilava em apoiar os irmãos Pizarros ia caindo em desgraça. Esse foi o destino de Almagro, o principal sócio do marquês, e de quem Hernando Pizarro dizia, caçoando: "Há demasiadas coisas nesse rosto, mas nenhuma está completa". Bem cedo, Almagro soube o que esperava por ele, desde o momento em que Pizarro viajou até a Corte para buscar, em seu nome e no de seus dois sócios, licença para invadir o reino dos incas e voltou exibindo títulos só para si mesmo. Desde então, a cada dia Almagro anotou uma dívida: hoje, uma ingratidão; amanhã, uma armadilha; depois de amanhã, uma traição, e já não esperou deles mais nada de bom.

Mas um dia o Quzco, cheio de invasores, foi sitiado e calcinado pelas hostes do irmão do Sol, Manco Inca Yupanqui, um senhor esbelto e sombrio, com diadema de grandes plumas e manta de lã pespontada de ouro, que tinha decidido resistir até o final mesmo que o deus tivesse sido assassinado, mesmo que, como diziam eles, já não restasse um Sol no céu. Há cantares sobre os sofrimentos do Inca que um dia decidiu sacrificar essa cidade em que cada pedra era venerável e sagrada, e dizem que a mão que lá do alto do monte disparou a primeira flecha acesa contra os templos com os anos foi-se queimando e se autoconsumindo, e no final era escura e lenhosa, semelhante à garra de um pássaro. Como as asas de um condor que tivessem se desprendido do corpo morto e ainda buscassem pelas montanhas. Os grandes chefes incas, Rumiñahui, que enchia o norte com suas tropas, e Manco, que reunia as suas no sul, tardiamente tentaram envolver e aniquilar as tropas da Espanha, mas elas continuavam crescendo ao sopro da fama de suas conquistas, e não adiantou nada reduzir a cinzas o coração do reino para combatê-las. Os chefes incas não tinham como saber que lá, muito longe, barcos e barcos novos brotavam pelas bocas do Guadalquivir, pesados de cavalos, de espadas e de arcabuzes, e que o exército invasor do Peru continuava crescendo sem trégua porque era alimentado pelo mar.

Em poucos anos passaram pela capital tantas calamidades, pestes desconhecidas, guerras com armas novas e mortíferas, e trabalhos conjuntos do fogo e do vento, que agora, da venerável cidade dos meus sonhos que um dia resplandeceu sobre os abismos, só restavam altas ruínas de pedra carcomida pela catástrofe. Os incas compreenderam que a morte do deus havia desgraçado a cidade, que, por isso, sobre ela se engalfinhavam os inimigos, e não tornaram a se amparar em sua pedra. Tinham razão: quem fez dali seu refúgio acabou sucumbindo, e até Diego de Almagro foi capturado no fortim e submetido ao julgamento implacável dos homens de Hernando Pizarro.

Tinha dado até um olho da cara para ajudar a conquista, tinha igual direito que os irmãos Pizarros ao reino dos incas, mas eles foram surrupiando tudo dele numa cínica sucessão de botes de cascavel e silêncio. Sentiu-se tão ferido que já não queria nem sua parte do tesouro, mas fazer que aqueles aliados soubessem que ele conhecia seus cumprimentos de anzóis e seus abraços de espinhos. Pobre Almagro: a indignação o corroía e o enfermava, e antes da minha chegada ele também acabou submetido ao garrote. Eles tinham se adestrado na arte dos julgamentos fingidos, processos que tinham de antemão o veredito decidido; simulacros como o que representaram diante de Atahualpa, não para examinar a conduta do acusado, mas para espessar sofismas que autorizassem seu extermínio.

Ao chegar, eu me sentia perdido. Não tinha amigos nem um rumo claro, ia entre os tumultos do porto, se é que se pode chamar assim aquele embarcadouro confuso entre os barrancos, procurando como dar com firmeza meus primeiros passos num solo instável. Como bom filho de espanhol, não sabia o que admirar mais, se a majestade das construções do Inca ou a coragem demencial dos guerreiros que as despojaram. Muito rápido soube que mãos piedosas haviam resgatado os restos do meu pai de sua cova e os haviam enterrado na terra seca do litoral. Corri para buscar aquela relíquia que me semeara no reino. E lá estava o montículo debaixo do céu impassível, diante de um mar da cor das baleias mortas, e esse já era todo o meu passado: uma tumba sedenta diante das flores cegas do mar.

Não me lembro de ter chorado: rezei o que pude e prossegui o aprendizado do mundo. Você foi aprendendo pelos contos dos seus homens a história da savana dos muiscas; assim fui eu conhecendo as lendas dessa terra estendida entre o mar do poente e as montanhas enrugadas como milênios: relatos das quatro partes do reino, de suas gargantas de sede e de seus caninos de gelo; ouvi e ouvi histórias longas como os caminhos do Inca, que atravessavam as montanhas e que levavam pés adornados de contas e guizos pelos penhascos e pelos páramos, pelas frias planícies oblíquas rumo aos desfiladeiros do norte e rumo aos abismos do oriente, diante da costa tortuosa do mar ocidental e junto ao outro mar, o que está só com o céu nas poeiras altíssimas.

Assim me foi dado conhecer os relatos da origem, e ouvi, de lábios mais velhos que o tempo, como chegaram há séculos os enviados do Sol, os pais dos pais, que fundaram essa cidade na altura, essa coisa de esplendor e mistério que havia deslumbrado a minha infância.

3.

Um dia apareceram nas planícies amarelas que rodeiam o Titicaca, o mais alto de todos os mares. Eram Manco Cápac e Mama Ocllo Huaco; traziam uma cunha brilhante, de uma vara de comprimento e dois dedos de largura, que segundo alguns era uma barra de ouro maciço, e, segundo outros, era um raio de luz que o Sol tinha posto em suas mãos, e em cada região que cruzavam tentavam afundar na terra. Não pergunte de onde eles vinham porque nas montanhas cada um tem uma resposta diferente para essa pergunta, mas todos estiveram sempre de acordo que eles eram os filhos do Sol. Percorreram as planícies de poeira, entre montanhas brancas, percorreram os picos empedrados e os despenhadeiros ressecados por onde resvala um fio que alguma vez foi de água e agora é de areia interminável, percorreram desertos onde as pobres aranhas tecem suas teias na noite só para agarrar ao amanhecer uns fiapos mesquinhos de orvalho, cruzaram a charneca e a chapada, fracassando sempre na tentativa de semear aquele objeto luminoso. Só quando estavam atravessando o morro de Huanacauri aconteceu o que esperavam: a cunha afundou sem esforço no solo e desapareceu sem deixar rastro: era o sinal para que os mensageiros fundassem ali sua residência.

Haviam encontrado o centro do mundo e, por isso, o chamaram de Quzco, que na língua das montanhas de pedra significa "umbigo". Manco Cápac ensinou os homens a semear, a cultivar e a obter frutos da terra, e Mama Ocllo ensinou as mulheres a fiar e a tecer. Por isso se disse que a cidade primeiro foi semeada e tecida, antes de erguer-se em pedra sobre as montanhas. Quando, tempos depois, os reis fizeram que legiões de homens trouxessem das canteiras longínquas as pedras imensas e as encaixaram até formar muralhas e fortalezas, tudo seguia o mapa secreto que tinham traçado no chão os tecidos de sulcos dos filhos do Sol.

Em uns desfiladeiros vizinhos a Quzco os recém-chegados encontraram uma espécie de janela grande, rodeada de outras menores. A maior estava emoldurada em ouro e tacheada de pedras preciosas, enquanto as outras tinham apenas sua moldura de ouro, sem nenhum adorno adicional. E contam os índios, sem explicar como aquilo aconteceu, que Manco Cápac e a *coya* Mama Ocllo Huaco entraram em Quzco pela janela central, enquanto três irmãos deles entraram pelas janelas laterais, cada um com sua *coya*: e se chamavam Ayar Cachi, senhor do sal; Ayar Uchu, senhor das pimentas; e Ayar Sauca, senhor de toda alegria. Por isso os incas sabiam que os filhos do Sol trouxeram não apenas a arte de semear e tecer a lã dos rebanhos, mas também a arte de conservar os alimentos, de guisar e temperar bons pratos e de se alegrar nas festas.

Só que quando nós chegamos ao Quzco não apenas encontramos as ruínas recentes, mas também vestígios de monumentos muito mais velhos que as pedras do Inca, porque ali todo começo é apenas o reflexo de uma fundação anterior, e vai ver é verdade a lenda que diz que a primeira cidade do tempo foi construída sobre as ruínas da última. Quando você percorrê-las melhor, irá comprovar que nenhum reino do mundo escolheu um cenário de mais vertigem, que em nenhum lugar as cidades estão feitas como lá para prolongar os caprichos das montanhas, que aqueles homens dobravam picos e trançavam abismos de fato. Eram fiéis ao exemplo de seus primeiros deuses, que falavam com a voz dos trovões e tinham unhas de sal e dentes de gelo. Ao longo da costa se sucedem desertos, um vento de mar grande parece secar tudo, e os flancos ocidentais da cordilheira foram terra morta até que as rezas dos incas, que não estavam só nos lábios mas também nas mãos, fizeram baixar água da crista dos montes e abriram jardins na costa ressecada.

As coisas que encontrei superavam, e muito, o que viram os olhos do meu pai. Não sei contar o que senti quando entrei pela primeira vez naquela cidade que era meu sonho de infância. Dizem que só os homens e os animais deixam seus fantasmas sobre a terra, mas eu vi pedras fantasmas, edifícios fantasmas, porque de cada ruína, de cada pedra quebrada, meu olhar extraía aquilo que havia sido. Eu ia sozinho, às vezes, para reinventar com meus olhos o esplendor da cidade vencida, e acho que ela ficou sabendo, lá da prostração das suas cinzas, que pelos olhos abertos de suas muralhas estava olhando para ela o último dos seus adoradores. Eu ainda levava comigo a carta do meu pai, e às vezes lia, tratando de comparar o que viram seus olhos com o que agora estava ao meu redor. Conheci o que restava do templo do Sol: havia sido um edifício de pedra laminado de ouro, com um grande sol irradiante ao fundo. Por seus canais dourados correu uma água que parecia nascer ali mesmo; tinha assentos solenes de pedra em que estiveram sentados os corpos dos reis defuntos. Um pouco além estava o templo da Lua, com um grande disco de prata o presidindo, onde se sucederam os corpos das *coyas* em suas cadeiras trançadas. Visitei o que havia sido a câmara das Estrelas, que era tacheada de pedras brilhantes; visitei o templo da Chuva, a mansão do triplo deus que a gente toca no raio, que a gente vê no relâmpago e ouve no trovão, e finalmente visitei a câmara do Arco-Íris, o signo mágico dos senhores incas, cujo estandarte colorido ia acima de todos os outros nas campanhas guerreiras. Esse templo final, segundo rezava a lenda, continuaria vivo se fosse mantido dia a dia por oferendas e canções.

Um dos fornidos capitães de Pizarro foi capaz de levar nas costas o sol gigante quando chegou a hora de saquear, mas acabou perdendo-o no jogo de dados, na bebedeira que veio depois da grande pilhagem. E um deus que é perdido nos dados numa noite de bêbados é uma cruel ironia. Outro soldado se apoderou da enorme lua de prata, apesar de haver normas claras sobre como todas as riquezas obtidas naquelas campanhas deviam ser minuciosamente registradas, para que a Coroa soubesse direito qual era sua parte de um quinto, mas todos os invasores se deram a saquear, arrancaram as lâminas de ouro, escavaram do chão a lança cravejada de pedras da câmara das Estrelas, e ninguém soube dizer porque depois do saque veio, para benefício de todos, uma grande confusão, relativa a que ponto chegava a riqueza que repartiram entre si. Você deve considerar que cada rei morto não legava seus bens aos descendentes: cada palácio de rei era fechado depois da sua morte com todas as suas riquezas, e só a chegada dos nossos guerreiros abriu as entranhas daquelas cavernas cheias de tesouros. Ninguém jamais será capaz de dizer quanto foi o total daqueles séculos saqueados.

Para os incas foi como se o Sol, sem se pôr, tivesse apagado de repente, e em toda a sua extensão o império deplorou a queda daquela relíquia de pedra que agora só estava viva na penumbra dos corações, furtivamente prolongada em orações e cânticos. No entanto, foram as próprias mãos dos incas que acenderam o fogo final. Quzco havia sido um centro tão sagrado e tão venerado pelo povo, que ao longo das rotas do império o caminhante que ia para a cidade tinha o dever de se inclinar diante de quem dela vinha, porque já vinha contagiado de divindade. Era uma joia de ouro encravada nas orelhas da montanha, como os pesados adornos que os senhores incas da casta real usam em suas orelhas. Para eles, as montanhas são rostos antiquíssimos de senhores de pedra, enrugados e eternos, que dialogam com o Sol e com a Lua, que dormem sobre profundos leitos de fogo, e que às vezes sonham com o pequeno fervedouro dos impérios.

Eu tinha sonhado tanto com a cidade, que muitos dos homens que interpelei sentiram que eu estava falando de um sonho: esses tropeiros toscos e novos já não eram as águias que prenderam Atahualpa num lago de sangue, mas os abutres que chegaram depois, atraídos pela lenda e pelo ouro que Pizarro mandou para o imperador. E algo de abutre eu também tinha, buscando as pegadas de ouro do meu pai sobre as pedras profanadas.

Foi, porém, mais fácil encontrar seus rastros do que achar quem devia responder pela minha herança. Os que dez anos antes eram aventureiros andrajosos mascando caranguejos agora eram varões ricos e inacessíveis, donos de montanhas, abismos e do destino de incontáveis índios, e cheios de desconfianças. O primeiro que encontrei foi Alonso Molina, que no começo disse ter ouvido falar do meu pai e mais tarde recordou muitas histórias engraçadas de seu extravio nas ilhas, mas não soube me dizer quem era o responsável pelo tesouro. Entendi que era preciso andar com pés de gato sobre aquelas montanhas envenenadas pela guerra; todos queriam primeiro saber a qual dos bandos eu pertencia, antes de dar qualquer informação. Cheguei acreditando que meu pai era um paladino da Coroa e depressa me sobressaltou a possibilidade de andar procurando a sombra de um traidor, ou de que muitos daqueles com quem eu conversava achassem que ele o era.

Meu pai havia mencionado de sobra os que padeceram com Pizarro e com ele os dias de lodo na ilha do Galo, e eu pensei tanto naqueles homens que compartilharam seu inferno que parecia que eu os conhecia: Pedro Alcón, grande comedor de iguanas; Alonso Briceño, de quem alguém disse que, dormindo, ele falava uma língua que de dia desconhecia, e o formidável grego Pedro de Candia, que procurei sem descanso por muitos dias porque meu pai o elogiava com frequência. Depois da batalha de Salinas, o grego havia perdido o afeto dos irmãos Pizarros, e quando enfim o encontrei ele me falou de Hernando Pizarro com palavras cheias de amargura.

Procurando lembranças de meu pai, dei com Juan de la Torre, que havia perdido a perna direita depois de cair num abismo; falei com Antonio Carrión, nascido em Carrión de los Condes, e com Domingo de Soraluce, das penúrias que passaram na costa, nos dias de maior desamparo. Foi quando eu soube dos desenhos da costa de Túmbez que um dos viajantes, embora não tenha sabido quem era, havia feito na primeira expedição, e que deixaram o imperador Carlos V perplexo. Nada favoreceu tanto a aventura de Pizarro como aqueles desenhos. E muitas coisas miúdas recolhi dos lábios de Nicolás de Ribera, de Francisco de Cuéllar e de García de Jarén, mesmo que outros veteranos, como Martín Paz e Cristóbal de Peralta, não tenham aparecido nunca, e de Bartolomé Ruiz, o famoso marujo que guiou sua proa rumo às douradas estrelas peruanas, soube apenas que tinha se dedicado a viajar sem parar pelos mares do Sul e ninguém mais sabia se estava vivo ou morto. Eu bem que teria gostado de encontrar, com admiração e com espanto, todos os que estiveram na tarde sangrenta de Cajamarca, todos os que entraram no Quzco no dia da sua perdição.

A verdade é que dos veteranos da conquista eu conhecia o mais livre de todos, Hernando de Soto, porque um dia vi como ele chegava em La Española, de regresso das suas façanhas, e vi como narrava os episódios do Peru. Você pode imaginar, depois dos sonhos que a carta do meu pai despertou em mim, o que eu senti vendo chegar à ilha um dos heróis viventes daquela conquista. Falou da sua amizade com o Inca prisioneiro, dos diálogos que tiveram, e do modo sinuoso como Pizarro, sabendo que os dois tinham se tornado amigos, mandou De Soto investigar se as tropas índias preparavam uma insurreição, só para não estar presente no momento em que julgassem e executassem Atahualpa. Entre tantos guerreiros, unicamente as mãos de Hernando de Soto, que não estava lá, e de onze dos seus companheiros, que estavam, mas se opuseram ao que aconteceria, permaneceram limpas do sangue do Inca, mas claro que isso não se nota muito em mãos tão manchadas de sangue. Muito me comoveu conhecer alguém que tinha merecido a amizade do filho do Sol, e nunca esqueci tudo que contou ao meu mestre no grande salão da fortaleza, à luz vertical das seteiras, ou percorrendo as muralhas diante do mar, onde as velas que o levariam de regresso à sua terra já se inflavam.

    Durante anos fui o mudo espectador das visitas que Oviedo recebia; passava despercebido, porque a infância é tímida, mas tudo que contavam, contavam para mim, pois ninguém os ouvia com mais avidez e admiração. E aqueles relatos do Peru foram os primeiros licores da minha vida: a entrada dos ginetes na planície descampada debaixo do súbito granizo, no meio de uma multidão de guerreiros nativos; o Inca impassível, quase debaixo dos cascos das feras; a camisa de Holanda e as duas taças de cristal de Veneza que estiveram nas mãos de Atahualpa, presente de Pizarro antes da traição; a noite que os invasores passaram em claro vendo como se fosse um céu estrelado as montanhas faiscantes de tochas dos milhares de guerreiros incas; os braços espanhóis entumecidos de matar, rodeando o trono de ouro e de plumas; a câmara que ia se enchendo de objetos de ouro; os inacreditáveis delitos pelos quais foi julgado Atahualpa; o saqueio do Quzco; os combates pelas subidas da montanha. É possível que a vaidade me engane, mas talvez não tenha havido nas Índias uma testemunha mais fiel, embora à distância, das coisas que ocorreram naqueles tempos.

    Hernando de Soto tinha lá seus ares de príncipe e, antes de qualquer outro, se cansou da ambição dos Pizarros. Diante dos nossos guerreiros, eu tinha o coração dividido entre a admiração e a rejeição: tão valioso era o que eles fizeram, tão brutal a destruição que levaram a cabo sobre um mundo que meu coração venerava. Naqueles dias em que cheguei ao Peru, De Soto tinha regressado às Índias, mas com a nomeação de governador de Cuba: nada seria capaz de ser menos atraente para ele do que voltar à terra comovida pelos Pizarros. Ia pronto para seguir os passos de Cabeza de Vaca pelas ilhas Floridas, e bem sei que durante os meses que o maior rio do mundo nos arrastou, ele estava descobrindo outro rio quase igual nos chapadões empoeirados do norte.

Estas Índias não paravam de crescer diante dos nossos olhos. De Soto foi além das mesetas do México, pelas águas do golfo de Fernandina, por ilhas cujas beiradas são como dentes afiados de crocodilos, e chegou a um reino tão extenso e indômito que nem mesmo o imperador se animou a acreditar em sua existência, embora a cada tanto essas pradarias devorem suas expedições.

Você me faz lembrar de De Soto, o capitão que ensinou o prisioneiro Atahualpa a jogar xadrez. Pena que virou alimento de peixes no grande rio do Espírito Santo, aquele que os índios chamam de Mitti Missapi, um rio imenso, e que é só um irmão menor desse rio que você procura. É bom que você saiba que outros, tão valentes e poderosos como você, foram derrotados pelo espírito dos rios, nestas Índias que uma vida inteira não consegue abarcar.

4.

Não se sabe quem anda mais extraviado, se quem persegue bosques vermelhos de canela ou quem busca guerreiras amazonas nuas, se quem sonha com cidades de ouro ou quem vai no rastro da fonte da eterna juventude: nascemos, capitão, numa idade estranha em que só nos é dado acreditar no impossível, mas buscando essas riquezas fantásticas terminamos todos transformados em pobres fantasmas.

Já que estamos no Panamá, vou dizer a você uma coisa que compreendi comparando as experiências das minhas viagens com as memórias de muitos viajantes. Quem estava chamado a conquistar as terras do Inca não era Pizarro e sim Balboa, não apenas porque foi o primeiro a ter notícias desse reino, mas porque entendia melhor os homens e pelo menos sabia conquistar sem destruir. Era feroz e temerário, na hora da guerra era implacável, mas sabia, sem dúvida, diferenciar a paz da guerra, sabia respeitar os pactos e reconhecer a dignidade dos inimigos. Eu soube disso através do meu pai e de Oviedo, e também, de certa maneira, pelo que ouvi de Hernando de Soto naquelas tardes. Quanta diferença entre a arte política de um capitão que dialogava nestes montes com os reis índios, e a barbárie grosseira dos Pizarros, pois para eles não era rei nem mesmo o imperador Carlos V. Mas aqui foram os Pizarros os que abriram caminho. Como se só a nossa barbárie pudesse abrir caminho para a nossa civilização.

Um dia, depois de anos de aventuras, cheio de dívidas e ambições, Balboa havia deslizado furtivamente para a nau de Fernández de Enciso, que ia em auxílio de Alonso de Ojeda nas marismas perigosas de San Sebastián de Urabá, o primeiro casario espanhol em terra firme. Balboa confiava tanto em seu cão que se escondeu com ele num barril, e nem um único latido o delatou durante toda a travessia. Já chegavam a San Sebastián quando Enciso descobriu o passageiro clandestino e seu cão, e quis abandoná-los numa ilha atapetada de serpentes, mas Balboa aproveitou cada minuto: em poucas frases revelou a ele seu assombroso conhecimento do território, e antes de tocar terra os dois já estavam não apenas aliados para ajudar Ojeda, mas confabulados para se apoderar das terras de Nicuesa.

Na verdade, porém, quem esperava por eles era Francisco Pizarro, que não era ainda nem sombra do que seria. Ojeda havia deixado Pizarro no comando de uns poucos homens, debaixo de um cerco de índios encolerizados, pedindo a ele para resistir durante cinquenta dias à espera de Enciso. Balboa sugeriu mudar o povoado para a região de Darién, no golfo de Urabá, cujos solos e climas pareciam mais propícios. Embarcaram em seguida rumo ao golfo, onde um cacique belicoso, Cémaco, pôs contra eles as flechas de quinhentos arqueiros, mas os conquistadores invocaram Santa María la Antigua, cujo estandarte bordado traziam de Sevilha, e quando a dama do céu concedeu a eles a vitória, deram seu nome à cidade que fundaram na saída do golfo de água doce, em setembro de 1510.

Balboa se alçou a chefe da nova fundação; era o melhor conhecedor daquelas terras e o mais hábil negociador com os índios, e Enciso não percebeu a hora em que passou a receber instruções de seu subalterno. Tentou reagir, ser de novo o chefe, mas Balboa, com um sorriso, lembrou a ele que seus verdadeiros domínios estavam em San Sebastián, do outro lado da água, e que ele já era apenas o regedor de um perigoso casario abandonado. Embora seu reino fosse terra perdida, o homem insistia, e então Balboa o destituiu com o argumento de que ele era déspota, e todos os seus soldados reunidos em assembleia o nomearam prefeito de Santa María la Antigua del Darién, a cidade branca, a primeira de um mundo, lá onde as longas praias estão cheias de troncos retorcidos, de árvores que as tormentas arrancam das selvas do sul e os redemoinhos de água doce arrojam e lustram de golpe.

Mas aqui, antes mesmo de ser conhecida, toda terra já tem seu dono. Se a região de Santa María não estava sob o mando de Ojeda e de Enciso, então era jurisdição de Nicuesa. Quando ele ficou sabendo dos êxitos de Balboa, e do ouro que os adornava, veio castigar os invasores e se impor a eles, mas Balboa, que ouvia tudo que se movia na selva e no mar como se entendesse os relatórios das gaivotas, esperou por ele com a multidão amotinada, impediu seu desembarque como governador e até mesmo como simples soldado e confiou sua sorte, sem provisões e com dezessete acompanhantes em uma barca decrépita, à improvável clemência do mar. Foi a última notícia que se teve deles.

E então Balboa se dedicou à conquista do istmo. Enfrentou os índios belicosos e saqueou suas aldeias, remontou os picos selváticos, vadeou os rios torrenciais, desafiou os pântanos palúdicos, arrebatou pelas aldeias todo o ouro que foi capaz, mas chegou a estabelecer alianças firmes com alguns chefes nativos. Conquistou o chefe Careta para o bando de Cristo e fez com que recebesse o batismo, fez Ponca retroceder até as montanhas, e mais tarde se aliou a Comagre, o chefe mais poderoso. E dali avançou por serras tremendas, vencendo alguns chefes e ganhando a amizade de muitos outros. E num dia em que os espanhóis brigavam entre si, repartindo o butim de um daqueles povoados, Panquiaco, o filho de Comagre, indignado com tanta cobiça, derrubou furioso a balança em que pesavam o ouro e deu a Balboa a notícia assombrosa que ele andava buscando sem saber. O jovem índio disse, em sua ira, que se o que queriam era ouro, e se estavam dispostos a enfrentar tantas penalidades e levar a cabo tantas destruições só para achar ouro, ele podia indicar um reino onde havia tanto, que não só as cidades eram de ouro, mas os canais pelos quais a água corria, as vasilhas em que eram servidos os manjares e até as poltronas onde os mortos se sentavam. Acrescentou que a esse reino ocidental teriam que chegar em barcos atrevidos sobre as ondas, porque atrás das serranias havia outro mar.

E Balboa sentiu a vertigem para a qual tinha sido engendrado. Misturando cautela e audácia lançou uma nova campanha com cento e noventa espanhóis, alguns índios e muitos cães de caça, primeiro ao mando de um bergantim e dez canoas índias, aproveitando de algum modo a confiança dos caciques, e de outro o medo que as matilhas causavam a esmo, nas quais se destacava seu próprio cão, Leoncico, mais inteligente e fiel que muitos conquistadores, e que tinha um colar de ouro e afiados dentes de sangue, e recebia a cada lua seu soldo, como um soldado a mais da tropa.

Nas terras de Caret, mil índios se uniram a ele. Balboa cruzou em guerra as comarcas de Ponca, as selvas espessas e o povoado de Cuarecuá, e seguiu caminho até o momento em que, sem ter visto nada, sentiu a proximidade do mar, sentiu o vento com o cheiro ácido das distâncias, e entendeu que estavam se abrindo nele mesmo, em suas entranhas, milhões de aventuras. Achava que Pizarro, que vinha com ele desde San Sebastián, era seu amigo; que Belalcázar era seu amigo; que até mesmo era seu amigo Blas de Atienza, fornido e louro e com cara de príncipe, que entrou atrás dele, quase chorando, nas águas espumosas do mar do Sul. Naquele mesmo dia de grandes águas, Balboa compreendeu que as aventuras do futuro esperavam neste mar ocidental, e rapidamente confirmou isso com os relatos de Andagoya, o primeiro explorador, e as histórias dos índios, copiosas e sufocantes como chuva na selva.

Não seria fácil explorar os litorais, era preciso fazer isso com firmeza e paciência, e então aconteceu algo que deveria melhorar as coisas, mas, na verdade, fez ficarem mais difíceis. É que não havia passado muito tempo quando, comandada por Pedro Arias de Ávila, chegou a impressionante armada real, uma cidade de naus de conquistas, que vinha alentada pelo descobrimento do novo mar e pelas grandes riquezas do istmo. Foi a primeira expedição que a Coroa se animou a fretar, e naquele enxame de mais de dois mil aventureiros chegavam grandes senhores como meu mestre Oviedo, fugitivos de sangue turvo como meu pai, aventureiros como Gaspar de Robles e homens mais turbulentos como o bacharel Gaspar de Espinosa.

Mais longo que o relato da minha viagem seria explicar a você como Pedrarias, o invejoso, Pizarro, o implacável, e Espinosa, o ambicioso, conspiraram para a ruína de Vasco Núñez de Balboa de tal maneira que Pedrarias, seu próprio sogro, ordenou a sua captura, Pizarro, que se dizia seu amigo, fez dele seu prisioneiro, e Espinosa, que queria tirá-lo rapidinho do seu caminho, o julgou e o condenou à morte. Não porque tivesse cometido atropelos como chefe de tropa em Urubá, nem porque tivesse perseguido Nicuesa, como eles diziam, mas porque se insinuava como chefe indiscutível que conquistaria os reinos do sul; porque enquanto ele vivesse, os outros, violentos e medíocres, muitíssimo inferiores a ele em conhecimento, em astúcia e talento político, não conseguiriam levar nada adiante. Se você quiser uma prova melhor, foi Pizarro, o capturador de Balboa, quem conquistou os reinos do Inca, e fez isso com financiamento de Espinosa, o verdugo de Balboa, enquanto Almagro e Luque, os sócios que apareceram mais tarde, seriam traídos em seu devido tempo.

Você dirá que estou sendo um ingrato com Pizarro, o chefe militar do meu pai, mas eu sei o que estou dizendo: os homens valentes são demasiado confiados, e os traidores são demasiado enganadores; o rei e o papa estão muito longe e dedicados às suas próprias rapinas para impor aqui, de verdade, a lei de Deus ou da Coroa; esta conquista só abre caminho com crimes e muito tardiamente tenta se redimir com leis e procissões. Aqui, só triunfam os piores. A Coroa aceita que avancem com saques e massacres, e depois chega para ocupar o que havia sido conquistado e tratar de castigar os criminosos que fizeram que isso fosse possível.

Somos apenas instrumentos dos poderosos, degraus para escalar o poder dos reinos, espadas para decapitar seus inimigos, guardiões de seus cárceres, sentinelas de seus palácios, obedientes administradores de sua renda e diante dos grandes chefes ninguém pode se perfilar como um rival por seu talento ou pela sua força. Os mansos não herdam esta terra, na verdade foram os primeiros a perdê-la. Basta pensar no pobre poder que têm as flechas contra as armaduras, as azagaias contra as espadas e os dardos das zarabatanas contra a cusparada dos arcabuzes e o trovão dos grandes canhões. Até os violentos moderados vão sendo substituídos por outros mais selvagens, e é por isso que a recompensa do meu pai jamais chegou às suas mãos nem às minhas.

5.

Se aceitei contar outra vez como foi a nossa viagem é só para convencer você a não ir nessa expedição com a qual está sonhando. O que você viveu em terras de panches e de muzos, de tayronas e muiscas, é pouca coisa ao lado das penalidades que vai encontrar nestas selvas. Você diz que é bem possível, muito possível, que pelo reino das amazonas também seja possível entrar no país do Homem Dourado, mas eu, que estou farto de ver essas terras, digo que elas foram feitas para enlouquecer os homens e devorar suas expedições.

Sim, nós sobrevivemos, mas isso foi, sem dúvida, uma exceção. Sempre torno a me perguntar como é possível que tantos de nós sobrevivêssemos a um perigo tão extremo, e vai ver têm razão os índios quando dizem que a selva pensa, que a selva sabe, que a selva salva aqueles de quem gosta e destrói os que rejeita. Não importa que tudo isso pareça loucura a você, essa loucura deveria demonstrar que ninguém sai indene do rio e da selva que ampara esse rio.

Mas eu posso explicar de outra maneira essa convicção dos índios: nós, na selva, precisamos de armaduras, cascos, viseiras e milhares de cuidados para nos proteger dos insetos, das pragas, da água e do ar. Vemos ameaças em tudo: serpentes, peixes, espinhos do tronco das árvores, peçonha de taturanas peludas, e até na cor diminuta dos sapos dos charcos, mas ao mesmo tempo comprovamos que os índios se movem nus por essa mesma selva, se lançam aos seus rios devoradores e saem intactos, parecem saber o segredo para que a selva os respeite e os salve.

Não é que a selva os ame, não é que a selva saiba que existem, na verdade é o contrário: todos eles tratam de não serem sentidos pela selva. Eles se movem de um lugar a outro, não derrubam as árvores, não constroem cidades, não lutam contra a poderosa vontade da selva, mas se acomodam, respiram em seu ritmo, são ramos entre os ramos e peixes entre os peixes, são plumas no ar e periquitos ligeiros no emaranhado de galhos, são lagartos voadores, onças que falam e tapires que riem.

A selva os aceita porque eles são a selva, mas nós não poderemos jamais ser a selva. Olhe para você: tão galhardo, tão elegante, tão refinado, um príncipe que não se sente feito para se alimentar de minhocas e para beber infusões nos charcos apodrecidos. Eles são capazes de olhar estas selvas com amor, mas para nós, são um emaranhado de onde brotam flechas envenenadas, ainda que talvez nem sempre tenha sido assim, talvez seja só a nossa presença que faça brotar tantas flechas. Nós temos que nos proteger da selva, temos que odiá-la e destruí-la, e ela percebe de imediato e volta contra nós seus agulhões, centenas de tentáculos irritantes, milhares de bocarras famintas, miasmas, nuvens de mosquitos e pesadelos.

E é porque conheço essa selva que digo a você que nem penso em voltar. Depois de atravessar seus domínios, demoramos muito até voltar a ser nós mesmos, nos perseguem seus uivos, seus zumbidos, sua névoa, uma umidade que rasteja pelos sonhos, que invade as casas onde dormimos mesmo quando já nos encontramos em cidades remotas. Você estará a salvo durante o dia, mas de noite, ao redor do seu sono, crescerão folhagens opressivas, soarão as cascatas e arroios, rugirão coisas cegas nos telhados das torres, o ar das alcovas se encherá de voos fosforescentes e de coisas negras com fome, coisas que afiam seus dentes na treva.

E o pior é que os homens também se tornam ferozes em contato com essas ferocidades. A selva desperta, você vai ver, nos seus dentes o crocodilo e em suas unhas o tigre, vai fazer ondular a serpente pela sua espinha, porá amarelos ávidos nas suas pupilas e vai dilatar pela sua pele temores como escamas e espinhos. Os amigos se transformam em rivais, os irmãos se ferem como ouriços que tenham se feito acompanhar, os amantes se devoram como os louva-a-deus na cópula. E isso que falo é sobre nós, não sobre os índios, que sabem viver essa condição com outros sonhos e outras rezas, porque pertencem a esse mundo e estão em comunicação com ele. Nós, prenhes de ambição e enfermos do espírito, não podemos conviver com a selva, porque só vamos tolerar o mundo quando tivermos dado a ele nosso rosto e tivermos imposto a ele a nossa lei.

Mas já vejo que você não quer que eu me afaste mais do relato que você espera. Você deveria aprender que em tudo aquilo que chega aos ouvidos há lições que podem ser definitivas. Eu aprendi aqui a não desdenhar nenhum relato, nenhuma história casual. Vai saber em qual trino de pássaro ou em que frase balbuciante do escravo está o segredo da nossa salvação. E há exemplos, lições e experiências que ninguém deve descuidar se aspira a se lançar a aventuras nestas terras que respiram enigmas.

Você talvez até poderia fazer façanhas memoráveis se ainda sobrassem reinos como os que já foram descobertos, mas outra vez juro que você se engana se pensa que as selvas onde vim parar podem ser conquistadas. Dizer que alguém é seu dono ou dizer que alguém não é seu dono dá no mesmo, não significa nada. Deus duvidaria em dizer que é o dono da selva, e acho que na verdade ele iria preferir se confundir com ela.

Um bosque deve ter certas dimensões para ser propriedade de um homem; um país, certos limites para ser o domínio de um príncipe; um rio, certo caudal para ser aproveitado e governado. Acima desses limites qualquer região do mundo pertence aos deuses. Os faraós não tentaram avassalar o deserto, os mongóis não se atreveram com o Himalaia; a Europa pôde se fatiar em reinos humanos porque é pequena, um mundo em miniatura, porque não há verdadeiros desertos por lá, nem verdadeiras selvas, e por isso se acostumou a chamar seus jardins de bosques e de selvas seus bosques. O único verdadeiramente selvagem que a terra europeia produz são os seus homens, capazes de torcer rios e decapitar cordilheiras, de fazer as marés retrocederem e de reduzir sem dor as cidades a cinzas, e só por isso eu até que gostaria de ver você medindo a vontade do seu sangue com a força do rio, o poder do seu braço com os tentáculos dos arvoredos imensos.

Agora, posso continuar a contar.

Na minha chegada ao Peru, os outros veteranos da conquista já eram poderosos encomendeiros, mais difíceis de encontrar que o tesouro. Não queriam saber de solicitantes; mencionar meu pai em vez de abrir portas parecia fechar todas elas para mim, como se aquela sombra do defunto viesse a perturbar o desfrutar dos seus bens. Os irmãos Pizarros estavam empenhados em se apoderar de tudo que tivesse sobrado. Hernando tinha acabado de levar para a Espanha um novo tesouro para o imperador, mas lá, depois de receber o tributo, as sentenças dos tribunais cobraram dele com cepos dentados e prisão duradoura o assassinato de Almagro. Gonzalo permanecia nas Índias, com os olhos fixos de sentinela e ouvidos alertas para descobrir reinos silenciosos e riquezas secretas.

Quando enfim fiquei sabendo que meu pai tinha chegado a integrar as filas de Pizarro contra Almagro, me atrevi a bisbilhotar pelas casas grandes de Lima. Consegui me aproximar de Nicolás de Ribera, senhor da grande comenda — e terras — de Jauja e tesoureiro de Pizarro desde o primeiro dia. Durante anos, seu cargo havia sido uma ilusão, pois não havia nada a administrar: porém, chegada a hora, viu correr pelas suas mãos um inacreditável rio de ouro. Lembrava-se do meu pai, me jurou que tinha sido seu amigo, e tinha clara consciência de que uma parte do tesouro de Quzco nos correspondia.

"Por desgraça, seu pai morreu antes da divisão", me disse ele. "Eu cheguei a calcular a porção do tesouro que seria dele, mas ele foi pego pelo desmoronamento da mina sem que tivesse declarado a quem transferir seus bens, e o ouro passou ao governo, às mãos do marquês dom Francisco. Justo naqueles dias eu recebi a minha parte e abandonei o cargo de tesoureiro. Agora, só a família Pizarro pode responder pela sua herança, e como Hernando está na Espanha, e vai levar um bom tempo até voltar, é Gonzalo quem administra o tesouro e define as divisões. Desde a morte do seu pai, meu rapaz, passaram-se os anos, e aqui ninguém sabia da sua existência."

Não me restava outro remédio a não ser falar com o marquês, mas você sabe, você aprendeu na própria carne como é difícil para um rapaz sem rumo se encontrar com as mais altas autoridades de um reino onde incontáveis conflitos respiram fogo vivo a cada dia. E foi o Demônio dos Andes quem primeiro me falou da viagem que estava sendo preparada. Naquela tarde, homens da guarda de Gonzalo Pizarro estavam bebendo num antro chamado pomposamente de La Fonda de la Luna, uma árvore de galhos enredados que vinham até os areais calorosos nos subúrbios da Cidade dos Reis de Lima. Muitos capitães teriam simplesmente negado a herança, mas meu pai teve bons amigos na tropa e aquele escamotear podia produzir algum mal-estar.

Naquela tarde eu procurava Gonzalo Pizarro e não consegui encontrá-lo, mas consegui falar com Francisco de Carvajal, o único dos bebedores que não estava bêbado. Tinha pelo menos 70 anos, mas era corpulento e temível, e, apesar da idade, bebia com soldados muitíssimo mais jovens que ele. Parecia resumir em seu rosto e em seu corpo a memória de muitos lugares: tinha mil histórias para contar, mas suas crueldades eram incontáveis. Ver aquele homem me assustou, porque tinha a fama de ser o próprio diabo em pessoa, mas naquela tarde não parecia respirar enxofre. Só pelo que contava soube depois que tipo de diabo subalterno ele era, e que papel desempenhava diante de diabos mais poderosos e mais elevados. Também tinha conhecido meu pai, e parecia apreciá-lo. Quando finalmente me atrevi a mencionar os ducados da minha herança, ele me disse com uma gargalhada que todo o ouro de Quzco estava investido numa expedição para o norte.

Pelas praças já se começava a ouvir rumores daquela expedição, mas só ali eu soube com certeza. Senti, diante daquele velho, o que sentiria um camundongo conversando de noite com um gato. Ele perguntou a minha idade, e quando disse que tinha 17 anos comentou que eu estava mais do que pronto para me alistar na tropa. "Se você for bom para matar índios, pode ser que Gonzalo leve você para procurar o País da Canela." Abandonou seu ar ameaçador e me atirou uma moeda de contorno irregular mas reluzente, de prata, um real de oito, que tinha na cara o escudo de armas de Aragón e na coroa, uma cruz com duas torres e dois leões nos quartéis.

Acostumado a pagar com moedas frágeis de metal, que se dobravam ao menor esforço, muito antes de conhecer os táleres da Áustria e os *gúldiners* do duque Sigismundo, aquela foi a primeira moeda de verdade que tive na vida, e o fato é ainda mais notável quando só conheço histórias de Carvajal arrebatando moedas, e o meu é o único caso em que ele deu uma de presente. A moeda ressoou sobre a mesa úmida de vinho, e eu recordei, unidos desde aquele momento, o brilho da peça de prata e o nome daquele país que o Demônio dos Andes quase tinha me prometido. Já sabia a que me dedicar: ou começava um processo que duraria anos nos tribunais de ultramar para conseguir o que me deviam, ou aceitava ir fazer valer meus direitos na expedição e reclamar a minha parte no que fosse descoberto.

Finalmente consegui ser recebido pelo próprio marquês Francisco Pizarro, que não havia se esquecido do meu pai entre os doze rostos que tinham ficado ao seu lado para sempre. Ele me triturou em seu abraço e falou com agitação dos antigos padecimentos. Para mim, aquele homem era ao mesmo tempo a causa final das minhas desgraças e a porta final das minhas esperanças. Não sabia o que pensar dele: no rosto duro de tirano havia uma espécie de ascetismo de mártir; em seu corpo vestido de luxo, o desamparo de um tronco à intempérie; em sua voz de humano se sentiam o ronco de um leitão e um rumor de águas tormentosas. Parecia comovido pelo encontro, jurou que eu era como um filho para ele, e no final de tanto salamaleque, tudo que consegui foi um papel assinado com uma cruz de bárbaro, mas referendado pelo lacre cerimonial, que conservei por muito tempo, onde reconhecia a parte do meu pai, Marcos de Medina, conquistador de Quzco, prefeito de Lima e chefe de encomendas de Ollantaytambo, e seus direitos sobre bens que fossem obtidos na expedição que sairia rumo a Quito para buscar a canela, e também a minha condição de herdeiro desses direitos.

Passou-se ainda um ano antes que eu pudesse ingressar na tropa. Quando enfim entrei, os preparativos já começavam.

6.

VOCÊ VAI À PROCURA DE UMA CIDADE IMPONENTE E O QUE EN-
CONTRA É UMA TUMBA cheia de remordimentos, persegue um bosque de maravilhas e desemboca num rio de ameaças, busca um tesouro de metais e uns lábios de pedra detêm seu andar. Você vive achando coisas sem descanso, mas o que encontra não se parece com o que busca. Talvez nada neste mundo seja o que parece, e a verdade das coisas tem que ser revelada aos nossos sentidos pelos deuses ou pelos seus enviados. Dizem os índios que existem virtudes das plantas que só as plantas conhecem, e dizem os alquimistas que existem segredos dos metais que só as estrelas nos revelarão.

Não sei por que aquele afã misterioso de transformar todas as coisas em ouro nos invadiu durante séculos. Num porão de Liège, já lá se vai um bom tempo, alguém me disse que chegar ao segredo de muitos poderes do mundo requer iniciação e revelação. Lá fiquei sabendo que legiões de magos, trancados em seus gabinetes, tentaram século após século encontrar o segredo do ouro escutando o sussurro dos planetas e interrogando a rosa dos números. Foram os árabes que nos ensinaram a desenhar esses signos, cuja magnitude vai crescendo conforme aumentam seus ângulos. Mas os alquimistas não se limitaram a enumerar o mundo: olhavam o abismo das proporções, exploravam a selva das equivalências, mudaram a arte médica dos algebristas, que tornam a pôr cada osso em seu lugar, numa refinada arte de equilíbrios, que se lança a descobrir magnitudes ocultas.

Também eu gastei meus anos tratando de aprender a ciência dos números e sua relação com metais, planetas e animais. Homens que se escondiam para pensar e que veneravam estrelas me ensinaram que o um é o ser e a unidade, que o dois é a geração e o encontro, que o três é a complexidade e a dispersão, que o quatro é o equilíbrio e a perpetuação, que o cinco é a ramificação e a estrela, o seis, a simetria e o segredo da conservação, o sete, a dissonância e o princípio da virtude, o oito, a infinitude e a arte da repetição, o nove, a harmonia pela qual tudo está em cada parte, e o zero a desmesura e o segredo do vazio do mundo.

Mas nunca pude obter dessas fórmulas um poder efetivo: requer-se muito mais que noções para que a magia atue entre coisas. Fiquei sem saber o que revelam, a quem sabe escutá-los, o trotar do unicórnio, a regeneração da fênix, o voo alto do cisne, a cadência do leão, a força invasiva do sol negro, a laboriosidade da abelha, o tremor da rosa de sete pétalas, a dança do fogo da salamandra, o giro furta-cor do pavão e o grasnido da águia de duas cabeças. Minha paciência ou minha sabedoria não foram suficientes para produzir transmutações com aquilo que os sábios que misturam substâncias chamam de condensação, separação, incremento, fermentação, projeção, solução, coagulação, exaltação, putrefação e calcinação.

Só sei que, de repente, o ouro que estavam a ponto de alcançar as mãos maravilhadas dos magos em Córdoba e Bruges, em Budapeste e em Praga, apareceu no mundo por outro caminho. Atrás dos mares, nestes templos do Novo Mundo, cobrindo as cabeças dos guerreiros, perfurando seus narizes, seus lábios e seus lóbulos, tangendo sobre seus peitos e seus ventres, todo o ouro que os nigromantes invocaram deslumbrou de repente os olhos de outros aventureiros. Você mesmo, ainda sem achar o tesouro, terá visto mais ouro do que viram todas as gerações dos seus avós.

Esta é a idade da riqueza. Ouro de filigrana sobre as balsas muiscas, prata polida dos índios chichimecas, colares de esmeraldas sobre os peitos nus, jazidas riquíssimas de Potosí, densas fileiras de pérolas ao redor das pernas dos cumanagotos: a riqueza tem todas as formas, porém nenhuma para mim é mais estranha que essa casca de árvore que altera as bebidas e dá aos alimentos uma doçura exótica. A canela: ouro, sim, mas estilhaçado em aroma, o túmulo dos troncos que havia séculos apagava em suas labaredas os palácios do Tíber, quando, para despedir sua imperatriz morta, Nero fez queimar sobre as praças de Roma a colheita inteira que a Arábia havia produzido em um ano.

Foi nos terreiros saqueados do Quzco que Gonzalo Pizarro ouviu falar pela primeira vez do País da Canela. Ele tinha, como todos, a esperança de que houvesse canela no Novo Mundo, e quando pôde deu aos índios bebidas com canela, para que provassem e ver se reconheciam. Um dia, índios da cordilheira contaram que ao norte, mais além dos montes nevados de Quito, virando para o leste pelas montanhas e baixando atrás dos penhascos de gelo, havia bosques que tinham abundância de canela. Sei que os índios não conseguiram descrever com total exatidão, porque as dificuldades de comunicação eram muitas, mas Pizarro adivinhou os bosques vermelhos de árvores lenhosas e perfumadas, um país inteiro com toda a canela do mundo, a comarca mais rica do que alguém poderia imaginar. Buscando canela tinham vindo as três pequenas barcas do começo, e que me parece ver diminutas no passado, como três cascas de noz embandeiradas por um menino e arrojadas sobre um azul sem fronteiras, mas até então a canela do Novo Mundo não havia aparecido.

Quando nos falaram do País da Canela, escrevi para meu mestre Oviedo pedindo informação sobre a árvore prodigiosa, e em sua carta ele me contou tudo que tinha sabido ao longo de muitas décadas sobre essa especiaria que continua sendo o nosso desvelo. Já é uma boa prova do afã que a Europa tinha por sair de si mesma, buscando um céu novo e uma terra nova, essa fascinação por tudo que vem de longe. Mais valioso de tudo que é produzido em seu mundo cristão acabou sendo, para a Europa, o exótico: sedas tecidas com casulos de lagartas, que os genoveses há séculos trazem por um caminho que se rasga nas fronteiras da China em duas rotas diferentes: a fria e desolada de Fergana, e a ardente de Báctria, pelos desertos do sul; também as porcelanas, as pérolas e as pedras brilhantes, que os juncos leves descarregam nos atracadouros de Malaca, e essas especiarias que enlouqueceram o mundo: a pimenta, o gengibre, a hortelã, o cardamomo, a noz-moscada, o cominho, o anis, a canela.

As especiarias, como um sopro de músicas insinuantes, de serpentes que surgem de suas cestas de vime, danças devassas entre fumaças, trazem os odores e sabores que parecem ter um mundo dentro de si. Essa pimenta negra, verde e vermelha da Índia, o prazer dos portugueses, que é colhida na costa malabar, que caravanas de camelos carregam até Trebizonda, até Constantinopla e Alexandria, e que os pálidos comerciantes de Antuérpia distribuem pelo império inteiro. Ou essa noz-moscada, que se apreciava tão pouco quando era somente um remédio contra a flatulência e o resfriado, mas que começou a chegar em grandes carregamentos quando os médicos da Holanda descobriram que era o remédio final contra a peste. Ou o cardamomo digestivo que se acumula nos armazéns de Ormuz. Ou esses barcos carregados de cravo-da-índia que vêm das ilhas Molucas, e que os galeões espanhóis compram dos chineses em alto-mar.

Mas principalmente a canela, o cinamomo do Ceilão, esse perfume de vitória e orvalho, que, conforme disse Heródoto, cresce em lugares inacessíveis, protegido por dragões ou duendes. Oviedo me contou que os sacerdotes egípcios utilizaram a canela para embalsamar cadáveres e agravar feitiços, mas a gente rica da Espanha usa para aromatizar os alimentos que tendem a estragar, ou para fabricar sabões e unguentos, ou poções que dão energia sexual. É tanta a fascinação pelas substâncias longínquas, que algum dia vai se apoderar do gosto da Europa o *qahwa*, negro como a noite, que na Turquia e na Síria é bebido em infusão, e que espanta o sono dos viajantes venezianos.

Quando correu a voz de que o que nos esperava do outro lado das montanhas não era um pequeno bosque mas um país inteiro de bosques de canela, o delírio dominou os soldados. Todos acreditaram, todos acreditamos cegamente no País da Canela, porque alguém tinha contado que esse país existia e éramos centenas de homens que precisávamos que existisse. Todo dia Pizarro nos repetia que foi buscando canela, e não ouro, que Colombo chegou ao Novo Mundo. Finalmente ia se cumprir o sonho dos descobridores: depois de tantas guerras e tanto penar, um tesouro mais fabuloso que tudo que tinha sido visto até aquele momento estava esperando por nós.

Na minha idade, a riqueza não me importava tanto: eu estava à procura de algo que me era devido por justiça, mas vivi com todos a certeza de que ficaríamos ricos. Outras coisas embriagaram a minha imaginação: percorreríamos, com certeza, comarcas onde o vento cheirasse à canela, onde as árvores não ofereceriam frutos à avidez humana e sim troncos acesos que se descascavam em ramos de aroma. Até pensei que os secretos habitantes daquele país fariam casas perfumadas, barcos deixando rastros de aroma sobre os rios escondidos. Eu tinha lido nos velhos poemas latinos que meu mestre Oviedo me mostrou que os homens de Samotrácia fabricavam navios de sândalo.

Mas, de acordo com o que diziam os índios, o terreno seria difícil, os bosques estavam muito longe, e a comarca era povoada por tribos guerreiras. Era preciso se preparar para uma travessia violenta.

7.

PARA ENTENDER A QUEDA DOS INCAS não basta pensar na ferocidade dos invasores. Também é preciso saber que o império esteva unido desde a sua fundação, e que só depois da morte do inca venerável Huayna Cápac foi repartido entre seus filhos, em duas partes distintas: o reino grande do sul, cuja capital era Quzco, foi entregue a Huáscar, o herdeiro por tradição, e o reino do norte correspondeu a Atahualpa, o filho preferido do rei.

Huayna Cápac era filho de Túpac Inca Yupanqui e neto do grande Pachacútec, que os incas veneram como o nono dos reis e o maior de todos, porque recebeu do Sol os dons de expansão, claridade e renovação, e por isso engrandeceu o reino de Wiracocha, seu pai, e cobriu com suas leis a cara enrugada das montanhas, dando novos propósitos a um mundo semeado sobre ruínas de mundos. Depois, tinha se sentado para sempre no templo do Trovão.

A divisão do poder não se deveu apenas ao amor desmesurado que Huayna Cápac sentia por Atahualpa, mas também à decisão de estender pelo norte o império, para além das gargantas inclementes do Patía, onde povos aguerridos resistiam ao seu avanço. Não tardou para que aparecessem discórdias entre os irmãos, por alguma faixa de terra, e depois de um dia de eclipse em que o Sol teve duas cores, a rivalidade tomou asas de guerra, e Atahualpa, mais audaz e belicoso, derrotou Huáscar e reduziu o irmão a seu prisioneiro. Nessa guerra estavam o Sol contra o Sol e a montanha contra a montanha, quando apareceram diminutas lá pelo ocidente, à vista indignada do deus, as tropas ferozes de Francisco Pizarro, avançaram do litoral e remontaram a cordilheira, até que finalmente armaram sua emboscada na grande praça retangular de Cajamarca.

Cada vez que olho esse episódio de sangue, como no espelho mágico de Teofrasto, vejo outra coisa. Huáscar morreu quando era cativo das tropas de Atahualpa; Atahualpa morreu quando era cativo dos soldados de Pizarro, e quem soubesse ler nos signos do tempo poderia ver a morte trucidando os reis e pisoteando os reinos com uma fúria desconhecida. Muitos dizem que o astro de Quzco, Huáscar, morreu por ordem de Atahualpa, a quem a morte também vinha pisando os calcanhares, mas a verdade é que os dois sóis do império sofreram, um depois do outro, um eclipse do qual já não se reporiam.

Pizarro fez sepultar Atahualpa lá mesmo, nos próprios descampados de Cajamarca, mas sei que seus súditos o desenterraram e se lançaram numa peregrinação lutuosa pelas montanhas. Não se enterra um imperador feito um animal dos caminhos: seu povo inteiro se levantava nas noites para render honras ao sol apagado, o cortejo enlutou as montanhas, e músicas e prantos percorreram o firme caminho de pedra por onde antes os mensageiros levavam em seis dias as ordens imperiais de um extremo a outro dos seus domínios. Se já não se podia mais levar o morto glorioso a sentar-se com seus avós às mesas de ouro de Quzco, que pelo menos tivesse em Quito seu refúgio até o dia em que seu sangue, fertilizado pelos anos, fizesse com que ele surgisse de novo na terra e voltasse a reinar sobre um mundo regenerado. E já que você está perguntando, ninguém soube, depois, onde é que ficaram as cinzas do Sol.

Por esse caminho Belalcázar avançou mais tarde, enviado para tomar posse das províncias do norte, e travando duros combates com Rumiñahui, o grande general que estava recolhendo e concentrando a tardia resposta dos guerreiros incas. Depois de semanas em estradas empedradas junto ao abismo e pontes sobre a vertigem, chegaram a um templo que mantinha intacta sua riqueza e intactos seus cultos, e era a morada de mais de mil e quinhentas mulheres de todas as idades, desde anciãs que oficiavam rituais antiquíssimos, até as moças púberes que tentavam, em tempos de eclipse, manter a dignidade e a majestade de seu ofício. Eram as virgens do Sol, dedicadas ao culto do deus celeste, e embora por causa do seu luxo e de seus rituais severos dessem a sensação de serem únicas, eram apenas uma das muitas comunidades de mulheres entregues ao culto. Outras foram levadas, segundo me contaram os índios, à cidades secretas nos penhascos, onde aninham os condores e onde há janelas de pedra para contemplar as estrelas.

Foi esse o caminho que tomamos para ir buscar a canela. Depois do cortejo da morte, o cortejo da guerra, e agora, o cortejo da ambição. Três caravanas que iam seguindo uma à outra ao longo dos anos pelo mesmo caminho: primeiro, o recôndito desfile noturno de músicas de dor do cortejo fúnebre, com seus pendões negros e vermelhos; depois, o tropel de espada e arcabuzes de Belalcázar, com seu rastro de sangue e crânios e fêmures; e depois a nossa longa procissão de homens e animais, que ia buscando, rumo ao norte, as escalas da montanha.

Indo rumo a Quito, Pizarro tomou a decisão de visitar a cidade de Guaiaquil, onde desemboca um dos poucos rios da cordilheira que escapa ao chamado da serpente. Esta cidade, fundada por Belalcázar e destruída pelos índios, havia sido refundada por Francisco de Orellana, famoso pela sua sorte nos negócios e por ter perdido um olho num combate lá pelos lados do litoral. Tinha sabido prosperar à luz dos punhais que enfrentavam os conquistadores, recebeu Pizarro com cortesia, e se mostrou disposto a renunciar ao governo da cidade e deixá-la ao seu comando se o capitão assim demandasse. Mas Gonzalo não tinha interesse em ficar governando um povoado úmido e fatigante, calcinado pelas brasas do mar do Sul. Tinha os olhos e os lábios demasiado cheios da febre da canela para prestar atenção em outra coisa. E assim sendo, em vez de Pizarro se entusiasmar com a cidade de Orellana, foi Orellana quem se contagiou da nossa expedição, e tomou a decisão de alcançar-nos em breve. Pediu ao seu primo que esperasse por ele, mas teria sido mais fácil pedir ao rio que detivesse por alguns dias sua descida rumo ao mar: Pizarro ordenou retomar caminho, e Orellana ficou para trás, vendendo depressa suas coisas para financiar sua campanha e finalmente somar-se à nossa. Terras que seriam impenetráveis em outras condições iam ser escancaradas pela expedição que Pizarro havia organizado, e sobretudo suas armas e provisões eram a promessa de um êxito que, de outro modo, seria impensável.

Quito foi certamente uma porta de sonhos para a viagem. Nunca ouvimos tantas histórias, nem tão incríveis, como naqueles dias em que esperávamos que os preparativos finalizassem. Pizarro ia e vinha, resolvendo milhares de assuntos, havia um nervosismo na atmosfera, uma expectativa de coisas grandiosas, e também um receio. Olhávamos a cordilheira que seria nossa escala rumo ao tesouro, as lombadas secas que lá no alto têm penhascos em forma de dentes do diabo, como se olhássemos para uma muralha invencível, víamos a secura daquelas terras fatigadas pelo vento do oeste e não imaginávamos o que poderia haver depois delas.

Lá embaixo abria-se um vale com escassos bosques, antes de começarem os penhascos. Nos reuníamos na zona central da cidade, onde estavam a mansão de Belalcázar, recém-construída, e um templo em homenagem à Virgem, onde os índios também entravam com oferendas. Nas praças havia danças incaicas que os senhores não se animavam a dispersar, para não acabar criando um clima de tensão com os nativos. Um velho nos contou que a Virgem que os espanhóis veneravam era uma deusa índia desde sempre, a senhora de argila das montanhas, que tinha asas como os pássaros e um penacho de *coya* inca na fronte. A deusa ajudava tanto índios como espanhóis, fazia que fosse fértil para todos o solo das montanhas, que mansas lhamas e vicunhas pisam dia e noite, e estava de luto por Atahualpa, mas não guardava rancor dos que o mataram, porque a montanha é mais generosa e maior que os homens, e às vezes também faz coisas cegas, como arrojar lhamas por seus mamilos de pedra, como fazer cruzar línguas de raios pelo céu das borrascas, como trazer em voo temível as revoadas de condores que pressagiam mudanças truculentas.

Não tínhamos visto passar nenhum voo de condores, mas nosso ânimo oscilava entre os grandes entusiasmos e os pressentimentos sombrios. Ao calor da fogueira na praça central, o chefe índio nos disse que para curar-se dos maus presságios não havia outro remédio senão a música, e fez chegar um grupo de flautistas que, acompanhados por flautins de bambu e tambores, pretendiam esconjurar nossos temores. Um andaluz sorridente, Melchor Ramírez Muñoz, perguntou a eles por que a música inca era tão triste, mas eles não aceitaram a pergunta. Disseram que embora as árvores não soubessem rir, ninguém pode dizer que sejam tristes. Que talvez as árvores estejam apenas meditando, e rememorem as luas que viram, ou os contos que o vento sussurra em sua ramagem, ou as recordações dos mortos. "A selva não é triste quando escurece, nem a onça quando ruge, nem a lhama quando olha a brancura das montanhas", disse ele, o chefe índio.

E foi naquela mesma noite que perguntei a um daqueles homens de cobre, coberto por um turbante de muitas cores, quão longe estava Quito do país dos caneleiros, e para meu assombro ele respondeu que não havia tal bosque, que naquelas terras as árvores são todas diferentes umas das outras e que ele jamais tinha ouvido falar de um bosque onde todas as árvores fossem iguais. "Se é isso que esperam encontrar, fica claro que não sabem nada da terra. Estas montanhas não são platôs de cultivo", acrescentou, "onde o milho e a batata são abundantes por causa do esforço de quem planta e cultiva". Acrescentou que a terra não sabe se demorar num só pensamento e que atrás das montanhas o que existia era o reino da grande serpente, mas que nem mesmo os índios conheciam sua extensão, porque aquele país, maior que tudo de imaginável, era o bosque final, que tinha brotado da árvore de água. Disse que a serpente dona do mundo não tinha olhos, e por isso ninguém conseguia saber onde estava sua cabeça nem sua cauda, e que por isso às vezes ia para um lado e às vezes, para outro.

Essa maneira de falar me afetava muito. Recordei as histórias de Amaney, contando como o mar imenso está guardado num caracol, como o céu cheio de ramos é, às vezes, a casa dos animais, e como os traços luminosos na praia são as pegadas que a noite vai deixando ao caminhar. Naquela noite de frio em Quito, dormi recordando minha ama de leite quase com remorso, vendo em sonhos que sobre o mar da minha infância brotavam grandes luas da cor das pérolas, e ouvindo uma voz desconhecida dizer no sonho que quando chegaram as últimas guerras a Lua foi-se fazendo negra e vermelha como o olho de um abutre.

8.

Gonzalo Pizarro era o terceiro de uma família de grandes ambiciosos. Abutres e falcões ao mesmo tempo, seus irmãos Francisco, Hernando e Juan, com uma avançada de homens tão rudes como eles, tinham sido suficientes para destruir um império. Tiveram o privilégio de ver o reino dos incas em seu esplendor, quando os velhos deuses ainda viviam. Encontraram por essas cordilheiras caminhos empedrados mais firmes que as estradas da Itália, pontes amarradas sobre o abismo, trilhas com sinais que indicavam o rumo dos viajantes sobre o ombro luminoso da montanha. Viram homens com grandes joias nas orelhas, cultivando em platôs escavados nas montanhas centenas de variedades de milho, batatas de todos os tamanhos e cores, quinoa mais nutritiva que o arroz cor de cinza das pradarias da Ásia. Viram procuradores envolvidos em mantas finas de ocre e bordô, que governavam com saber antiquíssimo as grandes plantações. Viram como eles enterravam nos alicerces das fortalezas, para neutralizar os poderes subterrâneos, fetos translúcidos de lhama, em lugar das crianças que se oferendavam nos tempos antigos. E viram passar em cortejos cerimoniais, debaixo de um palpitar de tambores e um vento de flautas, mulheres cujos olhares altivos fazia com que todas se parecessem rainhas, até que os trovões de Cajamarca morderam o orgulho das cidades e embaçaram o resplendor dos olhares.

Para entender esses homens da região espanhola da Estremadura, que fundidos aos seus potros enormes foram capazes de dar morte a um deus, temos que pensar na dureza da vida na Espanha para quem não tinha nascido em berço de príncipe. De todos os que primeiro cruzaram o oceano, Francisco Pizarro era o mais brutal e o mais ambicioso: sinto que nele conviviam o touro e o leitão, o romano e o vândalo. Você vem de uma linhagem de guerreiros, mas basta olhar para saber que em você não só há sangue de soldados, mas, sim, sombras de letrados e artistas. Do fundo da sua mente dá para ver as paredes da lei, e o freio de Deus está na sua mão. Mas teria que ver os Pizarros para entender o que se diz de tantos guerreiros estremenhos e dos duros rincões da Espanha: que gente do seu sangue caçava bisontes na aurora, que pintava com sangue suas caçadas no interior das grutas, que desencaixava com os próprios braços as mandíbulas dos javalis debaixo dos bosques sangrentos de azinheiros. Uns vieram de Roma vestidos com togas cerimoniais, mas se descobriram selvagens nos pedregais da Ibéria; outros desceram de naus que tinham as velas listadas de branco e vermelho, trazendo vinhos e galos fenícios; outros cruzaram os desertos envoltos em túnicas negras, cavalgando lá do fundo cinzento do amanhecer com suas melenas azeitadas da banha dos mortos e suas lanças adornadas de crânios, quando alguns reis amarelos trancaram os céus do oriente. E, mais tarde, aqueles mesmos homens tinham crucificado porcos e bruxas, haviam fatigado seus braços flechando mesquitas e decapitando infiéis debaixo das nuvens negras de Jerusalém, espalharam as entranhas dos hereges entre um vento de uivos, e esquartejaram os corpos de seus filhos pequenos debaixo do formigar dos corvos. Não traziam livros nem rezas na memória, mas, sim, rinhas de éguas e de lobos, negras carnificinas debaixo dos planetas gelados ao amanhecer, ritos obscenos diante das ruínas de mármore das cidades e velozes negócios carnais sobre o feno, à sombra das igrejas abandonadas. Só essa violenta madeixa de ontens é capaz de explicar o medo sobrenatural que aqueles homens conseguiram cravar na alma de um mundo.

Gonzalo era trinta e cinco anos mais novo que seu irmão Francisco: quando chegou às Índias, os primogênitos já tinham experimentado descobrimentos e tormentos, e ele teve que inventar suas próprias loucuras. O destino não pôs à sua frente, como tinha feito para o primeiro, um título de marquês sobre o sangue seco do Inca, nem concedeu a ele o poder subalterno do segundo, capaz de conduzir sobre o oceano barcos que por pouco não afundavam de ouro. Era de boa estampa, era jovem, era o melhor ginete dos reinos novos, enfrentava qualquer risco e, como seus irmãos, nunca sentiu outro amor como a paixão de mandar e a embriaguez de sempre arriscar tudo. Buscava um reino próprio, que estivesse à altura da sua ambição, e a notícia do País da Canela desenhou para ele, no ar, um destino mais rico que a cidade de pedraria dos mortos.

Era hora de imitar seus irmãos triunfantes, hora de superá-los, e para isso foi preciso preparar com fúria o caminho, falar noites inteiras com veteranos, listar centenas de obstáculos previsíveis. Mandou buscar o tenente Gonzalo Díaz de Pineda, em cujas mãos cheias de cicatrizes havia fracassado anos antes uma expedição por aquele mesmo caminho, dissuadida por flechas envenenadas e por emaranhados impenetráveis, para não mencionar os gelos que assoviavam. Díaz de Pineda, que continuava no reino, nunca tinha ouvido falar de bosques de canela, e um fogo de rancor surgiu em seus olhos ao ouvir falar daquela riqueza que tinha estado a ponto de ser dele. Por que só ao avançar dos Pizarros a terra mudava, soltava seus segredos e até as portas mais trancadas se abriam? Seria ainda possível aproveitar o presente de Deus? Gonzalo Pizarro, que valorizava a sua experiência, recebeu com afeto Díaz de Pineda e seu sócio, Ginés Fernández de Moguer, um moço de 24 anos que tinha acompanhado suas primeiras incursões a Chalcoma, Quijos e Zumarco, de quem os próprios companheiros diziam que tinha os olhos verdes de tanto buscar esmeraldas, e deu aos dois mando firme na grande expedição que era armada com o ouro do Quzco.

Volto a dizer a você que ninguém nunca soube a quanto havia se elevado aquele tesouro. Contavam no ar telhas de ouro sobre telhas de ouro, cofres de prata sobre cofres de prata, mantas de bordados finíssimos, a lã laboriosa das vicunhas, estrelas de esmeralda e topázio que tinham sido arrebatadas dos tronos. Notícias do achado do reino muisca, nas mesetas do norte, renovaram então as esperanças, e embora as pistas dos impérios ocultos fossem cada vez mais confusas, ninguém mais ignorava que as montanhas têm duras raízes de prata e de ouro.

Cada um sabia alguma coisa, mas só o fogo sabia tudo, só em suas línguas dançantes o segredo estava cifrado, e tornávamos a nos sentar em praças recém-fundadas, a escutar com uma mescla de credulidade e receio histórias inverossímeis ao redor das fogueiras. Histórias de Cumaná e suas ilhas de pérola, onde cresciam cidades hora após hora; histórias do reino de Coscuez e de Muzo, onde até as mariposas têm a cor das esmeraldas; histórias do morro magno de Potosí, onde o céu da boca da terra reluz de prata; histórias de selvas que respiram sobre sigilosos veios de amianto. Ouvimos falar das terras de Gez e de Ciana, onde a pedra e o metal estão vivos; das fronteiras de Cibola, a cidade dos símios; de Manoa, a escondida, com seus ancoradouros de ouro; e da fonte da eterna juventude da ilha Florida.

Ninguém mencionou para nós aquele lugar onde os enviados de Tisquesusa esconderam o ouro dos muiscas, o ouro que o astuto zipa[3] escondeu das tropas de Jiménez de Quesada, e que você mesmo deixou intocado nas cavernas do novo reino, mas a verdade é que entre tantas comarcas prodigiosas, não era estranho ouvir falar de um país de canela, embora fosse, sim, assombroso que num mundo onde a guerra se fazia por metais e por pedras preciosas, umas árvores chegassem a ter tanto valor.

Aqui, as histórias se desvelam mais que os insetos. Quantos homens não enlouqueceram pela falta de sono, pensando em manter os olhos sempre abertos porque a riqueza pode aparecer nas areias dos rios, nas veias da terra, debaixo das pedras, nos olhos das estátuas, nas ostras recém-arrancadas ou no bucho dos jacarés. Muitos terminam

---

3 Título do governante de Zipazgo, uma das divisões administrativas mais importantes do domínio muisca. (N.E.)

acreditando que qualquer coisa pode ser sinal de riqueza: o traçado das cidades dos índios, os desenhos que deixam nas pedras, a maneira como as serpentes do Sol deslizam pelos platôs dos templos, as palavras que saem da boca dos flecheiros e até o grito de um pássaro nos beirais da montanha. E acabam acreditando que aqui tudo, como dizem os índios, envia mensagens: o Sol que sobe pedra a pedra pelas montanhas, as avalanches que sepultam aldeias, as manchas negras na pele da onça, o voo de asas retas do condor branco.

Não digo que não seja verdade que tudo tem um significado: os índios que escondem suas flautas na beira do rio, os bruxos que guardam a gordura do delfim em suas pequenas cabaças, ou os grupos de índios que pretendem armazenar o que sabem em grandes canastras que enterram ao pé das árvores, mas enquanto se comprova a verdade do que dizem, corremos o risco de ver sinais onde sinais não existem, e de acreditar que todo pássaro fala quando canta, que debaixo de toda árvore há um sepulcro de ouro, que todo rio oculta seu caudal, que todo índio é bruxo, que toda marca nas pedras é um mapa, e muitos espanhóis se fizeram mais supersticiosos que os próprios índios, porque a cobiça os enlouquece, a cobiça, que é mais capaz de invenções que qualquer mago.

Duro mesmo é se ver rodeado por um mundo tão desconhecido e hostil. Gonzalo Pizarro começou prestando demasiada atenção ao que ouvia dos índios, escutando suas histórias, e acabou acreditando mais nessas histórias que os próprios índios. Espiava suas danças, fisgava suas conversas, vivia sempre à espreita, sentindo que os índios não falavam com franqueza das coisas mais importantes, que era preciso arrancar deles suas verdades quando estavam falando uns com os outros. Achava que aquelas riquezas que necessitávamos estavam escondidas, vamos dizer, nas pontas de suas línguas astutas, e bem que queria ter tenazes para arrancar deles, junto com a língua, os segredos que guardavam.

Como já disse a você, enquanto Gonzalo nos contagiava com sua febre de canela, Hernando Pizarro, depois de levar a Carlos V um novo tesouro, tinha ficado preso numa cela da Espanha: a Coroa começava a desconfiar de suas proezas de soberba. O marquês Francisco pensou que a Coroa ficaria deslumbrada com o tributo, que viriam em avalanche grandes enobrecimentos para a sua linhagem, e na verdade não houve na corte um momento de maior embriaguez com as conquistas das Índias, porque o ouro do Peru dourou as pupilas de uma geração nas províncias famintas, e tem que admitir que você mesmo saiu da infância debaixo dos relâmpagos daquele sonho. Agora, a Coroa recebia a presa trazida pelo falcão, mas se apressava a pôr de novo o capuz na sua cabeça... e, principalmente, já não mostrava os olhos para ele.

Chegou, enfim, a hora da partida, e só em Quito pudemos ver, completa, a caravana que tinha sido armada. Para novas aventuras, sangue novo, e Gonzalo tinha 27 anos quando terminou de organizar a expedição. O próprio marquês tinha dado a ele todo seu apoio, pôs sua parte em ouro e confiou a ele o mando com plena consciência, porque tinha a ilusão de que todos em sua família seriam reis, e para ele mesmo incubava silenciosa em sua mente a ambição de um império. Gonzalo escolheu, entre as centenas de agrestes e desocupados soldados de guerras recentes, os duzentos e quarenta varões que saímos com ele pelos montes. Cem eram oficiais a cavalo, cento e quarenta éramos peões com mando sobre os quatro mil índios que, mais que contratados, tinham sido atrelados meio com promessas e meio com ameaças, para que carregassem parte dos fardos que a caravana requeria. As coisas mais pesadas iriam no lombo de duas mil lhamas, camelos dos descampados, resistentes ao frio, cujo sentido de equilíbrio é um milagre nos desfiladeiros da montanha. Enroladas sobre as lhamas iam as mantas, enlaçadas as ferramentas e bem embaladas as armas. Mas Pizarro queria armas mais eficazes, e se reafirmou nisso quando ouviu de Díaz de Pineda as desventuras que seus soldados sofreram diante do assédio dos índios. E por isso fez trazer da Espanha e das ilhas a arma mais feroz que levamos na travessia, dois mil cães de caça cevados e adestrados para despedaçar bestas e homens.

Conheci um dos marujos do barco que trouxe os cães, e se você não estivesse tão ansioso por escutar a história da expedição, eu bem que poderia contar também a história dos cães do mar, sua longa navegação sobre os lombos do oceano, as noites intermináveis de latidos nas trevas enquanto subiam e desciam sobre as águas as estrelas do sul. É que ainda sinto ouvir os cães no vento. Durante muitos dias foi o único som que escutamos, e só ao nos separarmos da tropa me surpreendi ao descobrir que aquelas terras têm seu som próprio, um rumor de incontáveis criaturas.

Também o alimento que aquela multidão precisava tinha que se pôr em marcha, e assim foram acrescentados dois mil porcos com argolas no focinho, trazidos, como os cães, em parte da Espanha, em parte das granjas dos criadores de porcos de Cuba e de La Española, e que seriam sacrificados conforme avançássemos. Pizarro talvez tenha armado aquela expedição delirante para que tantas formas conhecidas nos recordassem o mundo de onde vínhamos, para não enlouquecer diante dos caprichos da natureza por terras tão diferentes, mas a solução para que cada um de nós não enlouquecesse consistiu em fazer que a expedição inteira fosse uma loucura.

Tantos homens da Espanha, tantos índios, tantas lhamas, tantos cães, tantos porcos subindo por aquelas ladeiras de vento gelado, indo render tributo a uns deuses desconhecidos, tanta gente disposta a morrer por causa de uma história, um rumor, agora me alarmam, porque aquela expedição só era pela metade a busca de um tesouro. Era, acima de tudo, a prova de uma credulidade desmesurada, uma sonâmbula procissão de crentes indo procurar um bosque mágico, um ritual corroído pela cobiça, esporado pela impaciência.

E foi assim que saímos para buscar o País da Canela. Os cem ginetes ansiosos e cruéis que remontaram a serra, os cento e quarenta peões encouraçados que íamos caminhando logo atrás, os milhares de índios que carregavam nos fardos as cordas, os machados, as pás, as outras ferramentas e as armas, as duas mil lhamas carregadas de grãos e provisões, e os dois mil porcos argolados, que ascendiam feito um tropel de grunhidos pelas colinas secas, ainda formam, na minha memória, uma confusão indelével.

Como um enorme ser que só visse a si mesmo, o próprio tumulto da expedição não nos deixava perceber o mundo que percorríamos. Durante todo o tempo era preciso cuidar que os porcos não despencassem, que os cães tivessem alimento, que os fardos estivessem assegurados, que as armas não sofressem com a umidade, que os cavalos superassem os lodaçais e os barrancos escorregadios. E a verdadeira presença estranha era a dos milhares de índios. Debaixo do estrondo dos cães e da ferocidade da tropa, eles avançavam, dóceis e alheios, com uma atitude que podia ser de ódio ou de resignação, a maior parte deles com aquele gesto indefinível que nunca nos permite saber se são amigos ou inimigos, se estão serenos ou atormentados, se querem matar ou se querem morrer.

Mas sobre essa longa memória persistem os cães, com suas coleiras de ferro no pescoço, ouriçadas de farpas para protegê-los das outras feras, os cães abrindo caminho para as lhamas carregadas que ruminavam lá atrás pelo caminho, os cães seguindo a nuvem de porcos que grunhiam noite e dia, os cães ferozes abrindo os caminhos da montanha. Você não sabe o que era aquilo, e eu não gostaria de repetir nunca. Os cães furiosos, os cães famintos... o eco interminável dos seus latidos... só os aguaceiros conseguiam, às vezes, atenuar nos montes o estrondo infernal dos cães.

9.

AQUELAS MONTANHAS NUNCA TINHAM SENTIDO o avançar de uma expedição como aquela, e nós nunca tínhamos visto um caminho que mudasse tão continuamente. Enfiados em couraças de ferro, suportamos primeiro o frio dos montes nevados a leste de Quito. A cordilheira é uma só, mas a cara que olha para o ocidente é seca, como se varrida pelos ventos. Montanhas que parecem mais velhas que o mundo, porque a vegetação não as refresca nem as renova, são recobertas apenas por um capim amarelo miúdo e árido. Às vezes uma árvore escura e retorcida feito um fantasma, às vezes uma fileira de penhascos que emergem da terra como as ruínas de uma construção aniquilada havia milênios. Através dessas formas primitivas avançava o tumulto, afrontando os ventos frios e buscando os montes mais altos, atrás dos quais todos nós esperávamos ver aparecer o país pressentido.

Assim alcançamos as ladeiras ressecadas, onde o mais impiedoso era o vento, depois a apertada vegetação dos descampados, com suas folhas peludas e flores diminutas de cores vivíssimas e, por último, os penhascos de gelo, para os quais os índios não estavam preparados nem suficientemente protegidos. Vi mais de um empalidecer por aquelas lâminas geladas, primeiro sufocados pelo esforço, tão rígidos que não conseguiam dar um passo, e depois com o riso congelado nos lábios, mostrando os dentes brancos para a brancura da geada. Lá, fiquei sabendo que Deus não está nas alturas: naquelas montanhas, quanto mais a gente sobe, mais longe de Deus a gente se sente. Até os índios pareciam desamparados de sua fé na Terra, a deusa mãe, como eles chamam, porque aquele gelo inclemente não podia ser maternal para ninguém. Depois do último pico culminante sempre aparecia outro, mais empinado e desalentador, debaixo de uma luz escura em que a todas horas do dia é anoitecer. Porém, exauridas as últimas esperanças, superados os pedregais cortantes, os picos superpostos e as geleiras mortais, é tão diferente a outra face da cordilheira que a gente acha que está vendo outro mundo.

Tudo que vem a seguir está coberto por uma vegetação enredada e fragrante, que vai crescendo conforme a gente vai descendo. Musgos, ervas, samambaias, juncos, arbustos, cipós, trepadeiras, emaranhados que se estendem, grandes árvores, e começa a gotejar entre aquilo tudo uma umidade persistente que vai se transformando em pequenas e quase imperceptíveis quedas d'água. Agora sei que em cada volteio de água daquelas folhagens das montanhas está nascendo o maior rio do mundo, mas isso ninguém conseguia adivinhar. Não conseguíamos nem mesmo ouvir a música das nascentes de água por causa da balbúrdia da nossa caravana. Deveria ser um alívio sair da aridez e viver o começo da fecundidade da terra, mas naquele momento todo mundo vinha queimado pelo frio, entumecido, as mãos rasgadas pelos penhascos, os lábios arrebentados pela secura e pela febre, e a primeira umidade inflama as feridas, aviva as dores.

Se os moradores daquelas regiões sentiram que a gente estava chegando, devem ter corrido para se esconder nas covas mais secretas, ou subir nas árvores para esperar lá nas alturas que aquela coisa assustadora terminasse de passar, cheia de animais desconhecidos e de homens estranhos. Por temeridade ou inadvertência, os bandos de índios que cruzaram nosso caminho ficavam imediatamente tão desnorteados diante da novidade e do rebouliço que não conseguiam escapar e viravam presa imediata das bestas sanguinárias. Esta é terra de índios ferozes que os incas jamais conseguiram dominar, e se mal e mal nos atacavam e nunca apareciam em grandes exércitos, é porque a nossa marcha era demasiado ameaçadora e, em vez de se dissimular, anunciava-se o tempo todo.

Estas Índias são reinos do sigilo. Quase sem se propor a isso, os índios não fazem ruído e caminham pelas colinas e pelos bosques como avançam a noite e a neblina. Você viu que eles tomam banho todo dia e com frequência várias vezes por dia, não porque padeçam enfermidades ou pragas, mas porque querem eliminar o odor do seu corpo, para que a selva, e os animais que também são a selva, não possam percebê-los.

Pizarro queria ter a certeza de que tínhamos apetrechos suficientes para resistir aos ataques dos locais, e não se enganou ao levar os mastins para dissuadir os possíveis inimigos. Seguimos a rota que Díaz de Pineda recordava, até uma região de grandes desfiladeiros, embaixo das cristas de gelo. Apenas os bosques pressentidos de canela balsâmica, mais cobiçáveis que reinos de ouro, nos animavam a confrontar a iminência daqueles povos índios que Díaz de Pineda descrevia, silenciosos na espreita e ensurdecedores no ataque, que tinham se enfrentado com todos aqueles que vieram antes de nós.

Mal havia terminado a primeira descida quando os bosques se fecharam. O gelo e o descampado tinham matado mais de cem índios, apesar dos esforços de Baltasar Cobo, um soldado ao mesmo tempo valente e bondoso, para ajudá-los, mas Pizarro deu a ordem de avançar e não contar os mortos, afirmando que o caminho seria menos rigoroso apenas com os cristãos.

Certa manhã, e sem motivo aparente, os cães começaram a latir de um modo angustiante, os índios se puseram a gritar, a gemer e a erguer os braços para a montanha, uma revoada de pássaros passou em alvoroço, e um momento depois a cordilheira se moveu desde suas raízes. Nenhum de nós jamais havia visto a terra tremer, mas aquilo não era um simples terremoto. Se tivesse acontecido um mês mais tarde, teríamos pensado que era uma vingança dos deuses incas pelas crueldades de Pizarro contra os índios, mas naquele momento os massacres ainda não tinham acontecido. Alguma coisa rugia e pulsava debaixo da terra, houve um deslizamento de pedras e de árvores; enquanto tudo tremia, abriu-se uma greta na montanha diante de nós, um estrondo repercutiu pelos despenhadeiros, e os que iam lá na frente disseram que tinham visto rodar e rebotar pelos abismos um penhasco do tamanho de uma catedral. Os índios clamavam ao céu, os cães latiam, as lhamas, abandonadas pelos seus guardadores, fugiam pelas ladeiras e o tremor da terra não cessava, assim sentimos que aquelas avalanches iam ser nossa tumba. Finalmente, quando a catástrofe acabou, todos continuamos sentindo que a terra tremia, e entre a consternação dos índios e o desespero dos cães, cada um de nós esperava o desmoronamento que nos sepultaria.

Procurei o amparo de uma árvore, sentindo que, sem dúvida, ela teria sobrevivido a outros desastres, e não encontrei orações na minha memória, só o nome de Amaney, que repeti meio sem me dar conta até que ouvi que todos já estavam falando ou gritando, passada a mudez do pânico. É assim que eu me lembro daqueles acontecimentos. Durante anos fiz o possível para esquecê-los, e se não consegui é porque já em outras ocasiões precisei tornar a contar essa história, que cada vez se transforma numa história diferente.

Você é o primeiro que quer saber tudo. Oviedo, em La Española, só quis saber como era o mundo que percorremos, as montanhas, as selvas, como são o rio grande e as feras do rio. Interrompia meu relato para perguntar por árvores e tigres, para fazer que eu recordasse os peixes e tartarugas, e creio que seu interesse pelos índios não era diferente do que sentia pelos animais. Até para ele os índios, às vezes, eram animais pelo menos tão estranhos como os outros. Depois achei alguém em Roma que não estava interessado no rio, nem em suas tartarugas e suas árvores, mas apenas nos seres fabulosos que encontramos. Ainda acho que estou vendo o velho cardeal, vestido de seda vermelha debaixo da barba longa e branquíssima, perguntando pelas sereias e pelos homens de uma perna só, pelos delfins humanos e pelos duendes das árvores. Nada interessava mais a ele que saber se de fato tínhamos visto as amazonas, se conhecemos seus costumes. E mais tarde, na Espanha, conheci o marquês de Cañete, que parecia pressentir sua nomeação como vice-rei, e não se preocupava nem um pouco com selvas e animais, e menos ainda com sereias ou endríacos; sequer pensava nas cidades cheias de tesouros que todo mundo persegue: só perguntava e continua perguntando como foram os conflitos na selva e no barco, e como se comportaram os capitães, como aconteceu aquilo que Gonzalo Pizarro, enquanto teve a cabeça em cima do pescoço, chamava, cheio de ira, de "a grande traição".

O mundo só parece finalmente compreensível quando se transforma em relato. Enquanto vamos vivendo os fatos, eles são tão sufocantes e múltiplos que nos parecem sem pé nem cabeça. Ou, quem sabe, Teofrasto tivesse razão quando me disse que o que ordena as memórias é o fato de já conhecermos seu desenlace, e que vemos essas memórias à luz do sentido que esse desenlace nos oferece. Ao sopro dos fatos, tudo é governado pela incerteza, e os únicos seres que parecem coerentes são aqueles que, na falta de saber como as coisas terminarão, têm claro o propósito que tentam impor à realidade. A cada passo escolhem em função do que perseguem, e para eles é mais fácil escolher entre alternativas e tomar decisões, sabem escolher com resolução um caminho e abrir mão de outro.

Você talvez entenderá melhor que eu essas coisas que conto, porque eu vivi cada uma delas por acidente e às cegas, mas você procura algo, e para você todas essas histórias têm sentido. Basta ver seus gestos e seu olhar para entender que cada coisa que escuta vai ocupando um espaço nos seus planos, e não será fácil te convencer de que o que está tentando é uma loucura. Só se pode ir até aquelas terras como nós fomos: por acaso e por acidente, e não está em pleno juízo quem se lançar pelo caminho sabendo o que espera por ele. Por isso me importa contar a você tudo com o maior detalhe, embora saiba que você não escuta essas coisas procurando advertência ou conselho.

Você quer saber o que aconteceu depois que a terra se abriu, quando os cães uivando nos fizeram sentir que cruzávamos a boca do inferno. Ninguém dormiu nas noites seguintes, com medo de que o terremoto se repetisse. A imagem, que só alguns tinham visto, mas que todos nós recordávamos, do penhasco rodando, a consciência de que sobre os arvoredos se erguiam as paredes instáveis da cordilheira, impunham-se à imaginação. Os índios falavam com medo da fúria da montanha, e parecia que atribuíam essa fúria à nossa expedição, que para eles era monstruosa.

Acreditávamos levá-los como guias, mas eles se sentiam tão extraviados como nós, porque eram incas da cordilheira, gente dos platôs bem pensados, do milho florescido, dos templos com canais de ouro; não estavam preparados para afrontar hoje os penhascos de gelo cortante e amanhã o calor úmido das selvas espessas. Para eles, o terremoto era expressão da vontade de alguém que nos olhava severamente lá das fendas e das correntezas, mas como burlar-nos se, no fundo, a nossa religião também pensa a mesma coisa?

10.

DIAS DEPOIS VIMOS APARECER NO ACAMPAMENTO uns fantasmas brancos e quase nus, armados de espadas. Eram os restos da expedição que vinha nos seguindo desde Quito. Tinham feito o caminho sem outra proteção que suas armas, e sobre eles caíram todas as pragas da montanha. O capitão era o tenente governador de Santiago de Guaiaquil, Francisco de Orellana.

Orellana também tinha nascido em Trujillo de Estremadura, e era parente distante dos Pizarros. Não viajou com eles, mas a lenda de suas aventuras chegou depressa à terra natal, e o homem foi um dos muitos que sentiram o cheiro do festim e quiseram participar. Seu rastro tinha se perdido nas Antilhas: uns diziam que combateu com as hostes de Belalcázar junto ao lago de Manágua, outros, que traficou escravos entre Cuba e Cartagena, outros que se extraviou por aqueles descampados de ervas daninhas do Panamá, e que teve tudo que é tipo de ofício, até o muito miserável de limpar de sua podridão os barcos negreiros que ancoravam em Nombre de Dios. A verdade é que chegou ao Peru com as segundas ondas atraídas pela lenda do ouro de Hernando Pizarro, e pelas muitas versões que corriam no vento sobre a derrubada de Atahualpa num lago de sangue. Os primeiros conquistadores afugentavam feito corvos os que vinham depois para participar do despojo, mas não os afastavam muito porque sabiam que iam precisar da sua ajuda para dominar uma rebelião que, cedo ou tarde, chegaria.

Orellana não teve muita sorte nas primeiras campanhas, mas o país era grande e, como tantos outros, ele se dedicou a esperar sua hora onde fosse menos doloroso. Quando Belalcázar começou sua viagem até Quito, lá ia com ele Orellana, ao lado de Jorge Robledo e de tantos outros que ouviram falar de um novo Eldorado ao norte do reino dos incas. Conseguiu um cargo de mando na desembocadura do rio Guayas e se instalou ali, negociando com o ouro e com os bens dos índios da região, e possivelmente foi quando perdeu um olho em combate com os povos do litoral. De sua luxuosa casa de Guaiaquil seguia, à distância, o rumor dos avanços de Pizarro e seus homens para o sul, da chegada das tropas ao Quzco, e das descomunais riquezas que conseguiram por lá. Seus primos não tinham prestado muita atenção naquele parente pobre, Francisco Pizarro o havia tratado como um aventureiro a mais, porém Orellana dizia a si mesmo, como todos nós nos dizemos sempre, que sua hora haveria de chegar, e que ele saberia aproveitá-la.

Foi por aqueles dias que Pizarro coroou em Quzco, com grandes cerimônias, Manco Inca Yupanqui, o irmão de Huáscar e Atahualpa, como imperador dos incas, tratando de neutralizar a reação das tropas organizadas de um império que ainda estava cheio de cidades e aldeias não submetidas ao poder dos conquistadores. O jovem Inca tinha se oferecido para ser seu aliado se Pizarro respeitasse as tradições, e o entronizasse como rei, mas o simples fato de que não recebesse o cetro real de seus súditos, e sim de um conquistador estrangeiro, e que o rito que o consagrava não fosse o culto do Sol, mas uma missa de púrpuras diante de dois troncos cruzados, oficiada pelo mesmo capelão Valverde que havia abençoado o massacre de Cajamarca, deixava um sabor de falsidade naquela cerimônia. Manco irradiava grandeza, mais até que Atahualpa, e estava decidido a governar com justiça, mas depressinha comprovou que os conquistadores só o haviam coroado para melhor se beneficiar dos reinos que viviam debaixo da sua sombra, de tal modo que deu ordens secretas para que os imensos exércitos incas se concentrassem e marchassem sobre a cidade.

Inicialmente pensou em reconquistá-la, embora o Quzco soberbo de cinco anos antes estivesse tomado pelo inimigo, os templos tivessem virado estábulos, todo o ouro dos muros tivesse sido fundido, os pais dos pais do jovem rei fossem despojos jogados fora pelos invasores, os templos das virgens tivessem sido assaltados e as próprias criaturas divinas violadas e assassinadas de mil maneiras diferentes. Um dia Gonzalo Pizarro levou sua truculência ao ponto de profanar a própria irmã de Manco Inca Yupanqui, Curi Ocllo, a bela e última *coya* do reino, e foi esta a circunstância que moveu o Inca a escapar de seus captores, aproveitando a confiança que eles tinham em sua mansidão, para reunir-se com seus exércitos.

E certa manhã Quzco amanheceu rodeado por uma multidão de guerreiros que ninguém havia pressentido, e que desde a noite anterior chegavam em silêncio de todos os confins. Os duzentos espanhóis que ocupavam a cidade, entre os quais não se encontrava Francisco Pizarro, pois já estava dirigindo os trabalhos de construção da Cidade dos Reis de Lima, mas estavam seus irmãos Hernando, Gonzalo e Juan, descobriram que também muitos dos incas que serviam a eles tinham escapado ao abrigo das sombras, e que agora os trezentos templos que foram seu butim haviam se transformado em seus cárceres, uma espécie de labirinto de pedra recoberto de vigas e de telhados de palha, onde estavam presos e rodeados por um formigueiro de exércitos.

O cerco à cidade havia começado. Rapidamente, os defensores organizaram a resistência, dispararam contra o descampado e as ladeiras cheias de índios suas balestras e seus canhões, e em seguida os índios entenderam por que os espanhóis tinham se apoderado do seu reino: eram indomáveis. Manco ordenou primeiro que respeitassem a gloriosa cidade dos seus pais, uma relíquia de séculos que tinha que ser salva do conflito, mas conforme se passavam os dias sem que ele conseguisse a rendição dos homens da fortaleza, o Inca entendeu que a cidade havia sido abandonada pelos deuses, e que era preciso transformá-la na tumba dos invasores. Seu coração vacilou muito antes que ele desse a ordem, mas recordou as múmias profanadas de seus avós, e decidiu que se esse era o preço de destruir para sempre os inimigos, transformaria em um forno abrasador o coração do seu reino. Ele mesmo acendeu a primeira flecha que voou na noite, partindo dos campos silenciosos, descreveu seu arco no céu como o meteoro que tinha anunciado a morte de Atahualpa, e foi se cravar sobre o telhado de um dos templos. No mesmo instante choveram de todos os lados milhares de flechas acesas contra o velho puma moribundo, contra aquela cidade que eu venerei desde a minha infância, e o puma que havia sido de ouro se transformou em um puma de fogo, porque as chamas se apoderaram de todos os tetos de madeira e de cipó.

Lá dentro, enquanto caíam as vigas e o incêndio se estendia, os homens da Espanha tiveram que sair para a praça central: ao seu redor, ardia como uma forja a cidade da qual não podiam escapar. Sua única defesa era manter as entradas bem protegidas. Os incas, conhecedores já dos canhões e de outras armas mortíferas, não tentaram entrar na cidade: haviam traçado o plano de fazer morrer encerrados e de fome e de fogo os homens que a ocupavam, e por isso trancaram as saídas, de maneira que se os espanhóis tentassem limpar a passagem de escombros, estariam irremediavelmente expostos às flechadas dos arqueiros.

O cerco e o incêndio se prolongavam. Lá pelas tantas, os irmãos Pizarros decidiram vender caro suas vidas, e armaram súbitas incursões contra a massa de guerreiros incas para apanhá-los de surpresa, certos de que os sitiadores não esperavam tais mostras de temeridade. Embora tenham conseguido surpreender os atacantes e causar muitas baixas em suas fileiras, não conseguiam dizimar de maneira visível uma tropa tão numerosa, e uma daquelas incursões permitiu que eles vissem que, à distância, lá dos flancos dos morros vizinhos, Manco Inca Yupanqui, montado sobre um cavalo branco, dirigia o ataque vestido à espanhola, com capacete e escudo, com uma lança de ferro na mão e encabeçando uma tropa de capitães incas que também formavam o corpo de cavalaria.

Não deixou de impressionar os capitães espanhóis, tão seguros de sua superioridade militar, ver que os inimigos não apenas tinham perdido o medo dos cavalos, que até pouco antes causavam neles verdadeiro terror, mas também estavam começando a usar as armas que os conquistadores perdiam nas batalhas. Tornaram a entrar na cidade, sangrentos e orgulhosos de seu arrojo, mas convencidos de que seria muito difícil que alguma tropa mandada por Francisco Pizarro pudesse abrir caminho na mancha infinita dos sitiadores nativos.

Quando Orellana recebeu a notícia do cerco ao Quzco, não vacilou nem por um instante. Investiu suas riquezas em armar e abastecer uma tropa, que eu mesmo nunca soube até que ponto era grande, e se lançou na viagem rumo ao sul sem esperar ordem alguma, porque havia chegado a sua hora. Não apenas sobre Quzco haviam caído os inimigos: todas as cidades ocupadas por espanhóis estavam sitiadas, e ninguém imaginou que houvesse tantos habitantes insubmissos e tantos guerreiros rebeldes num reino que já parecia dominado. O próprio marquês Pizarro padeceu as marés de um assalto em sua florescente cidade à beira-mar, mas conseguiu resistir e, alarmado pela magnitude da reação tardia mas feroz dos incas, já havia despachado quatro expedições sucessivas, de cem ginetes cada uma, para ajudar seus irmãos na cidade sagrada. Os incas, astutos, deixaram passar as expedições, uma atrás da outra, até que tivessem avançado bem em seus territórios, e então as envolveram em cercos implacáveis e liquidaram uma a uma. Vencidas as expedições, se dedicaram a recolher suas armas e capturar os poucos cavalos sobreviventes, e assim, enquanto Pizarro pensava que seus irmãos já tinham sido ajudados, os defensores de Quzco estavam mais desamparados que nunca.

Orellana conseguiu passar com astúcia, driblando os exércitos incas, enfrentou breves e bem-sucedidos combates contra pequenas tropas inimigas, e mais que qualquer outro conseguiu se aproximar da cidade sitiada. Para sua sorte, um novo fator veio influenciar na disputa, e foi que, depois de cinco meses mantendo a cidade assediada, tinha chegado a época do plantio, e os incas não podiam mais manter suas multidões ali, longe dos platôs de cultivo, sem correr o risco de que à ameaça dos espanhóis se somasse, ainda mais grave, a ameaça da fome para sua imensa população. Manco Inca Yupanqui ordenou a retirada gradual das tropas, confiando que as forças dos defensores estariam já muito minguadas, e foi então que as tropas de Orellana avistaram a cidade e lançaram o ataque com tamanho ímpeto que os guerreiros incas que tinham ficado na frente de Quzco pensaram alarmados que os espanhóis se reproduziam por milagre, e bateram definitivamente em retirada.

11.

Quase sem lutar, Orellana se transformou, por sua chegada oportuna, em símbolo de salvação para os Pizarros, que enfim reconheceram nele alguém de seu sangue. A partir daquele momento passou, sem vacilação, a fazer parte do grupo de seus primos. Começava a guerra entre os conquistadores, e foi nas Salinas de Cachipampa, a uma légua ao sul de Quzco, que um dia aconteceu a batalha entre os Pizarros e seu traído sócio, Diego de Almagro. E ali Orellana tornou a se destacar, e se fez merecedor da governação de Guaiaquil, cidade que era necessário refundar depois que os índios arrasaram a fundação primitiva de Belalcázar. Em três anos Orellana conseguiu construir um povoado, distribuir as terras, travar combates exitosos contra os nativos rebeldes e implementar justiça com mão severa, ao bom estilo dos seus parentes.

O caso mais comentado foi o de um jovem espanhol, Bartolomé Pérez Montero, que se apegou a um indígena do litoral chamado Dauli. Parece que o rapaz foi auxiliado por Dauli em um momento de perigo, e a partir daquele momento não se separou dele: adotou-o como seu criado e ajudante de câmara. Um dia, um inimigo de Pérez Montero afirmou, numa reunião de notáveis, que havia surpreendido os dois rapazes dormindo juntos, e embora eles tenham reconhecido como algo natural compartilhar o espaço numa situação de precariedade, línguas indignadas levantaram o rumor de que na verdade os dois rapazes, o cristão e o idólatra, professavam vícios gregos e nefandos, e exigiram do capitão que os castigasse.

Dauli foi condenado à prisão com cepo, e passou várias semanas encarcerado num calabouço, quase sem comer, mas certa noite descobriram que o jovem espanhol tinha deslizado nas sombras para levar ao seu criado comida e um cobertor. Ao saber disso, Orellana quis pôr à prova a relação entre os dois mancebos, e entregou a um dos seus soldados a chave da prisão, para que a oferecesse ao espanhol clandestinamente. O espanhol aceitou a chave, pagou por ela alguns ducados, e naquela mesma noite deslizou de novo e entrou na cela onde seu amigo se extenuava. Parece que ao chegar, sozinho e com um pequeno candeeiro para não chamar a atenção, encontrou o índio tão mal que o tomou nos braços e quis dar a ele um pouco de alimento. Não cabia dúvida que sentia um grande pesar por aquele amigo caído em desgraça por culpa dele, mas naquele exato momento Orellana e seus sequazes, que estavam escondidos ao lado da cela, entraram com lamparinas e encontraram os jovens, um nos braços do outro, numa posição que qualquer um podia interpretar como quisesse. E ali mesmo deixaram cativos os dois, nus e amarrados um ao outro, de tal maneira que mal conseguiam respirar.

No dia seguinte armaram um julgamento em que prestaram depoimento o soldado que vendeu a chave, o que havia denunciado os dois pela primeira vez e os que os surpreenderam na cela, e antes do meio-dia Orellana havia condenado os rapazes à morte por perversão e sodomia. O capelão, em nome da santa religião, pediu a pena máxima e suplicou, invocando Jesus Cristo, que não fosse imposto aos dois nem o garrote nem a degola, mas a única morte válida para corrigir a enormidade da sua falta, que era serem queimados vivos. E, ao cair de noite, os dois rapazes de 20 anos foram levados, como haviam estado a noite anterior, amarrados e nus, até o grande montão de lenha que os soldados haviam preparado, e foi feita uma missa de trevas exortando o demônio a sair daqueles corpos, e finalmente foi oferecido ao jovem espanhol que, se queria se salvar da humilhação de arder numa chama com um índio, que acendesse ele mesmo a pira para Dauli, a troco de ser degolado. Mas naquele momento, sim, ficou demonstrado, sem nenhuma dúvida, que a paixão que o animava era diferente da lealdade com um amigo e com um criado, porque o jovem se negou a suavizar sua pena e morreu abraçado ao índio, e depois dos gritos finais os dois se confundiram num único montão de cinzas à beira-mar.

Você já sabe que quando Gonzalo Pizarro passou por Guaiaquil, nomeado governador de Quito, Orellana procurou mostrar de novo sua fidelidade à casa dos seus primos, e quis fazer a ele a entrega da governação. Mas quem disse que interessaria? Gonzalo falou do País da Canela, e então foi Orellana quem viu a oportunidade que tinha sonhado a vida toda. Rogou ao primo que esperasse por ele, mas uma só expedição tão enorme não podia acampar durante semanas aguardando um homem, por mais importante que fosse, e Pizarro só pôde prometer que se nos alcançasse em Quito, teria seu lugar na aventura. Orellana vendeu depressa umas propriedades e hipotecou outras, armou uma tropa ágil de vinte e cinco homens a cavalo, e gastou mais de quarenta mil pesos de ouro na iniciativa. Nós o esperamos durante muitos dias em Quito, mas vendo sua tardança Pizarro deu a ordem de marchar, e quando Orellana chegou na cidade já estavam frios os rastros da nossa expedição. Então, ele tomou a decisão desesperada e totalmente insensata de ir atrás de nós pelas montanhas.

Nunca entendi como é que ele se atreveu a sair sozinho, quando todo mundo tinha visto as extremas precauções de Pizarro, inclusive a de levar como proteção uma matilha estrondosa. Os índios guerreiros, que não se atreveram a nos atacar, depois se lançaram furiosos contra aquela tropa, mais frágil e menos numerosa. Flechas súbitas e penhascos inesperados deram conta dos cavalos, os nativos pacíficos que iam carregando os fardos morreram todos no gelo, e a única coisa que os homens de Orellana não perderam naquela aventura foi a vida. Descansavam menos que nós e assim foram se aproximando, cada vez mais desesperados, até que ouviram, como uma bênção, as rajadas de latidos na distância. Os fantasmas tremiam recordando do que tinham escapado, e falavam também de um estrondo descomunal que escutaram pelas gargantas da cordilheira no dia do terremoto, e que só entenderam quando alguém falou com eles da queda do rochedo.

Vi a gratidão e a alegria no rosto de Orellana, ao se ver tão bem recebido pelos nossos. Pizarro se empenhou em que o atendêssemos com especial solicitude e, para fazer o primo sentir que apreciava seu arrojo ao se lançar num caminho quase suicida, o nomeou tenente-general da nossa campanha. Bem alimentados e vestidos, os fantasmas se recuperaram, Orellana começou a cumprir suas funções, e muitos dias mais tarde percebi que alguma coisa começava a distanciar os dois primos.

Pizarro era duro, fazia sentir sua autoridade, e isso acabava sendo mais desagradável para quem o conheceu menino e compartilhou com ele a pobreza em Trujillo, quando esta terra nova não existia. Os dois procuravam fazer evidente seu acordo, porque era necessário para a expedição, mas alguma coisa jamais se encaixava, surgiam pequenas divergências sobre a rota, e cada vez que Pizarro dava uma ordem ou propunha uma tarefa, alguns de nós se colocavam a adivinhar quem arquearia as sobrancelhas com preocupação, ou acariciaria a própria barba com lentidão, ou permaneceria sozinho olhando os bosques com seu olho bom, enquanto o olho morto continuava olhando caminhos ainda mais impossíveis.

Os dois se interessaram menos por reger algumas cidades estabelecidas que por inaugurar uma nova fonte de riqueza, e o plano de uma conquista em comum uniu aqueles dois homens, que teriam acabado sendo rivais como governadores de cidades vizinhas. Orellana não podia esquecer que chegou arruinado e cansado, e que Pizarro o recebeu com a lealdade elementar que é preciso mostrar, nestas terras, pelo amigo desvalido. Mas Pizarro não teria feito isso se pressentisse o que iria ocorrer. Tem mais: deixou nas mãos dele uma parte da expedição, e foi com o resto buscar as planícies de bosques de canela que, segundo seus informantes, já estariam logo ali. Pouco depois ficamos sabendo do horrível resultado daquele avanço.

12.

ACOSTUMADO AOS BOSQUES DE ÁLAMOS E OLIVEIRAS, de carvalhos e pinheiros que se encontram do lado de lá do mar, Gonzalo Pizarro ignorava, como todos nós, que esta região do mundo não produz bosques de uma só variedade de árvores, e para ele nada parecia mais natural que a possibilidade de encontrar um interminável bosque de canela. Mas aqui no solo mais estreito proliferam árvores e plantas diferentes, e quando Pizarro chegou com suas tropas na selva que os guias índios tinham anunciado, onde esperava encontrar pés de canela se estendendo sem fim, só achou árvores de uma canela nativa espalhadas ao léu, de sabor semelhante, mas que não justificavam a procura porque não podia ser aproveitada para negócio algum.

É possível que nunca antes tenha sido organizada nas Índias uma expedição mais custosa e mais árdua, mas Pizarro não saberia dizer se o pior tinha sido o custo em ouro ou em esforço. Todo mundo na sua família tinha propensão à cólera, e essa paixão violenta foi capaz dos acontecimentos mais espantosos. Quando ele se deu conta do que estava acontecendo, não podia crer. Recontou na sua mente a riqueza que tinham acumulado no saqueio do Quzco, a pele de ouro maciço dos templos do Sol, e não soube em que momento tinha dilapidado uma porção tão grande do tesouro em jornadas de miséria e fadiga e num vento oprobrioso de latidos de cães. Mais que frustrado, mais que enganado, pálido de raiva, sentiu que a selva começava a rodar em volta dele como um redemoinho. Alguém teria de pagar por tudo aquilo. Os falsos bosques de canela iam ser testemunhas de sua ira, os índios recordariam para sempre que não é possível enganar um Pizarro.

Os índios também não entendiam: perguntaram a eles pela árvore com que aromatizam as bebidas, e eles não apenas tinham dito ao capitão onde estava essa árvore, como tinham ido mostrar-lhe. Agora, para o capitão já não bastavam as árvores que encontraram: queria que a selva inteira tivesse um único tipo de árvore, que devia ser avermelhada, que não podia ser a árvore que eles conheciam desde sempre, mas outra que mãos desconhecidas semeavam em terras distantes. O capitão parecia querer se vingar da selva porque a selva não produzia suas árvores tal como ele gostaria, e tornava a submeter os nativos a todo tipo de interrogatório, para ver onde estava o erro, quem tinha mentido, quem era o responsável, que interesse eles tinham em fazer uma expedição tão custosa fracassar.

Por momentos, alentava até mesmo a ilusão de não ter chegado ao lugar indicado; talvez um pouco mais adiante estariam os bosques verdadeiros. O País da Canela havia existido tanto em sua imaginação, que tinha que existir também neste mundo. Mas não é tão fácil negar o real nem ocultar o evidente. Esticou sua ilusão até o impossível, mas no fim não conseguiu continuar dizendo a si mesmo que o verdadeiro país estava oculto. A selva escura e úmida estava nos mostrando sua verdadeira cara, charcos com animais, manchas móveis de formigas vermelhas, troncos no enredado de árvores com buracos habitados por aranhas enormes. Tudo naqueles barros era escorregadio e estava vivo, às vezes no ar se formava um corpo espesso e zumbidor, um animal feito de animais, um enxame de insetos diminutos formando um volume que, por momentos, parecia mostrar antenas, extremidades, ventres, asas.

Pizarro queria se livrar do calor como se o calor fosse uma roupa; em sua ira, parecia um desses picados de flecha que querem arrancar até mesmo a própria pele. E em seu interior fermentavam ideias atrozes. Chamou seus capitães mais fiéis e deu a eles uma ordem horrível, que alguns não compreenderam: era preciso escolher dez índios dos mais influentes e atirar seus pedaços aos cães. "Para quê, capitão?", perguntaram. "Para que aprendam a dizer a verdade", respondeu. "Para que estes animais aprendam que não dá para mentir para nós." E depois disse, como quem quer se justificar: "E para castigar quem é traidor".

Muitas vezes, quando contei isso, quem me escutava me entendia mal, e eu tinha que explicar de novo que Pizarro não começou a matar os cães para alimentar os índios, mas que começou a matar os índios para alimentar os cães. A confusa crueldade de tomar dez homens e destroçá-los com machado e facões para entregá-los à voracidade dos mastins causou terror na multidão indígena, mas não causou mudança alguma em suas respostas. Todos continuaram jurando que tinham agido direito, que tinham cumprido suas promessas. "Mas se nós sofremos mais que vocês nesta expedição!", dizia um dos velhos incas, "Como podem pensar que a gente tenha trazido vocês para sofrer e morrer, se somos sempre nós os que morremos por vocês?". Pizarro fez então anunciar com decretos de guerra, em espanhol e também na língua dos homens da montanha, que cada dia faria aperrear dez índios até que reconhecessem sua culpa. E isto, confesso a você, ele nunca tinha contado para nós antes. Sei que para muitos membros da expedição aquele trabalho de extermínio foi tão horrível como horrível foi para os índios, porque um soldado está disposto a matar em sua própria defesa, mas nem todo guerreiro se alegra com essas carnificinas.

Mais grave ainda foi que a loucura de Pizarro crescia com as horas: só de ver os índios ele já sentia um mal-estar físico, e assim chegou o momento em que tomou a decisão de acabar com todos eles. Tinha passado um tempinho olhando a selva, sozinho, e quando saiu até o acampamento, de novo: "É preciso matar todos eles", disse aos seus ajudantes. "Matar quem, capitão?", responderam, fingindo não entender a ordem, de tão louca que ela era. "Que não sobre vivo nem um índio", gritou. Os nativos sabiam que aquilo estava por vir, mas estavam presos numa região que não era familiar para eles, da qual muitos apenas tinham ouvido falar, à mercê das armas, das feras e da crueldade dos seus chefes, os mesmos a quem tinham, veja só, servido com paciência e resignação. Pizarro ordenou que a maioria fosse amontoada em um círculo, e que os cães fossem mantidos amarrados, prontos para pular em cima deles. Havia concluído que nossa sobrevivência dependia da morte dos índios: "São mais de três mil malditas bocas para alimentar, se a gente não matar todos eles não sairemos vivos daqui, nem eles, nem nós".

Poderia ter deixado todos eles em liberdade: muitos já teriam arranjado um jeito de encontrar de novo as montanhas, mas Pizarro precisava se vingar, queria sangue, queria demonstrar que os da sua linhagem não se deixariam debochar impunemente por uns pobres diabos que adoravam pedras e estrelas. Talvez aquilo de que levo tantos anos fugindo seja essa recordação. Dos quatro mil índios que tinham saído conosco naquela campanha, uma parte foi entregue aos cães, e muitos outros foram queimados vivos junto aos falsos caneleiros que encontraram pelo caminho. Assim foi o que seus próprios soldados me contaram, porque nós, com o capitão Orellana, tínhamos ficado na retaguarda. Para alcançá-lo de novo tivemos que cruzar verdadeiros campos de horror, cujas moscas e cuja pestilência não me sinto capaz de descrever; orientados só pelo longínquo e cada vez mais escabroso latir dos cães.

Basta dizer a você que o primeiro cão que vimos trazia na bocarra uma mão mutilada. Eu vi todas as coisas horríveis, mas essa imagem foi suficiente para preencher muitos sonhos naqueles dias, e ali senti, pela primeira vez, um cansaço insuportável, um mal-estar no corpo, por não poder deter a loucura, por estar sem remédio onde estava, vendo o que eu via, porque estávamos todos presos num cárcere de árvores e de água, rodeados de feras e ao mesmo tempo obrigados a ser feras, convivendo com todas as demências no vago projeto de sobreviver.

Graças às pressões das circunstâncias, muitos fatos cruéis acabam sendo legitimados nestas terras, pelo imperioso dever de sobreviver do jeito que for. Cada vez que os exércitos avançavam contra as esquadras guerreiras coroadas de ouro, empenachadas de plumas, sentíamos que era em defesa das nossas vidas, da religião ou da autoridade do rei, que havia de triunfar sobre aqueles seres indecifráveis. Mas na selva senti que a crueldade de Pizarro nascia apenas da sua fúria, e se vingava precisamente dos pobres e dóceis portadores que nos haviam salvado nas montanhas, levando nas costas tudo o que precisávamos para a viagem.

Um dos soldados, Baltasar Cobo, que tinha curado vários índios feridos nos penhascos de gelo, não suportou mais a indignação que aquilo tudo provocava nele, e gritou a Pizarro que o que ele estava fazendo era infame. "Capitão, para o senhor, não é suficiente ter trazido a gente ao inferno? Será que agora a gente também precisa se transformar em demônio?" O capitão, cego de fúria, caminhou em silêncio até ele, debaixo de uma cascata da selva, e incrivelmente, sem diálogo algum ou julgamento algum, como se fosse um inimigo no meio da batalha, atravessou seu ventre com a espada, e depois, com ele já caído, deu-lhe um talho no pescoço, e ordenou, aos gritos, que seus soldados também o entregassem aos cães.

Assim, apenas um espanhol acompanhou os índios nessa marcha cruel rumo a regiões mais justas. E eu, nas noites, ainda rezo a Baltasar Cobo, com quem lembro de ter conversado em Quito, como se rezasse a um santo, porque ele fez o que ninguém se atreveu a fazer naquele redemoinho de sangue, o que muitos de nós deveríamos ter feito embora pudesse nos custar a vida. Ninguém mais se atreveu a rebelar-se, e eu fui dos muitos indignos que aceitaram a infâmia em silêncio. Sei que naqueles dias devia ter morrido, sei que o amor que me havia oferecido uma índia das Antilhas exigia que eu também me opusesse ao holocausto, mas fechei os olhos desejando despertar em La Española, diante do mar que purifica tudo, perto do regaço daquela índia que sempre tinha cuidado de mim, longe da selva de árvores e de loucuras onde nos afundávamos, longe da ambição que precipitava aqueles acontecimentos selvagens.

Por isso, e embora minhas mãos não tenham matado ou esquartejado índio algum, eu me senti tão responsável como Pizarro por aquela carnificina na selva, e nem mesmo o fato de ser eu o mais jovem da expedição e o que tinha menos experiência de todos me protegeu do sabor amargo que carreguei depois na boca por muito tempo, e do frio de vergonha que senti viajar pelos meus ossos. Aquela mortandade era quase equivalente ao crime de Cajamarca, que também significou o sacrifício de milhares de almas, só que era pior, porque em Cajamarca Pizarro, meu pai e seus homens conseguiram sentir que naquele estrago apostavam a vida, mas, agora, matar na selva aqueles índios era o mais desnecessário dos crimes. Quando deixamos o pesadelo para trás, tínhamos as almas turvas como pântanos, e sentimos o dever de começar a rejeitar as ilusões. Continuávamos no meio de um desafio mortal, assediados por perigos passados e futuros, com um único horizonte de águas crescentes e de bosques insondáveis à nossa espera.

Lembro também da atitude dos poucos índios sobreviventes. Eram os que sabiam falar castelhano e, por isso, se fizeram necessários para que nos entendêssemos com os povos da selva, eram os mais fortes para carregar as coisas todas que nós não conseguíamos levar, os poucos que tinham chegado a estabelecer algum laço de colaboração ou servidão com os brancos. Quase nunca falavam por vontade própria, emudecidos para sempre por um horror sagrado. Já sabiam, sem dúvida, que estavam em poder dos demônios, e seguiram a caravana feito autômatos, afundados na resignação e no espanto.

Já contei a você que de todos os penhascos de musgo e também da raiz dos bosques brotavam jorros de água. Ao final de cada nova marcha os arroios viravam cascatas e as cascatas se ampliavam em riachos, e em menos de uma semana já corria ao nosso lado um rio de muitas varas de largura. Caminhávamos de noite ouvindo seu rumor, dormíamos, e ao amanhecer, ele tinha se duplicado. Eu disse a você que não procurávamos o rio, mas o rio, sim, parecia nos procurar. Nós evitávamos o rio, para driblar o perigo de que os porcos que restavam despencassem nele, e até mesmo o risco de que os poucos índios sobreviventes improvisassem canoas e fugissem; mas mesmo quando torcíamos o rumo para não avançar, sempre bordeando o rio, ele tornava a aparecer diante de nós, teimoso e sinuoso, espremido entre o bosque ou entre barrancos lisos, e tivemos até que retroceder algumas vezes porque o seu leito se arqueava totalmente e parecia nos envolver.

Os índios sobreviventes tinham motivos para deplorar não ter sido assassinados como os outros: o peso da carga tinha se multiplicado, o trabalho era maior e o descanso, nenhum. Comiam pouco, e quase nunca a mesma comida que a gente. Nas montanhas onde estão as suas cidades, já tínhamos notado que os ovos das aves e a carne de porco provocava neles repugnância. E embora ninguém se importaria se aquelas quatro centenas de servos comiam ou não, agora eles iam levando a nossa carga e precisavam estar em condições de resistir à dureza dos caminhos. Em outras circunstâncias, as chibatadas dos capatazes teriam convencido cada um deles a comer na marra, mas agora era bom que a melhor alimentação fosse reservada para nós, e alguns índios, os mais familiarizados com a montanha, já começavam a flechar pássaros em pleno voo e peixes lentos nos remansos.

Também levávamos milho, o único alimento que compartilhávamos com eles. Mas o esforço da expedição nos tornou mais vorazes, e os porcos foram diminuindo pelo caminho. Os bosques se faziam espessos, às vezes chovia o dia inteiro e a expedição escorregava em caldos de lodo e raízes mortas. E embora os ginetes, vigorosos e ansiosos, suportassem bem a travessia, porque os cavalos se adaptavam aos caminhos inclinados e sabiam evitar as terras quebradas e traiçoeiras, e embora nós, os espanhóis a pé, bem protegidos contra o clima, resistíssemos melhor diante da adversidade, os índios descalços que iam ficando nus pelas rajadas da intempérie não tinham melhor sorte, e nós forçosamente os abandonávamos, nem sempre mortos, quando seus corpos, como disse uma vez Pizarro, tinham ficado inservíveis. De mais de um me persegue o olhar desamparado e vazio, quando viam como nos afastávamos e eles ficavam sozinhos, à mercê da chuva, por caminhos que só as feras frequentam.

13.

Quando o capitão Pizarro enlouqueceu, a selva começou a mudar aos meus olhos. Não direi que se transformou em uma moradia, como parece ser para os índios, mas os crimes do capitão e seus verdugos me fizeram pensar que tudo na selva, comparado com aquilo, era inocente: a tocaia amarela do jaguar, os dentes vorazes nos remansos, as serpentes que abrem suas bocarras e esperam que o roedor enfeitiçado vá até elas pelo túnel do hálito; e principalmente inocentes as árvores que não vão à procura de nada, que só voam livres quando são apenas promessa, pontos negros suspensos numa seda leve e abatidos de repente pela chuva.

Como digo a você, Pizarro queria fazer o trecho final do caminho acompanhado só pelos seus homens mais próximos: queria ser quem encontraria as léguas de bosques de canela e tomar posse delas em nome do rei, e foi isso que nos salvou de estar presentes no mais atroz do extermínio. E também custo a imaginar a maneira como ordenou a matança, porque é difícil matar três mil índios, mesmo com a ajuda de tantos cães de caça. Embora eu só tenha chegado no fim do holocausto, aquele cheiro de morte ficou impregnado em mim, e, por que não confessar?, foi uma das causas de que mais tarde eu não sentisse demasiada tristeza diante da fatalidade de Pizarro ter ficado abandonado na selva. *Coube a ele ficar vivendo com os ossos das suas vítimas*, eu disse a mim mesmo mais tarde, nos dias do rio.

Eu não ignorava que outro rio de sangue índio manchava a minha fronte, porque um dos carniceiros foi meu próprio pai. E você terá notado que jamais consigo tirar da mente aquilo que não me foi dado presenciar: me persegue o fantasma de um rei levado em seu trono de ouro no meio de um cortejo com trajes de luxo, do império vestido para a degolação, oitenta mil arqueiros lá fora, esperando uma mensagem que jamais chegaria, e de repente, sobre os espantados funcionários e sacerdotes e poetas e guerreiros e mensageiros, sobre os emissários e os músicos que sopravam seus flautins de madeira e percutiam seus tambores com plumas, sobre os graves anciãos com capas de lã e com brincos de ouro, no meio da tarde, os trovões.

Agora eu tinha uma evidência mais próxima da ferocidade daquela conquista, e se você me perdoa que use palavras que nem mesmo o adversário do meu mestre Oviedo, frei Bartolomé de Las Casas, disse, sobre a ferocidade da Espanha imperial. Também de mim se esperava que me mostrasse capaz de matar muitos e rir no meio do massacre, mas nem naquele momento nem agora eu queria participar daquela ordália. Temo não ter nascido para a guerra, embora uma e outra vez o destino tenha me arrastado aos seus infernos. O tempo todo tentei evitar esses rumos de sangue, mas por todo lado, na Roma que sempre reza e na Nápoles que sempre canta, em Mühlberg, onde uma tropa de vinte e cinco mil homens avançou protegida pela névoa, em Flandres, que está cheio de esqueletos e incêndios, e em Argel, onde os punhalões são curvos, cruzaram meu caminho campanhas e batalhas que jamais procurei. E juro que não é por covardia, mas porque outras coisas inquietaram minha consciência, porque outras perguntas tentavam sair dos meus lábios.

Mas o que mais me impedia de participar, na selva, daquela festa de sangue, é que aos meus 20 anos eu tinha sido ajudado por índios em momentos de perigo, e, antes ainda, havia bebido leite nos mamilos de uma índia de La Española, e tinha ouvido as histórias de Amaney na nossa casa de São Domingos: eu não conseguia ver os índios como animais sem alma.

Nessa expedição que você propõe, e que não terá sorte, você vai arrastar outra vez para a perdição milhares de índios. E muitos outros você terá de enfrentar pelo caminho. Para Hernán Cortés, e até para Francisco Pizarro, esse era o preço da vingativa fortuna que estavam conquistando, e o brilho do ouro os ajudou a crer que não estavam causando dano às suas almas. Mas na solidão cheia de tenazes e de dentes afiados esse sacrifício é mais inútil ainda, porque não há nada lá que possa satisfazer a ambição. É possível conquistar uma cidade e um império, é possível saquear tumbas e templos, é possível avassalar um milhão de astecas ou um milhão de incas, mas você não conseguirá submeter à vontade de alguns homens todas as dispersas tribos de uma selva infinita, você não conseguirá fazer gaiolas para tantos pássaros, não conseguirá subjugar as antas dos rios, não conseguirá pôr rédeas nem bridões nas anacondas monstruosas, não conseguirá sujeitar com grilhetas de ferro uma manada de onças para que arrastem o carro da sua vitória como os leopardos do deus Baco.

O que é a selva? Quando você vai pelo rio, você sabe, porque o que está vendo é exatamente a mesma coisa que você não vê. Ou só é diferente porque debaixo do sol pleno, lá dentro é noite. Mas você não percebe o grande poder da selva: em seus troncos enormes, em suas árvores floridas, em seus macacos gritões, em suas garças, em suas serpentes da cor do barro, com olhos brancos como se fossem cegas, em seus troncos derrubados onde caminham as lacraias azuis de patas amarelas, o que palpita é o segredo da vida e da morte, uma coisa total e inacessível. Tentar dar nome às coisas seria em vão, do mesmo jeito que contar as coisas uma a uma, porque essa é a chave da diferença entre aquele mundo e o nosso: no nosso mundo, tudo pode ser acessível, tudo pode ser governado pela linguagem, mas essa selva existe porque a nossa linguagem não consegue abarcá-la.

E, principalmente, não se pode submeter o rio à vontade dos homens. Isso é tão impossível como pôr freios de prata no mar espumoso, como querer ferir os nervos da água com esporas de ferro. E por isso não vou acompanhar você nessa expedição com que sonha: porque sei o resultado. Não se apagam da memória as selvas onde vi o sangue apodrecer, nem a loucura nas pupilas de Gonzalo Pizarro, nem as jornadas de fome que vieram com aquela demência.

Como quem desperta de uma embriaguez, só quando os índios não passavam de carniça fumegante Pizarro entendeu que agora não tínhamos quem levasse a nossa carga, que era obrigatório nós espanhóis e os poucos índios restantes botarmos os fardos nas costas e avançarmos pesadamente por bosques que se faziam cada vez mais impraticáveis, e onde um rio, sinuoso feito serpente, atravessava e tornava a atravessar nosso caminho, suas margens inundadas cheias de perigo.

A lua dos perdedores já se erguia. A cada dia havia novas e furiosas discussões, os chefes refletiam, mas antes que pudessem decidir qual seria o nosso rumo, as provisões restantes terminaram. Íamos esquivando o rio sem nome, os bosques eram mais espessos, a terra se desfazia em pântanos, e a parte mais dura da viagem mal começava, porque a fome é uma conselheira cruel e, esgotados os porcos, os olhares da nossa companhia se voltaram aos cães e aos cavalos.

O que então aconteceu pode parecer absurdo para quem não tenha vivido o que vivemos. A expedição, vistosa e opulenta no começo, tinha ido se dizimando pela fatalidade, como se outro cão invisível devorasse seus integrantes. Já estávamos sem os porcos, sem muitas das lhamas e quase sem índios: estava chegando a vez do resto. Sem explicar a razão, os soldados optaram por primeiro sacrificar os cavalos, apesar de serem muito mais necessários que os mastins devoradores. É possível dizer que na Europa esse alimento seja comum, e que o costume de se alimentar de cães desde sempre repugnou os cristãos, pela relação de familiaridade que há tanto tempo se mantém com eles. Mas não foi essa a razão principal para adiar os cães, apesar que a ceva primeiro, e a fome depois, os tornavam mais ferozes, e começavam a ser um perigo para todos. A razão que ninguém trazia à luz e que todos conhecíamos muito bem na penumbra dos nossos pensamentos é que aqueles cães, que cedo ou tarde teríamos de devorar, tinham se refestelado na carne e se saciado com o sangue dos índios, e apesar da crueldade daquela conquista, ali ninguém ignorava que os índios são seres humanos. Eu conservava nítida a lembrança do cão oprimindo com os dentes a mão arrebentada de um homem. E sei que todos queriam dizer, mas só um disse, que aqueles cães tinham se alimentado de carne humana. Os deuses inescrutáveis da montanha e da fome se dispunham a cobrar da nossa expedição a desumanidade que ela havia demonstrado com os filhos do Inca.

Uma tarde tínhamos feito uma parada, depois de longos esforços para superar um pântano sobre o qual se movia uma nuvem de diminutos mosquitos, quando um dos homens a pé, que já havia falado sozinho várias vezes ao longo dos caminhos, de repente se levantou e soltou numa frase toda a sua contida angústia: "Os índios estão dentro dos cães!". Um dos incas que tinha sobrado conosco virou-se para o rio e começou a pronunciar uma espécie de reza em seu idioma. Ele se chamava Unuma, falava um pouco de castelhano e eu tinha conversado com ele mais de uma vez durante a travessia. Era um hábito dos nossos soldados olhar para os índios como se fossem bestas de carga, mas bastava falar com aquele homem para se dar conta de que havia nele algo misterioso e venerável, que não conseguíamos compreender.

Não sabíamos muito do seu mundo, de seus costumes, de seus zodíacos e de seus sonhos. Mas os antepassados daquele homem tinham erguido cidades de pedras gigantes e as haviam recoberto de ouro, tinham desenhado templos e palácios nas alturas, tinham talhado postos de guarda e vigilância nas agulhas de pedra da cordilheira, tinham lido as mensagens do condor, do jaguar e da serpente nos três níveis do mundo, haviam domesticado as sementes e as vicunhas peludas dos precipícios, sabiam transformar o ouro em brincos e orações, conheciam os segredos dos platôs de cultivo, repetiam lendas e canções, guardavam histórias e cifras nos nós antiquíssimos de seus quipos, sabiam tecer mantas e trajes luxuosos com a lã das alpacas e fazer para os seus reis capas flexíveis de asas de morcego, negras e macias como a própria noite, tinham estudado os abismos do céu, conheciam os ciclos de fertilidade da Lua e os nomes das estrelas. Só mesmo a nossa barbárie pôde apagar tantas coisas e vê-los em seu silêncio como animais sem deuses.

Ergueu-se o rumor de vociferações. Pizarro percebeu que tínhamos chegado a um momento extremo, e pediu ao frei Gaspar de Carvajal, o capelão da companhia, que tranquilizasse os homens, explicando a eles que os índios estavam mortos longe dali, que os cães não eram demônios, mas animais famintos, e que se a necessidade assim ordenasse, os cristãos podiam se alimentar do que Deus providenciasse. Assim começou a parte mais abominável da viagem, e depois das primeiras repulsas, que mais pareciam espasmos de culpa que males digestivos, começamos a ficar parecidos com o tempo, que desgarra as unhas do jaguar e rói os dentes das cotias, que desgasta as limas de ferro e mata as espadas ociosas.

Aos poucos o estrondo dos latidos, que tinha nos acompanhado desde o começo, foi diminuindo. Você sabe que por mais feroz que a gente tenha tornado um cão, ele não perde nunca sua nobreza com os amos, sua fidelidade e sua lealdade. Cada soldado tinha pelo menos um cão que considerava seu amigo pessoal, com quem às vezes brincava quando estávamos descansando nas clareiras da montanha. E embora a fome fosse nos tornando bestiais, restavam em nós aquelas chispas de humanidade que fizeram mais doloroso o sacrifício dos cães, adestrados para o horror, mas que conservavam a noz de uma infantil inocência.

Muitos me perguntaram como dormíamos naquela intempérie estridente, e eu mesmo não sei responder. A gente se acostuma a dormir poucas horas, em qualquer superfície, coberto ou não pelo teto das tendas, e não graças ao esforço de conciliar o sono, mas vencido pelo cansaço, e assim que se restabeleceu o suficiente, um latido nos acorda, uma formiga na cara, uma rajada de vento. Basta descer uns poucos metros pelas montanhas e o quadro inteiro muda.

Em vão, evitávamos o rio, que nos parecia cada vez maior, e continuávamos perguntando qual seria o seu rumo e sua desembocadura, até que a teimosia de suas curvas e a promessa de suas águas exasperantes puderam mais, e um dia o capitão, exasperado, decidiu não evitá-lo mais. Orellana várias vezes propôs girar para o norte, procurar terras povoadas pelos lados das savanas que sobem rumo a Pasto e Popayán, e mostrou com veemência sua recusa à ideia de que avançássemos beirando o rio que crescia. Se ele soubesse qual destino estava traçado na palma da sua mão, onde também as linhas dos pequenos arroios desembocavam num leito central profundo e inevitável, teria encontrado o significado oculto daquela rejeição, o porquê de seu insistente desejo de procurar vilas povoadas e afastar-se das margens do mundo desconhecido.

Mas os índios disseram depois que, a partir daquele momento, foi o rio quem tomou as decisões, e passados os anos e os acontecimentos, para mim é bem possível entender assim. Não havíamos avançado uma jornada pela margem quando vimos aparecer uma aldeia de nativos pescadores junto a uma extensa praia onde estavam, atadas com cipós, umas vinte pirogas. Eram compridas e bem polidas, cada uma delas talhada no tronco de uma árvore, e ondulavam subtraídas da pressa do rio, e seus construtores as haviam pintado com escuras tintas coloridas. Não encontramos um único índio na aldeia, mas havia muitos peixes pescados fazia pouco, e que foram grande consolo para gente tão faminta e tão exausta de comer o abominável. Encontramos longas taquaras, varas finas com ganchos, arcos e flechas e cilindros de cipós retos enlaçados por uns cipós em espiral, que achamos que eram adornos inúteis. Mais tarde, um índio nos contou que eram redes de pesca, e quando explicou seu mecanismo sentimos admiração pelo saber guardado nelas.

Os nativos fugiram ao sentir nossa presença, e provavelmente estavam escondidos em algum lugar entre as árvores espessas. Mas quando um dos índios da nossa companhia disse que se a gente não os via não era porque eles tinham ido embora, mas porque tinham se transformado em macacos, em serpentes, ou nesses pássaros de bicos enormes que às vezes gritam lá nas ramagens remotas, outro, que mergulhava o remo ao seu lado, me advertiu que não acreditasse, porque os habitantes da aldeia estavam lá, talvez sentados nas pirogas, mas que tinham rezas para ficarem invisíveis.

Pizarro já não estava interessado em histórias de índios e mais de uma vez nos recriminou com dureza por escutarmos o que eles contavam. Disse que quem termina transformado em macaco e em lagarto era quem ouvia os índios, mas por alguma razão que jamais compreendi, talvez por ser eu o mais jovem da expedição, parecia sentir apreço por mim, e nunca se mostrou verdadeiramente violento ao falar comigo. Só que sua presença me causava espanto, e ao seu lado sentia que era como se ele pudesse ler na minha mente meus pensamentos, e por isso tratava de nunca ficar perto dele. Roubamos as pirogas. Carregamos nelas as provisões que sobraram depois de satisfazer nossa fome, e com uns quantos homens navegando e o resto da expedição indo pela beira-rio, retomamos o caminho de descida rumo ao ignorado.

Talvez o rio tenha decidido que roubássemos as pirogas para que a expedição tivesse que seguir, obrigatoriamente, pela sua margem. Para os meus 20 anos era fácil e quase divertido pensar desse jeito. Eu vinha de um mundo diferente, onde se acredita que só nós, os homens, temos vontade, mas a juventude é argila dócil, e sei que se eu vivesse alguns anos entre aqueles povos poderia acabar vendo no mundo tudo que eles viam: as flautas da água, os espíritos das árvores, os animais que caminham pelo céu estrelado e as intenções perceptíveis do rio. Dias mais tarde eu me surpreendia pensando que em cada uma daquelas pirogas que avançavam conosco ia alguém mais que ninguém conseguia ver, um índio invisível que determinava o rumo seguindo as vozes da água. E a água acabou sendo mais poderosa que a terra, porque no outro dia o capitão ordenou que parássemos e encarregou os armadores de construírem um barco.

14.

NAQUELA ALTURA, O RIO JÁ TINHA UMAS CEM VARAS castelhanas de largura, e embora um barco como o que estávamos em condições de armar não pudesse tirar daquele lugar a expedição inteira, ao menos permitiria explorar as duas margens à procura de provisões. Orellana tornou a opinar que Pasto e Popayán seriam o melhor destino; que seguir a correnteza e atar-se a ela com um bergantim era mergulhar sem esperanças num mundo que só prometia perigos, e Pizarro, já aborrecido, não deixou de recordar a ele que era ele quem havia insistido em se unir à aventura, que não formava parte da expedição inicial, e que quando existia a promessa certa de uma grande fortuna os perigos do caminho não pareciam preocupá-lo tanto. Só faltou dizer que Orellana voltasse, sozinho, pelo caminho que havia tomado por conta própria, que não interferisse numa iniciativa onde ele era apenas um recolhido tardio.

Agora penso que, antes que sua hora tivesse chegado, Orellana já estava prisioneiro dos fios de seu destino; nem mesmo ele entenderia as coisas que estavam tomando forma em sua mente e que pelas noites talvez já estivessem se apoderando de seus sonhos. A rejeição violenta pode ser a primeira máscara de uma tentação demasiado poderosa, contra a qual tentamos, em vão, lutar; talvez Orellana começasse a se sentir culpado por alguma coisa que ainda não havia acontecido e que estava sendo decidida nas sombras.

Pizarro, ainda bem, não o escutou. Consultou os armadores para saber que tipo de nau era possível fazer com os recursos disponíveis, e durante vários dias revisaram os manuais da Coroa. Eu olhava com fascinação aqueles esquemas preciosamente desenhados que vinham nos cofres e que são parte necessária das grandes expedições. Ouvi os conhecedores discutirem modelos e necessidades, me deleitei com os nomes das peças e das ferramentas; gurupés e traquetes, botalós e mezenas começaram a abundar nas conversas, porque, muito antes de ser um objeto no mundo, o barco começou a viver, disperso e fragmentado, nos diálogos, nas exclamações de cansaço ou impaciência, a voar com vida própria, com vida prévia e crescente, nas palavras.

Os escassos índios carregadores, vizinhos vertiginosos da serra, olhavam, pasmos, a água. Nenhum deles soube nos dizer que rio era aquele, nem para onde fluía. Nenhum deles entendia muito bem do que falávamos, embora evidentemente percebessem que um ser novo, uma forma desconhecida, estava governando nossos atos. Aqueles filhos do condor sentiam-se mal longe de suas montanhas altíssimas, pareciam odiar ou temer a descida, quando se aproximavam da margem do rio chegavam com a cerimoniosidade dos persas, e poucos sabiam fazer o que todos os índios dos rios fazem desde meninos, espetar peixes na correnteza com suas longas e finas flechas que não falham jamais.

Ao longo da margem, começaram a trabalhar as serras pelo bosque; naquele lodaçal de folhas apodrecidas foram medidas as peças de maneira que se transformavam em cavernas, hastilhas e vaus, o cavername de madeira dura daquele objeto que era quase um fantasma; diante dos chiados dos macacos foram tomando forma vigas e tábuas; debaixo da algaravia dos louros houve um sussurro de escovas e lixas. Tínhamos todos os tipos de madeiras disponíveis, e a verdade é que as madeiras que a selva oferece são bem preciosas. Mas o que faltava eram pregos, e quando isso foi notado, pela primeira vez pude ver Orellana entrando em ação, recolhendo uma grande quantidade de ferraduras velhas e se lançando, com outros, à construção de fornos para fundi-las. Passados alguns dias, os martelos conseguiram moldar uma boa quantidade de pregos de diferentes tamanhos. Depois, foram polidas as ripas, as tábuas e as vigas, que iam se transformando em cadaste, em roda de proa e em quilha; os martelos afundaram os pregos, e dia após dia vimos como ia se formando, debaixo do céu de árvores selvagens, a carcaça solene de uma nau espanhola. Anoitecia e amanhecia sobre aquele sonho que as palavras tinham insinuado e que mãos laboriosas e apressadas impunham ao mundo, e um belo dia os mastros se ergueram, os cordames fizeram nós, os cabos de cânhamo se estiraram, os longos remos entraram em seus orifícios, e aquele objeto desconhecido e quase incompreensível para eles se refletiu nas pupilas dos índios silenciosos como um pássaro que se espreguiça. A nau rangeu empurrada por centenas de braços e rodou sobre troncos até as águas escuras do rio.

Nunca se tinha visto um barco feito aquele nas altas passagens da montanha e nos rios estreitos da cordilheira. Sei que as selvas olharam para ele com a admiração e a inveja de seus milhares de olhos, e foi tanto o assombro dos índios que foram eles que batizaram de El Barco, em castelhano, o lugar onde o bergantim foi construído. Pressinto que assim se chamará para sempre. Mas mesmo que desfilem mil barcos por esse lugar, o nome continuará se referindo apenas àquele objeto de madeira e de força, aquele solene brinquedo da água que, numa certa manhã de meus 20 anos, todos os integrantes da expedição de Pizarro contemplamos com ansiedade e orgulho: o barco que iria nos acompanhar pelo rio impaciente, e que talvez nos desse também alguma orientação para a saída rumo ao mundo, o barco que levaria os doentes e os fardos, agora que a loucura havia sacrificado os carregadores silenciosos.

Gonzalo Pizarro entregou inicialmente o comando do bergantim a Juan de Alcántara, e que a gente chamava de Marujo, vindo do território militar de Santiago, que era o mais experiente de todos em questões de navegação. Pacientemente foram levadas para o barco muitas das coisas que os índios tinham carregado e, por sorte, todas as roupas que trazíamos como carga foram depositadas no porão. Os mais enfermos se acomodaram do jeito que puderam no tombadilho e o barco iniciou sua navegação, seguido por pirogas, e com o resto do acampamento e uns poucos cavalos avançando pelas margens inundadas.

Aquilo parecia um cortejo mitológico. Era como se muitas criaturas da terra fossem rendendo tributo a uma grande fera do rio. O bergantim carregado de dor e de ouro, dos chagados e dos febris, mas também da parte do tesouro que ainda não tinha sido gasta, basicamente metais e esmeraldas, navegava com lentidão, seguido pelas canoas e por um regueiro de soldados vacilantes e de índios resignados. Assim avançamos, cada vez mais dificilmente, durante várias semanas lodosas.

Orellana e Pizarro, os primos, tratavam de se entender, embora não se pudesse dizer qual dos dois estava mais consternado pelo rumo desastroso que as coisas haviam tomado, e pelo quase assegurado fracasso da nossa aventura. Depois de ter vendido suas propriedades e posses em Guaiaquil para abastecer sua companhia, depois das demoras que acabaram sendo sua ruína, Orellana não saía do abatimento.

Foi então quando, de repente, se ofereceu para ir no bergantim procurar víveres, explorando as terras rio abaixo, com os homens que conseguissem se acomodar na nau. Era hábil para os idiomas, sempre se mostrou capaz de aprendê-los num instante, e tinha ouvido os índios comentarem que nas selvas de baixo havia uma grande lagoa com muito alimento e aldeias ricas, e que se chegássemos lá estaríamos salvos. Era evidente que, apanhados pelo monte impraticável e sustentados por alimentos escassos e repulsivos, seria muito difícil escapar, mas creio que o que mais moveu Pizarro a aceitar sua proposta foi o costume de Orellana rejeitar tudo que tivesse a ver com o rio, seu apelo contínuo para que abandonássemos o avanço pela selva e buscássemos as serranias que conduzem a Pasto. O capitão viu naquela iniciativa a salvação providencial que estava esperando, e aprovou-a em seguida, pois crescia o descontentamento e alguns já falavam em começar o regresso até mesmo contra a vontade dos chefes.

Pois é, você está vendo: também o risco de um motim ajudou Pizarro a aceitar de imediato a proposta vinda justo do homem que mais tinha resistido à ideia de construir o barco. Orellana prometeu pentear as margens, pediu que também avançassem por terra rumo à tal lagoa e que lá esperasse por ele, e que se não regressasse num tempo razoável o esquecessem. As precisões eram necessárias porque em tão desastradas circunstâncias tudo podia acontecer: o barco ia sujeito aos imprevisíveis acasos do rio. No primeiro momento, Pizarro aceitou as frases do primo com naturalidade, e se despediu de nós efusivo e confiante, mas tempos depois precisou se lembrar delas e interpretá-las de outro modo.

Como a esperança sabe nos enganar! O chefe da expedição não tinha como saber, mas acabava de se abrir em sua vida a estrela mais negra. Ao rumor daquelas palavras com que autorizou nossa exploração, o destino estava traçando sobre sua fronte uma volta fatal. Ninguém pode saber quando as coisas começam, mas aquela decisão de um instante foi definitiva para que, com os meses, seus padecimentos se somassem aos seus fracassos, e para que certo dia a ambição acrescida ao rancor o transformassem no maior rebelde de seus tempos. Aquele dia no rio decidiu-se em segredo que Gonzalo Pizarro se faria dono do Peru, que teria o arrojo de se fazer governador e ainda a loucura de se pretender rei. E foi também o giro daquela hora o que fez com que, ao cabo de alguns anos, sua cabeça rodasse sobre a terra que esteve a ponto de ser dele, a terra que ele e seus irmãos haviam manchado com o sangue do Inca. Mas é que existem dias que se erguem entre os dias, e esse do qual estou falando decidiu a sorte de cada um de nós. Se sou quem sou, se estou aqui falando com você, é porque o destino fez com que eu fosse um dos homens do barco.

Pode ter sido minha juventude o que determinou que eu fosse dos primeiros a ser embarcados, ao lado dos mais hábeis em rastrear, dos bons caçadores, dos que dirigiram a construção do bergantim e dos marujos experientes e aguerridos da expedição. Um barco daqueles podia levar normalmente vinte homens: a necessidade de provisões e o breve da travessia planejada fizeram com que subíssemos a bordo quase sessenta, baixando à terra alguns dos mais enfermos, e que iniciássemos a viagem, tratando de encontrar um alimento menos desprezível e de romper o cerco que nos encurralava contra os pântanos insanos e o bosque sem caminhos.

Você imaginará que não tínhamos tecido suficiente para fazer umas velas, mas por isso eu disse a você que foi uma sorte levarmos mantas e roupas. Muitas mãos toscas e trêmulas costuraram com ela e a tempo o mais parecido a uma vela carangueja que era possível fazer naquelas circunstâncias, além de outras velas quadradas. Para a ida, contávamos em primeiro lugar com a inclinação e a força do rio, e para o regresso podíamos confiar só nos remos, e em algo que ainda não tínhamos: a força que os alimentos que íamos encontrar nos daria.

Orellana sempre afirmou que tinha embarcado cinquenta e sete homens. Mas frei Gaspar de Carvajal declarou em suas memórias ter contado cinquenta e seis no momento de partir, e de ter anotado isso em nossos papéis de viagem, para mais tarde descobrir que éramos na verdade cinquenta e sete. Comigo aconteceu a mesma coisa, e depois disse a mim mesmo que talvez nós, que nos contávamos, não nos incluíssemos na conta, mas é estranho que isso tenha acontecido com ele e comigo. E devo confessar que nem ele nem eu incluímos na conta os escravos negros nem os índios. De todos os índios que sobreviviam, apenas três subiram ao barco, e isso porque Orellana, no último instante, entendeu que precisaríamos de intérpretes no caso de acharmos as aldeias prometidas. Ele escolheu dois deles, e eu me animei a sugerir o silencioso Unuma, que era respeitado pelos outros, e que talvez viesse a impor o mesmo respeito aos nativos de outros povoados. Além disso, os seres menos percebidos são, muitas vezes, os mais importantes.

Já se sabe que os negros, que nunca aparecem na lista, são os que remam sem descanso o caminho inteiro.

No barco, levávamos poucas armas; além das espadas e das adagas, apenas quatro balestras, três arcabuzes e uma provisão mediana de pólvora, porque ninguém pensou, no princípio, em caçar coisa alguma: a esperança era encontrar aldeias de índios, e nem mesmo previmos chegar a combater por alimentos. Cinco das pirogas coloridas vieram atrás de nós; na primeira parte do avanço levamos essa escolta, e quem sabe se algum índio invisível não terá também montado no bergantim onde nos amontoávamos, porque dali em diante a maior parte das decisões pareceu ter sido tomada pelo rio.

Até hoje acho que vejo os restos desbaratados de uma expedição que tinha sido ostentosa e ameaçadora quando saiu de Quito, dez meses antes. Ainda posso vê-los se despedindo de nós, cheios de esperança, na margem pantanosa do rio, no dia depois do Natal de 1541: uns homens extenuados e horríveis, muitos sem roupa alguma, outros com trajes esfarrapados, os olhos avermelhados, castigados pela intempérie, que moviam os braços cheios de esperança dizendo-nos adeus por alguns dias, sem saber que aquele barco pesado de homens que eles viam se afastar sobre as águas caudalosas não regressaria jamais.

15.

SE TEM UMA COISA QUE ESTAVA LONGE DA NOSSA INTENÇÃO, essa coisa era nos afastarmos demais pelo rio. Todos sentíamos necessidade de voltar, porque a gente prefere sempre o que é conhecido, porque é poderosa a força que une os que padecem a mesma desgraça, e porque lá não ficavam só companheiros de viagem, mas alguns amigos entranháveis por quem teríamos dado a vida.

Descemos o rio o dia inteiro sem encontrar provisões e compreendemos, tarde demais, que tinha sido um erro não levar mantimentos nem mesmo para três dias de viagem. A certeza de que bastava descer um pouco pelo rio para encontrar alimentos nos tinha feito partir quase sem nada. E nada nos deslumbrou tanto, no começo, como a sensação de liberdade de ir navegando, de avançar sem esforço quando até o dia anterior cada passo era doloroso para nós. Descobrimos também o estranho silêncio, cheio de todos os sons da selva. O rumor macio da água, os gritos dos pássaros, cada um com seu ritmo e seu timbre, para nós tudo isso parecia música.

Agora bastava remar um pouco e se deixar levar, manter o rumo pelo centro do rio, as duas margens à vista. A primeira noite passou, vigilante e ansiosa, mas lá pelo meio da tarde do dia seguinte, um tronco morto, fixo no meio da correnteza, perfurou uma tábua do casco, e o barco então começou a fazer água por causa do seu peso com tanta rapidez que, se não fosse porque estávamos perto de uma ilha no meio da correnteza, teríamos afundado sem remédio. Tirar a água e consertar a avaria nos tomou o resto da tarde e a noite, e só no meio da manhã seguinte pudemos começar nossa viagem de novo. Não tínhamos conseguido encontrar alimentos confiáveis: era nossa missão continuar procurando as tais provisões que tinham sido anunciadas para nós e que, com tanto afã, esperavam os que tinham ficado nas margens.

Pela direita, desembocavam sem cessar novos arroios e rios, e o caudal que nos levava corria tanto que a cada hora sentíamos mais e mais a angústia dos que tinham ficado para trás. Completamos três dias sem encontrar aldeia alguma, acabamos com tudo que fosse razoavelmente mastigável, e comprovamos até que ponto tinha sido tosca nossa ideia inicial de voltar em seguida. Empreender o regresso sem alimentos era mais insensato que continuar a descida do rio e a procura, mas no quarto dia a fome já nos atormentava e só veio a nos distrair a confluência do caudal que nos levava com as águas de um rio ainda maior. Não era um rio desembocando no nosso, era uma avalanche de trezentos pés de largo: de repente nos vimos arrastados pela correnteza selvagem num único rio imenso, e antes que pensássemos em como impedir aquilo, a tarde nos levou águas abaixo, vendo os bosques que se prolongavam pelas duas margens.

Assim chegamos ao último dia do ano, que já nos parecia o último dia da vida, e foi então que frei Gaspar de Carvajal e o outro frade que vinha no barco, frei Gonzalo de Vera, decidiram celebrar uma missa de náufragos no tombadilho do barco, como as missas que são celebradas em alto-mar, não só para despedir o ano horrível, mas para implorar a Deus que o ano novo não fosse pior. Os homens que lidavam com os remos e mantinham o pulso da correnteza assistiram de longe, mas todos os outros, inclusive os aterrorizados indígenas que nunca se tinham visto navegando daquele jeito sobre águas turbulentas, escutamos aquela voz que fazia ressoar suas solenes palavras latinas sobre a selva buliçosa. Eu, que era o mais jovem, agitei a sineta quando o sacerdote vestido de soldado com colete de malha de aço ergueu a hóstia, o único alimento que tinha sobrado e que ele escondia com o zelo de um guardião do firmamento. Pus em seu cálice de ouro umas avaras gotas de vinho, e ele levantou o cálice como se quisesse erguer voo, tentando conjurar com a Carne e o Sangue o resto inexpressivo daquela selva, mas no céu sufocante do verão as nuvens se enegreceram anunciando tormenta.

Agora sei que os homens do acampamento que ficaram na praia esperaram por nós durante muitos dias. Tínhamos prometido em caso extremo esperar por eles mais adiante, sem suspeitar que entraríamos naquela torrente, e sei que dias depois chegaram à confluência esperando o reencontro e não encontraram nem sombra do bergantim e dos tripulantes. Entre maldições e lágrimas vagaram consternados algumas tardes, antes de começar o regresso, pelo odioso caminho cheio de esqueletos e de tristes recordações. Aquele regresso teve de ser muito mais miserável do que tinha sido o avanço lá da muralha de neves perpétuas das montanhas de Quito, e sei que no fim, depois de mil fomes, de centenas de mortes e de muitas agonias mais, uns homens nus e decrépitos, barbados e amarelos, saíram outra vez com suas chagas para padecer o gelo das altas montanhas. Não foram muitos os que se salvaram, e o capitão Pizarro entrou com uma denúncia ao imperador, acusando o primo Orellana, e portanto todos nós, de traição premeditada. Dura palavra essa, quando se viaja pelas mãos do destino por reinos remotos, quando precisamos, mais do que nunca, da lealdade dos outros.

Não sei quais desígnios haveria na mente de Orellana, e não posso jurar que as decisões do acaso não tenham coincidido com seus anseios secretos, mas asseguro a você que não sabíamos como remontar a correnteza com aquele barco. Eu já disse a você que nunca antes se havia visto nas águas turbulentas da cordilheira um barco de tais dimensões: nem Juan de Alcántara nem ninguém saberia o que fazer com um bergantim espanhol contra aquela correnteza. Mas você também deve pensar que o barco tinha sido desenhado para vinte homens e que quase sessenta nos amontoávamos nele, temendo a cada instante que o madeirame e os trancos da correnteza fizessem com que ele desse carambolas nas curvas.

O rancor de Pizarro duraria o que durou sua cabeça sobre os ombros, mas a verdadeira responsável de que nunca voltássemos foi a força do rio. E devo contar a você algo que naquele tempo me pareceu incompreensível: é tanta, mas tanta a força que os rios que desembocam sem trégua sobre a grande serpente impõem às suas águas, que o caudal é poderoso até mesmo quando se espalha sobre as planícies de Omágua, onde se esperaria que a água fosse mansa e lenta. Essa força de êmbolo faz o rio continuar correndo poderoso, que sua massa de água e de lodo e folharada não se precipite arrastada pelo abismo, mas empurrada pela força das suas origens.

Muito se discutiu depois sobre a suposta traição de Orellana, e o próprio capitão teve que ir, em pessoa, desmentir as coisas que diziam dele na corte. E teve a sorte de não se encontrar de novo com Pizarro, porque o primo colérico não o teria perdoado, por mais que esbanjasse na frente dele todos os seus argumentos. Você viu que faz pouco tempo, aqui, no Panamá, nem mesmo eu fui perdoado por ter feito parte daquela navegação, e de ter saído vivo. O homem rancoroso precisava que Orellana fosse culpado, para sentir-se justificado em sua ira: não se deixa um Pizarro abandonado no meio da selva e da fome, mesmo que isso tenha sido decidido por todos os rios do mundo.

O ódio é persistente. Tempos depois, com Orellana já absolvido e reconhecido pela Coroa como governador dos territórios que tínhamos descoberto, e que foram chamados de Nova Andaluzia, quando seu sonho de conquistar o levou de novo da Espanha até o rio, você não acha estranho que não repetisse sua viagem descendo das montanhas de Quito pelo rio já conhecido que desemboca no Napo, mas que tenha tentado explorá-lo no sentido contrário, entrando pela desembocadura? Essa decisão não respalda o argumento de que os barcos são ingovernáveis rio acima; mas acho que Orellana tentou sua viagem contra a corrente para não se encontrar de novo com aquele primo violento que passou o resto da vida pensando em degolá-lo. O primo que agora preparava sua tirania nas montanhas do Inca, promovido a governador do reino, desejoso inclusive de ser rei, e que não deixou de odiar e maldizer Orellana até que o padre La Gasca o quebrou como se fosse um junco. Assim a morte o levou primeiro, depois de ele ter querido coroar-se por mão própria para mostrar ao mundo tudo aquilo que um Pizarro é capaz de tentar.

Perigos maiores esperavam Orellana pelo caminho, e quando Pizarro foi executado, o pobre capitão Orellana não era mais que um esqueleto bicado pelos pássaros na desembocadura do rio Amazonas, às portas do mundo que tínhamos descoberto e do qual ele acreditava ser o governador porque assim diziam uns títulos da Casa da Áustria. Aí você tem uma boa prova da vaidade do nosso orgulho: aquele mundo, de onde Orellana tinha saído ileso uma vez, depois de mil penalidades, quando não passava de um capitão invisível, não o perdoou quando já vinha carregado de títulos e poderes. A selva não se inclina, reverente, diante dos mandatos de Carlos V e seu filho Felipe, e legiões de criaturas afiadas e corrosivas devoraram os títulos com seus lacres solenes.

Uma vez vi, em sonhos, aquele fardo de ossos me dizendo, em tom ameaçador, que ninguém escapa duas vezes da fúria do rio, e ao despertar me perguntei, com assombro, por que Orellana, tendo sobrevivido à morte que a cada dia nos mostrava sua cara pelo caminho, com flechas envernizadas de curare e com o aguilhão dos mosquitos que injetam febre, com borrascas e fervedouros de peixes carnívoros, com olhos de cobra emboscada debaixo das pedras e com lanças que saem sangrando do outro lado, voltou depois a se render diante de tudo aquilo de que havia escapado milagrosamente.

Mas o que você quer saber é como foi a descida do rio. Mais fácil, para mim, é recordar os primeiros dias do que todo o tempo que depois fomos navegando. Cada experiência nova se grava na memória com a força de uma ameaça ou de uma catástrofe. No sexto dia de ir baixando sem saber para onde, já era tanta a fome e a escassez que começamos a buscar todas as coisas de couro que tinham sobrado: correias, pedaços de alforjes e pedaços de botas começaram a cair na água que fervia até que pareciam ter amolecido, e a gente temperava aquilo com ervas desconhecidas, e também foi repulsivo tentar encontrar algum sabor naqueles couros curtidos e velhos, encher a pança com resíduos que depois de ser fardos e ataduras, prendas e adornos, recuperavam sua condição animal e viravam alimentos improvisados. Talvez naquele momento pudéssemos ter regressado, mas a correnteza já era muito forte, nossas forças eram muito poucas, e ainda não tínhamos nada a oferecer aos que havíamos abandonado. Voltar era mais perigoso, e sobretudo inútil, por isso escolhemos de dois males o menor, e tomamos a decisão de continuar descendo, até ver se a sorte se apiedava de nós.

Durante aqueles dias, só nos aproximamos da selva uma vez; alguns homens foram nas pirogas até a margem e depois se meteram nas montanhas, onde comeram ervas e a cortiça de árvores. Ao regressar, uns pareciam bêbados, e os outros quase tinham perdido o juízo, e então ficamos com mais medo de provar folhas ou cipós da selva sombria que de qualquer outra coisa, e só mesmo as raízes que já conhecíamos foram de vez em quando nosso último recurso, exceto quando, agora me lembro, cinco dos nossos se perderam pelos meandros de Tupinambá e viram os seres diminutos, mas já chegará a hora de falar disso.

Naquele dia de ano-novo de 1542, alguns de nós acharam ter ouvido tambores na selva vizinha, e todos nós nos pusemos a escutar com uma ansiedade de dar pena. Mas não se ouviu nada mais, embora todos nós tenhamos ficado um dia imóveis e alerta, tratando de decifrar algum murmuro humano entre os mil sons da selva, gritos, chiados, rugidos, coisas densas que caem lá longe, ecos tristes do mundo intraduzível, e sons articulados de pássaros ou feras que parecem o rangido de uma porta, o rasgar de um tecido, o estertor de uma agonia abandonada na ramagem.

Alguns bem que queriam desandar a chorar, mas tinham mais medo daquilo que da fome, porque quem chora se entrega à sua miséria. O capitão nos consolava, e ouvindo suas palavras e roendo raízes nos deixamos levar pelo rio, já sem remar, já sem fazer esforços, incapazes de nos movermos do tombadilho, apenas evitando que a correnteza nos levasse para a margem, convencidos de ir viajando num bergantim não rumo aos perigos do mundo, mas rumo à morte que esperava dentro de cada um de nós.

Então os tambores soaram de novo.

16.

Desta vez não havia como duvidar dos sons. Tanto que frei Gaspar se extasiou escutando lá do tombadilho, e por causa de seu bom ouvido, educado nos claustros, assinalou que havia pelo menos três tipos de tambores que se chamavam e se respondiam: "Têm seu contra, seu tenor e seu triplo", nos disse. Já não eram rumores distantes, os tambores enchiam o mundo e nos fizeram sentir que as selvas de um lado e de outro, que tínhamos imaginado dias antes sem habitante algum, estavam atopetadas de gente. O único que não conseguiu ouvir os tambores no começo foi Hernán Gutiérrez de Celis, o melhor arcabuzeiro da companhia, que talvez tivesse se especializado nesse ofício porque ouvia mal e, por causa disso, não sofria com a explosão da pólvora e o estrondo dos disparos. Encontrar povoados indígenas equivalia principalmente a encontrar alimentos, mas a felicidade dada pelos tambores se escurecia com presságios de batalhas e veneno de flechas, e foi assim que, com as últimas forças, celebramos aquela música preparando balestras e arcabuzes, coletes de aço e elmos, mantendo ao alcance da mão as quase insustentáveis espadas.

Pouco depois surgiu pelo rio uma aparição milagrosa: eram quatro canoas cheias de índios. De repente, pararam, diante do espetáculo inesperado do nosso bergantim; falaram uns com os outros apontando o barco, deram a volta, entre maravilhados e espantados, e de novo se perderam feito fantasmas debaixo do arvoredo em uma das curvas do rio. Remamos com mais força, se é que se pode chamar assim o desalento com que nossos homens tentavam empurrar os remos compridos, e em seguida vimos aparecer uma praia com suas casas lá atrás, entre as árvores, e uma quantidade de seres nus na margem, que pareciam assistir a um ritual incompreensível, todos imóveis, silenciosos e tensos, enquanto persistia a algazarra dos tambores, ao fundo, selva adentro.

A certeza de que haveria algo para comer nos fez mais valentes, mas cada minuto estava cheio de esperança e angústia. Bem aconselhados pelo capitão, que nos recomendava inteireza de ânimo, num último impulso descemos quase todos ao mesmo tempo do bergantim, com as balestras e os arcabuzes preparados, e algo sério viram os esquadrões despidos da margem, porque foram retrocedendo lentamente, eu quase diria que foram se subtraindo do nosso olhar como folhas que se encolhem ou flores que se fecham, e não percebemos quando desapareceram por completo conforme avançávamos em direção a eles. Dois dos nossos, Sebastián de Fuenterrabía e Diego Moreno, desmaiaram ao entrar na aldeia, porque vinham no limite da resistência. Encontramos coisas de comer por tudo que era lado e fizemos um esforço para não engolir até nos fartarmos, devido à debilidade extrema que padecíamos, mas comemos feito feras tristes, embora tão receosos que tínhamos numa mão a comida, peixes ou pombas-rolas ou pães de aipim, e na outra, o pesado ferro de tocaia; um olho nos manjares, e outro no casario e na praia.

As tímidas canoas passavam ao longe, os remeiros demoravam um instante olhando para nós, meio espantados, e empurravam a água de novo, com mais relatos para contar aos que estavam escondidos na selva. Muitos dos nossos homens tinham estado antes em encontros com índios que não sabiam nada da Espanha e da sua gente, mas para mim aquilo estava acontecendo quase que pela primeira vez. Disseram que tudo se repetia, idêntico: que os índios cautelosos e tímidos, mas cheios de curiosidade, não demoravam a aparecer de novo, como fazem os pássaros; queriam se aproximar, tocar as armaduras e as barbas com as mãos. "Às vezes é preciso tomar cuidado para que não peguem as espadas pelo lado afiado da lâmina, porque desconhecem tanto esses metais que eu mesmo vi índios se cortarem com elas enquanto as acariciavam", disse Cristóbal de Segovia, que já havia percorrido quase todas as Índias conhecidas.

Esse aí, sim, lembro muito bem: tinha visto surgir ilhas no Caribe e guerreado nas águas da Nicarágua, foi fundador de Quito com Belalcázar e carregava um paraíso na memória, porque tinha sido um dos primeiros a chegar ao vale de árvores-da-chuva de Lilí, onde fundaram Cali, e onde um certo cacique Pete colecionava as peles dos inimigos. Sempre tornava a falar das colinas diante de um vale infinito, pesado de paineiras e leve de garças, onde nos ramos altos saltavam macaquinhos diminutos, onde as palmeiras se perfilavam contra o céu radiante, onde os maciços de orquídeas se duplicavam na água, uma brisa densa de perfumes corria ao entardecer e a Lua avermelhada e enorme do verão brilhava sobre lagoas vegetais. Agora ele vinha das guerras de Timaná e dos jacarandás de Neiba, onde deixou várias terras em custódia, mas com um de seus subalternos, Benito de Aguilar, não teve como resistir, em Quito, à tentação da canela, e apesar de rico andava pela selva tão faminto como qualquer um de nós.

Para além do título que Pizarro tinha dado a ele, Orellana era, de verdade, o nosso líder. Tomou a decisão de ir até o barranco na frente das águas e começar a chamar os índios que passavam nas canoas, modulando palavras nos idiomas caribenhos que conhecia mais ou menos, e conseguiu que alguns se aproximassem, atendendo às suas maneiras suaves e ao discurso pomposo da sua linguagem. Ajudado pelos índios do nosso bando, perguntou a eles quem era o seu chefe, e com palavras vagas e gestos incertos pediu que aquele grande senhor viesse nos cumprimentar, porque se propunha a ser seu amigo e pactuar com ele proveitosas alianças. Conseguiu entender que o chefe se chamava Aparia, e que governava uma grande extensão da selva.

O fato, enfim, é que os nativos foram chamar seu rei, e finalmente, rodeado por numerosos homens que o tratavam com grande reverência, o próprio Aparia veio, com plumas coloridas no diadema, colar de ouro e dentes de animais, e um bastão rumoroso de guizos. Orellana recebeu-o com cerimoniosa cortesia, e ofereceu como presentes roupas nossas, que aquele senhor apreciou muito, e um rosário de contas de cristal, a rosa feita de rosas, um dos dois que levava, com a esperança de que aquele rosário atraísse o chefe para a religião de Cristo. Mas o grande chefe em seguida enrolou o rosário no pulso, onde já tinha outros braceletes, e ninguém teve oportunidade nem tempo de ensinar a ele como repetir cem vezes a saudação do anjo à jovem imaculada. Mais tarde, frei Gaspar deploraria ter abandonado aquele rosário em mãos de um idólatra, porque teve que improvisar outro, com umas sementes vermelhas da selva, e doía nele ter que rezar com um instrumento que mais parecia um colar de índios que a relíquia celeste que Domingos, o santo, recebeu das mãos da Virgem para lutar, na base de orações, contra os albigenses.

Custávamos a crer que o capitão conseguisse se comunicar, mas Aparia disse a ele que eram treze os grandes senhores daquela selva, e Orellana pediu que convidasse todos eles com urgência. Achar gente diferente traz sempre consolo e angústia: se nos alivia da solidão, nos leva a descobrir coisas que são possíveis e que não concebemos, ou coisas que já estavam em nós e que não conseguíamos ver. Na canoa já está o barco, mas chegar até ele requer orgulho e ambição, a decisão de desafiar o abismo e de submeter o vento à servidão. No arco e na flecha já está a balestra, mas chegar até ela exige uma multiplicação do rancor ou do medo, a decisão não de matar, mas de prodigar a morte. E quantas coisas teriam de ser ditas do abismo que existe entre a nudez coberta de tintas e sortilégios, de plumas e guizos, e as roupas que não só nos amparam do mundo, mas que nos protegem do pecado e nos ocultam de nós mesmos. Essas coisas que não se diz enchiam o olhar de desconfiança e o peito, de medo.

Alguns dos chefes chegaram dois dias mais tarde, contando que os outros estavam muito longe pelo rio e pela selva e demorariam muito a chegar. E Orellana falou com eles com gestos vigorosos do grande imperador de quem era emissário, do santo papa e suas catedrais, e tratou de fazer com que entendessem também como era o Deus que nos enviava, e como estava *in excelsis,* rodeado por nuvens e anjos, mas esta parte do discurso pareceu não interessar tanto a Aparia e aos outros reis. E menos ainda gostaram que o longo relato pretendesse informar a eles que a partir daquele momento todos eles eram súditos de tão importantes senhores, e Aparia perguntou por que eles não vinham em pessoa, aqueles príncipes, para poder apreciar seu valor e sua grandeza. Outro rei disse que se tais monarcas governavam reinos tão magníficos como os que Orellana descrevia, que interesse podiam ter naquelas selvas, apenas para gente capaz de caçar e remar, cujos reis têm que saber conversar com a árvore grande que traz as chuvas, com o peixe que salta pelas nuvens e com a grande serpente que povoou o mundo?

Vendo que era cada vez mais difícil entender o que diziam, Orellana não insistiu no dever dos reis de submeter-se, mas os reis continuavam estranhados de que emissários de reinos tão poderosos tivessem que andar mendigando milho, tapioca e a carne doce dos peixes do rio, mas apesar de tantos mistérios ofereceram a Orellana que ficasse o tempo necessário, e que dissesse do que precisasse. Sete dos nossos homens estavam muito doentes por causa das privações da viagem, e na verdade todos nós precisávamos de ajuda. O capitão pediu comida e bebida em abundância para a sua companhia. De lado a lado havia olhos de assombro: os nativos estavam maravilhados, como quem vê aparecer anjos ou demônios, e nós estávamos pasmos como quem descobre a loucura ou a inocência. Os reis regressaram às suas comarcas, e dali em diante todos os dias vieram índios em canoas para nos trazer frutas, carnes, tapioca e milho, e estenderam redes para todos nós.

Fuenterrabía e Moreno tentaram comer, mas morreram quase em seguida. Outros cinco viajantes não conseguiam se recuperar da febre e da debilidade, e vê-los morrer de fomes passadas quando já havia comida de sobra foi cruel para nós. Cada bocado milagroso tinha o gosto amargo de ter chegado demasiado tarde para Mateo de Rebolloso, o valenciano, que jamais conseguiu digerir a carne de cachorro; para Juan de Arnalte, que havia aprendido a fazer sextilhas na Provença e trançava poemas incompreensíveis, mas sofreu com seu ventre o caminho inteiro; para Rodrigo de Arévalo, um dos fantasmas de Orellana e o que mais padeceu na travessia; para Alvar González, um asturiano que fazia remos; e para Juan de Aguilar, que tinha nascido em Valladolid, nas vizinhanças da corte, e que foi o único para quem a expedição não foi um fracasso, porque em suas últimas horas febris achou que tínhamos chegado ao País da Canela e morreu vendo em seu delírio todas as coisas que havíamos sonhado: os bosques vermelhos de canela, as cascatas esplêndidas, as barcas perfumadas pelos rios, as árvores cantoras, os concertos de pássaros e os povoados asfixiados pelas flores.

Os índios sucessivos que nos traziam os alimentos levavam sobre o peito colares de ouro, carregavam a água em vasilhas daquele metal luminoso e chegaram a trazer, algumas vezes, uma bandeja de ouro carregada de frutas, que nos tirou o fôlego. Mas Orellana tinha nos proibido de até mesmo mencionar o ouro que víamos, para que não descobrissem a nossa enorme estima por ele. Nos custou trabalho não pedir aqueles objetos, porque eram tão dadivosos que queriam nos dar tudo, e pareciam felizes quando nos viam contentes, embora o demônio que a gente leva dentro fizesse suspeitar uma traição em cada peito e desconfiar até mesmo do mais espontâneo sorriso. E não houve um só dia em que os índios não falassem de um grande senhor da selva, aparentemente mais poderoso que Aparia, e que eles chamavam de Ica.

Nos próprios limites de Aparia, Orellana nomeou Francisco de Isásaga escrivão, e foi ele quem deixou registrada a posse ilusória daquele reino em nome de Carlos *Imperator* e a paz celebrada com os chefes índios. Digo ilusória porque uma tropa extenuada e faminta, que só poderia ficar alguns dias e não sabia nada daquele mundo, tomar posse de um reino da selva era apenas uma ficção cartorial. O capitão nos avisou em seguida que o barco no qual viajávamos não seria suficiente. Era preciso armar um bergantim maior se quiséssemos que a aventura tivesse esperança. E começou outra vez a discussão sobre as madeiras convenientes, que por sorte abundavam, e outra vez a falta de pregos foi o principal obstáculo.

Houve momentos daquela conquista em que a falta de ferraduras despedaçou os cascos dos cavalos e deixou os animais impraticáveis para a marcha. Ninguém esqueceu aquele momento perto do oratório de Pachacámac, quando Humberto Pizarro, sem ter ferro, precisou mandar seus ferreiros forjar ferraduras de ouro com cravos de prata para todos os cavalos da expedição. Ninguém conseguiu ver aquilo como um luxo, e sim como um desventurado desperdício, mas o trotar dos animais debaixo do sol produzia nas pupilas um cintilar de fábula. Para nossa sorte, as ferraduras agora inúteis que levávamos no barco tornaram a ser nosso auxílio. Era preciso fazer carvão e muitos de nós entramos na selva, machado ao ombro, para trazer o alimento dos fornos. O trabalho foi tanto que conseguimos martelar até cem cravos por jornada, e passados vinte dias já acumulávamos quase dois mil para construir a nau.

Essa lida não tinha acabado quando começamos a notar os índios menos solícitos em suas atenções, a comida chegava com má vontade, e se fez evidente que estavam se cansando de nós. Não sabiam se éramos homens ou deuses, mas até os deuses cansam quando a visita se alonga. Tinham nos atendido com esmero por sermos hóspedes desconhecidos, ou talvez por sermos muitos, ou talvez por haver mostrado no começo uma certa ferocidade. Eram índios pacíficos, ainda olhavam para nós com certo pasmo e faziam movimentos estranhos, resmungando orações ou conjuros, mas havia coisas que não nos entregavam diretamente, deixavam em determinados lugares para que as encontrássemos quando já tivessem se afastado, como se para eles fosse importante que encontrá-las nos parecesse milagroso. Foi fácil notar que já queriam que seguíssemos nosso caminho, e adiamos, para quando as circunstâncias fossem propícias, a construção do barco novo.

O que mais nos reteve naquelas praias foi a fabricação dos pregos, e a certeza de que aquele lugar benéfico, com comida abundante e bom descanso depois de tantos meses de penúrias e horrores, era um regalo que devia ser aproveitado. Para o que faltava, mais valia estar em boas condições e com a saúde restaurada, de maneira que, graças à alimentação e ao intenso trabalho, quando chegou a hora de nos afastarmos do reino de Aparia havíamos recobrado o vigor que tínhamos antes de atravessar a cordilheira.

17.

Era hora de embarcarmos, mas também de decidir para onde: se de regresso, para levar provisões aos que tinham ficado para trás, ou ir adiante, seguindo o curso imprevisível do rio. Juan de Alcántara, o Marujo, nos explicou que o bergantim podia se arriscar águas acima, só que com muita lentidão. "Se gastamos nove dias para chegar às terras de Aparia", disse ele, "poderíamos levar mais de trinta no regresso, e as provisões não resistiriam tanto tempo". Mas além disso era mortal enfrentar as curvas torrenciais e as avalanches que os rios tributários trazem, com troncos grandes e cabeleiras de folhas enredadas. Tínhamos estado a ponto de soçobrar descendo o rio, e agora vencer as curvas contra a correnteza seria impossível.

Orellana, atormentado como todos nós pelo destino dos que ficaram, prometeu mil castelhanos de ouro a quem se animasse a voltar até Pizarro, levando provisões nas canoas. Ofereceu como ajuda dois remadores negros e alguns índios, mas só três homens, Sebastián Rodríguez, Francisco de Tapia y García de Soria, que depois morreria em Tupinambá flechado pelos índios, ofereceram-se para aquela aventura. Não eram suficientes, e a missão foi cancelada.

Consternados, decidimos ir rio abaixo rumo aos reinos de Aparia, o maior, de quem também tinham nos falado os índios. E naquele momento Orellana renunciou ao seu cargo de capitão e chefe, para que a decisão de seguir o curso do rio fosse vontade de todos, e não algo ordenado por ele. Estreando na função, o escrivão Francisco de Isásaga se contagiou em seguida da loucura notarial daquela conquista. A cada instante queria fazer um novo documento: o segundo foi a solicitação de todos os presentes de seguir rio abaixo, contra a vontade expressa de Gonzalo Pizarro. Orellana ordenou que fossem devolvidos aos índios todos os objetos e riquezas que tinham sido pegos deles, e isso ficou registrado no documento notarial seguinte.

Discutíamos mil maneiras de ajudar os que ficaram na garganta da selva, mas todas acabavam sendo irrealizáveis. Armar um barco mais leve, e que por isso voltasse até eles, não nos permitiria enviar recursos suficientes; fazer canoas para todos era impossível; e pensando nos mortos que tivemos, imaginamos que os homens da expedição de Pizarro estariam dizimados, ou dispersos, ou que teriam se lançado no impossível regresso pelas montanhas. E Alcántara, o Marujo, resumiu tudo: "Voltarmos separados é procurar uma morte segura; voltarmos no bergantim equivale a naufragar sem remédio: nossa única opção é seguir adiante".

Carregamos abundante comida no barco, na confiança de que iria durar até encontrar novas aldeias, e no final de janeiro o bergantim se abandonou de novo nos perigos da água. De certa forma, aquela segunda foi, na verdade, nossa primeira semana de navegação: íamos fortes e bem alimentados, com olhos novos para os bosques, com braços prontos para os remos, com destreza para manipular cordames e mastros e com esperanças renovadas no coração. A selva já era para nós um reino feito de reinos, não províncias de grandes cidades nem tesouros em metais ou pedras preciosas. Aqueles índios viviam concentrados na abundância das suas árvores e de seus animais, como se a relação com seivas e com sais, com lodos e cipós, com flores, frutos, pássaros e insetos preenchesse o seu tempo. Não pareciam estar ali para servir-se daquelas coisas, mas para entender-se com elas de um modo grave e cheio de cerimônias.

Havia plantações de milho em pequenas clareiras na selva, principalmente nas terras da direita, banhadas pelos rios que descem das longínquas cordilheiras do Inca. Encontramos o rio Curaray, que tinha sido anunciado para nós, e imaginamos próximo dali o vasto rei Irimara, um chefe que os índios de Aparia tinham mencionado. Pensávamos que logo o encontraríamos, quando, depois de uma semana de uniforme e serena descida, entramos num rio tão enorme que todos os rios anteriores se fizeram pequenos para nós. Ouvimos primeiro a sua respiração, sentimos seu hálito de animal grande, e chegamos depois ao momento terrível do choque das duas forças. A água lutava com a água e parecia correr em todas as direções, banhavam troncos incontáveis arrancados do bosque, formavam-se arriscados torvelinhos, e nosso bergantim exibia sua fragilidade, porque faltou muito pouco para que emborcasse para a esquerda e entregasse as nossas almas ao lodaçal.

Terminado o tumulto, o rio grande nos levou debaixo de selvas sem ninguém durante longos dias, até que suspeitamos que o reino de Aparia, que no começo nos pareceu de províncias populosas, era na verdade a última terra habitada antes do grande vazio, e a ameaça de afastar-nos por regiões despovoadas trouxe o medo a todos nós.

Nessa parte da viagem, foram de grande ajuda os ensinamentos que os índios nos transmitiram sobre frutos e plantas alimentícias, sobre a maneira de capturar tartarugas e lagartos, sobre as serpentes e as aves que podem ser comidas. Repugnava-nos incluir em nossa alimentação taturanas avermelhadas, os micos fibrosos, que era preciso comer em condições desoladoras, porque os outros choravam aos gritos, nos ramos altos, pelos sacrificados, o abdome de mel de certos insetos voadores, os cogumelos negros da base das grandes árvores, as formigas que se tostam sobre pedras ardentes e as flores azuis de umas plantas que afogam os troncos apodrecidos e que tingem os dentes por vários dias, mas muitas dessas coisas foram entrando, por momentos, na nossa dieta. Por isso, nada era esperado com mais ansiedade, apesar do perigo da guerra, que ver aparecer aldeias índias debaixo do úmido teto das selvas fluviais.

Descíamos por águas abertas, cada vez mais distantes das margens, e o rio era um espelho imenso no qual se fixavam os céus; a luz pesava desde a manhã, das flutuantes franjas de selva se desprendiam, como sementes, as garças brancas, abriam suas grandes asas uns pássaros cor de cinza, ouviam-se chiados de animais assustados ou famintos. Às vezes a água se estreitava de novo, uma ilha cortava em dois a amplidão do rio, e por momentos deixávamos de ver as canoas que iam seguindo o bergantim, governadas pelos mais ágeis dos nossos companheiros.

Um dia perdemos de vista as duas maiores canoas; um longo tempo esperamos, mas a superfície intranquila da água não as mostrou de novo. Ninguém as viu afundar, embora Cristóbal Enríquez achasse que tinha ouvido gritos, e de repente nos vimos sem elas e sem os onze soldados que as tripulavam. Quando caiu a noite, no barco tudo era consternação, os uivos da selva se faziam mais sinistros, os resplendores, mais ameaçadores, o chapinhar da água, mais triste, os zumbidos, mais fantasmagóricos, e, mais sozinhos que nunca, os astros desprendidos do firmamento. Um quarto da nossa expedição tinha se esfumado no rosto impassível da correnteza, e dois dias depois ainda esperávamos com o coração desmaiado que as águas deixassem aflorar ao menos os cadáveres dos nossos amigos, quando de repente, por um dos canais laterais que formava uma das ilhas do rio, na vaga névoa da tarde, vimos aparecer as duas canoas com todos os seus homens, como se a serpente de água que as havia devorado as devolvesse intactas. Soltamos sufocados gritos de assombro, depois gritamos feito macacos para a correnteza, chamando por eles, mas eles nos chamavam com mais incredulidade e com mais alegria, porque o castelo penumbroso do bergantim alto na bruma se ofereceu a eles como um sonho.

Tinham ficado para trás até nos perderem de vista, tinham se extraviado nos meandros de um dos canais, e depois a noite os levou pela correnteza às cegas, como se um feitiço os arrastasse. Remaram sem rumo dois dias, sem saber se o barco estava na frente ou atrás; quando emergiram à grande serpente, acharam que nós tínhamos avançado muito mais, e remaram com força, mas outra vez a correnteza os desviou para os canais. Só quando deixaram de lutar a água os entregou de novo à correnteza central, e o bergantim apareceu na frente deles na distância. Horas mais tarde, continuávamos na festa de abraços e lágrimas quando vimos uma grande aldeia de índios debaixo de um tecido de palmeiras. Estávamos chegando às terras de Aparia, o maior.

A alegria, por imensa que fosse, não podia apagar a fome que de novo crescia no barco. Descemos na praia a mendigar sem escrúpulos, e os índios da nova aldeia nos deram tartarugas e papagaios e nos ofereceram as ocas abandonadas de uma aldeia para que acampássemos. Mas os alimentos pouco deleite nos proporcionaram, porque ao entardecer caiu sobre a aldeia uma sombra densa e daninha, nuvens de mosquitos desesperadores que nos obrigaram a abandonar o casario e pedir aos índios outro lugar onde passar a noite. E assim chegamos a um lugar onde não havia inseto algum, e recebemos dos índios mais manjares que nunca, formidáveis perdizes que os homens acharam maiores que as da Espanha, peixes de diferentes tamanhos e sabores, tartarugas grandes e saborosas, e um alimento do qual eu tinha noção, mas que nunca antes tinha provado, a carne desses peixes-boi perturbadores que amamentam suas crias e choram nas praias, e que de tarde olham longamente para a Lua.

Estar no reino de Aparia, o maior, não significava mais riquezas nem casas maiores nem tesouros mais visíveis, mas a sensação de haver chegado a um lugar onde pareciam convergir vários mundos. A língua que os índios falavam, e que chamam de omágua, era, segundo eles, a língua que cabe na selva inteira. Orellana, que incansavelmente falava ou fingia falar com eles, disse que aquela língua era compartilhada por irimaes e omáguas, ocamas e cacamillas, yurimaguas e maynas, paguanas e tupinambás. Era língua dos tupis, que ensina que tudo é governado pelo rio e que todos os senhores estão sujeitos à grande serpente; recorda os tempos em que todos falavam um mesmo idioma: os macacos que discutem com o Sol, as antas que escutam a terra, as onças que caminham pelos galhos e os rapazes que escondem as flautas debaixo da água do rio.

Tínhamos chegado às praias de Aparia, o maior, em 27 de fevereiro, e dois dias depois, no primeiro de março, nomeamos Orellana capitão de novo. Segundo a cerimônia, cada um pediu expressamente a ele que fosse o nosso chefe, e todos juramos diante do carcomido missal de frei Gaspar, que, com o outro frade, frei Gonzalo de Vera, abençoou o ato que substituía a vontade de Pizarro pela vontade dos presentes. Orellana, depois de falar com os índios, nos pediu para mostrar sempre uma atitude de paz, e quase nos assustou com a recomendação de sermos prudentes e desconfiados água abaixo, porque havia milhares de guerreiros ao longo de muitas léguas do rio e por um grande espaço selva adentro. Foi então que os índios mencionaram, embora naquele momento ninguém tenha prestado atenção, as índias amurianas de Coniu Puyara, guerreiras que, disseram, "eram ferozes e muitas". Só dias mais tarde viemos a saber do que estavam falando.

Aparia, o maior, veio nos visitar naquelas praias. Trouxe mais de vinte chefes de aldeias, e seu cortejo levava machados de pedra, objetos de cobre, vasos de ouro, adornos de jade e peças de cerâmica. Outra vez ouvimos falar de chefes mais poderosos, que nunca apareciam nas praias e, como digo a você, davam a impressão de estar mais na memória e nas rezas que na vida das aldeias. O mais mencionado era Tururucari, um senhor antigo e sábio que tinha ensinado tudo, que conhecia as ervas e as trepadeiras enredadas, o segredo dos sais e o poder das gorduras dos peixes, o boto que se transforma em homem, o amigo da grande serpente, o pai dos pais, o que derrubou a árvore que é o rio, o que está mais perto e o que viu a canoa semeando homens nas margens.

Em vão, Orellana tentava contrastar todas aquelas crenças falando a eles do Deus que sangra na cruz, em vão explicou como eles andavam errados adorando pedras e vultos feitos pelas próprias mãos. Fez que trouxéssemos da selva duas grandes vigas e com elas ergueu uma cruz firme que fosse vista do rio e que sobressaísse na praia, e disse a eles que aquele era símbolo da única religião, porque nela tinha sido cravado o verdadeiro Deus. E isso enfim pareceu ter agradado aos súditos de Aparia e aos próprios chefes, talvez porque tenham sentido que naquele relato a árvore era mais poderosa que o homem.

Custa entender como estão organizados os povos da selva. Dão a impressão de só obedecer a chefes locais, mas falam com respeito de reis e xamãs maiores, e pode-se dizer que estes, por sua vez, obedecem a outros reis que não parecem estar nas ribeiras nem na selva profunda, mas na memória de todos e na língua comum. Todas as falas que encontramos tinham suas semelhanças: e isso foi uma sorte para Francisco de Orellana, que tinha um só olho mas parecia ter muitas línguas. Até os reis invisíveis e os xamãs mais altos estão sujeitos à vontade das águas, dos cipós sagrados, das flautas de cerimônias e do saber que os anciãos guardam nas grandes canastras da selva. Para mim, ninguém dessas comunidades está só. Wayana, um índio que encontramos depois, por exemplo, único na imensidão das praias debaixo de um intrincado céu de árvores, nos pareceu rodeado pela selva como uma nuvem amistosa. Já nós, se ficássemos sozinhos um só instante, sentíamos o perigo até mesmo nas próprias entranhas.

18.

ESTÁVAMOS PERTO DA DESEMBOCADURA DO RIO YAVARY, o lugar indicado para a construção do novo bergantim. Desde o primeiro dia começamos a escolher as madeiras. Parecíamos metidos num sonho do qual já tínhamos saído; outros índios olhavam agora, com estranheza, o ir e vir das ripas e vigas, de tábuas que procurávamos curvar com o poder da umidade, mas que quase sempre tínhamos que fragmentar para que dessem as curvas pretendidas. E pouco a pouco o barco foi ganhando forma, e fizemos que fosse maior que o outro, embora talvez menos ágil. Essa foi a estação mais longa da nossa viagem: demoramos quase dois meses, exatamente cinquenta e sete dias, consertando o San Pedro, que havia padecido todos os rigores da viagem, e principalmente construindo o Victoria, com o qual confiávamos tornar menos duro o resto do caminho. Não é a mesma coisa contar, como na Espanha, com o tempo adequado para que as madeiras alcancem suas curvas de pássaros; aqui, não apenas lutávamos com a selva, mas também com o tempo, porque era preciso seguir em frente, sem saber, porém, durante quantas luas nem, na verdade, para onde.

Ficamos naquelas praias tórridas até acabar a semana da paixão. Para frei Gaspar, a melhor maneira de não se sentir extraviado e afastado do mundo era levar a conta dos dias e semanas com todo rigor, ter sempre presentes os feriados e as liturgias obrigatórias. Pouco antes da partida, chegaram à aldeia quatro índios misteriosos que disseram vir de uma aldeia mais longínqua de todas as que havíamos visto. Eram muito altos e belos, de pele branca, os cabelos negros e brilhantes chegavam até suas cinturas, vestiam uma espécie de túnica bem tecida e traziam no pescoço e nos braços muitos adornos de ouro. Alonso de Cabrera me disse que se não soubesse que eram índios, os teria tomado por anjos, não apenas pelo seu aspecto, mas também pela sua doçura. Traziam alimentos para entregar a Orellana e repetiram que vinham de muito longe, pela selva. Também com eles o capitão se entendeu, embora sua língua fosse diferente, e depois de escutar os relatos e as ordens de Orellana disseram que levariam a mensagem ao seu chefe, o maior senhor daquelas terras, e voltaram para a selva com os gestos mansos e o ar de distância que mostraram na chegada.

Frei Gaspar começou a pregar com uma energia nova, e desde o Domingo de Ramos na praia não se fez mais que rezar e pedir a Deus que nos ajudasse a sair daquele transe. Uma coisa que produziu assombro e certo espanto na tripulação foi que na Quarta-feira de Trevas e na Quinta da Traição e na Sexta da Cruz não apareceram os índios que todos os dias vinham nos trazer alimentos, e assim que nos foi forçoso jejuar como não teríamos feito se tivéssemos provisões. Frei Gaspar viu naquilo uma intervenção da divindade: "Nos apercebemos de como Deus trouxe sua luz aos habitantes destas selvas. Que melhor prova de que não nos perdemos da vista de Deus, e de que tudo que estamos vivendo é um desígnio Dele? Porque não há acidente, mas decisões secretas da divindade, e ninguém anda tão extraviado que não esteja no centro do seu próprio caminho, e não há sofrimento que não seja, no fundo, a joia de um relato de misericórdia". Depois, entrou em transe, e orou e chorou, e muitos foram até ele em confissão, embora ninguém tenha tido a oportunidade de cometer nenhum pecado novo, e só faltou que ele preparasse hóstias com tapioca selvagem, mas não ousava porque, segundo ele mesmo, só no trigo da Mesopotâmia estão, por ordens do papa e pela vontade dos concílios, o corpo e o sangue do Salvador. Deve ter sido tão forte sua prédica que recordo que, em sonhos, na manhã da Ressurreição, vi Jesus Cristo caminhando pela beira do rio, e vi um dos seus apóstolos avançando pela água num barco de cristal, entre os cipós da selva, pregando aos papagaios e mariposas gigantes, enquanto, lá da margem, os quatro índios altos e brancos cantavam, numa língua que parecia o tupi, uma canção incompreensível.

Foi tão nítido o sonho, que aquela imagem de Cristo pela selva já forma parte das minhas memórias daquela aventura.

Na segunda-feira seguinte nos lançamos, de novo, à navegação, agora nos dois barcos que a sorte nos havia permitido construir. Era a véspera do dia de são Marcos, e frei Gaspar, antes da partida, lotou sua prédica de milagres e desertos. Falou de um leão que não era consumido pelas chamas e disse que assim devia ser a nossa confiança; falou da cabeça de Marcos, que, errante entre a Alexandria e Veneza, era o símbolo de como o destino nos põe à prova, extraviando-nos pelos caminhos da água. Mas ao abandonar aquele lugar onde havíamos passado tanto tempo, sentimos que a viagem rumo ao desconhecido apenas começava.

Onze dias depois encontramos o rio Juruá, justo no dia de são João *ante Portam Latinam*, como bem nos recordou frei Gaspar com sua obstinada maneira de nos fazer sentir que os dias do mundo perdido continuavam governando a nossa vida. Era sua maneira de não enlouquecer de ansiedade: impor sem trégua uma ordem cada vez mais irreal naquele tempo que se desfiava como um tecido, naquela viagem que esburacava as semanas e descompunha os meses, naquele mundo onde nenhuma das ordens da mente encontrava sua confirmação nem seu respaldo. Naquele dia 6 de maio vivemos um milagre curioso, foi que Diego Mexía viu numa árvore na frente do rio uma iguana imensa de crista eriçada e pescoço furta-cor, que media quase três metros da cabeça à cauda. Ansioso por pegar aquele prodígio, cometeu a torpeza de disparar a balestra. A iguana, que o tempo todo havia estado quieta feito uma pedra colorida, desviou do disparo e escapou numa velocidade impensável, e quase diríamos que vimos como ela mergulhava no ar. Mas a noz da caixa da balestra saltou e se perdeu nas águas escuras do rio, e aquela perda foi tão grave que todos ficamos desesperados, porque trazíamos bem poucas balestras, e os perigos que se armavam sobre nós pareciam crescer. Naquela tarde até Gabriel de Contreras, que a gente chamava de Mudo, mas que na verdade era gago, e falava por explosões de voz, queixava-se da nossa sorte enquanto tentava pescar alguma coisa com vara e anzol, quando conseguiu apanhar um peixe enorme, de quase cinco palmos, que a gente precisou ajudar a pegar e a resgatar das águas. Já ao entardecer, ele estava abrindo o peixe com uma faca quando encontrou em suas entranhas a noz da balestra, e foi tamanho seu assombro diante daquilo que se curou da sua gagueira, e durante o resto da viagem falou tão fluidamente que fazia que todos nós ríssemos de qualquer coisa que saísse de seus lábios.

Às vezes, nos meus pensamentos, retorno ao barco. Trato de ver os rostos e recordar as ações de todos nós, que fizemos aquela travessia. Mas anos de viagens e de guerras vão limando a memória, e só de alguns companheiros conservo recordações precisas. Não me lembro tanto de ninguém como de Alonso de Cabrera, talvez porque fosse quase tão jovem como eu e seu bom humor tenha me ajudado a superar os piores momentos. Havia nascido em Cazalla e tinha 23 anos quando entrou na expedição. Não era um homem muito forte, mas prudente e corajoso. Tinha passado ao Peru com licença real, que nem todos tinham: muitos dos soldados que conheci haviam passado clandestinamente. Mas Cabrera fazia tudo com método. Desde os primeiros dias, que foram os mais horríveis, tudo que ele tinha compartilhou comigo; na época dos grandes combates, não me perdia de vista, conversávamos longamente pelas noites, e prometemos que se saíssemos com vida seríamos sempre amigos, mas logo a vida impôs suas distâncias. Sei que depois da nossa viagem ele voltou para Quito, o que é uma boa prova da sua temeridade, porque lá muitos não queriam saber da gente, e sei que Pedro de Puelles, um homem de Pizarro, mandou prendê-lo imediatamente. Conto isso agora para você porque dizem que ele vive em Cuenca, no reino de Quito, e continua sendo um homem pobre. Vai ver ele aceite acompanhar você, e tenho certeza de que seria um excelente baqueano, já que é, além do mais, um homem de sorte.

Também me lembro de Pedro de Acaray, um biscainho que a gente chamava de Perucho. Tinha grande pontaria com os arcabuzes: nos primeiros dias matou vários pássaros que não conseguimos recolher na correnteza do rio, e uma vez disparou contra uma onça enorme que nos olhava de um galho, e que despencou e ficou estendida na beira do rio, mas uma chuva de flechas nos impediu de recolher a presa. Não conseguiu se exercitar mais, porque o capitão Orellana declarou que aquelas tentativas de caça feitas do tombadilho eram inúteis, porque não era possível desembarcar em nenhuma das duas margens e porque, no meio dos perigos que corríamos, era um desperdício gastar pólvora quando não fosse indispensável.

Pelo rio, morreu de flecha Rodrigo de Arévalo, de Trujillo, vizinho dos Pizarros, que veio da Espanha seguindo os passos de Orellana, e que seguiu Orellana em sua arriscada travessia pela montanha. Sua morte foi o momento em que vi mais aflito o capitão, talvez porque se sentisse culpado de ter convidado Rodrigo para a aventura e, no final, não pôde fazer nada para salvá-lo. Outro de quem me lembro bem é Juan Bueno, de Moguer, um homem que mudava continuamente de estado de espírito. Nos momentos de tranquilidade era o mais exaltado e nervoso, mas, curiosamente, nos momentos de perigo podíamos contar com sua serenidade, seu bom senso e sua presença de espírito para qualquer perigo. Mais tarde, em São Domingos, ouvi dizer que apareciam assinaturas diferentes dele nos documentos de viagem, mas isso não é de se estranhar, porque ele mesmo parecia ser duas pessoas.

Na parte final da viagem falei muito com Pedro Domínguez Miradero, que tinha uns 28 anos. Havia chegado a Santa Marta com Pedro Fernández de Lugo, e imagino que chegou à savana de Bogotá com Jiménez de Quesada, embora a gente nunca tenha falado do assunto. Quando você estava me contando a sua história me lembrei dele, porque foi o primeiro a me falar das regiões da Nova Granada. Ele foi com o capitão Luis Bernal ao descobrimento das províncias de Anserma, de lá seguiu até Cali com Miguel Muñoz, e depois veio a Quito, onde manteve outras guerras de conquista.

Uma coisa que me chamava a atenção é que muitos dos que vieram buscar a canela haviam estado antes na fundação de Popayán e de Cali. Domínguez Miradero voltou ao Peru, e dizem que para se congraçar com seus antigos amigos fez, diante de Gonzalo Pizarro, um relato minucioso da nossa aventura. Esteve depois na expedição contra os índios da Puná, que deram morte ao frei Vicente de Valverde. Nunca me pareceu um homem leal: sempre vi como se inclinava para o lado que era mais conveniente para ele, e a versão dos fatos que deu a Pizarro não deve ter sido muito favorável a nós. Outro que deixou seu nome no povoado de Quito e depois na fundação de Cali e Popayán foi Francisco Juan de Elena, que no seu regresso acabou se aliando a Gonzalo Pizarro.

Como você haverá de lembrar, Pizarro estava satisfeito por ter ganho para a expedição o veterano capitão Gonzalo Díaz de Pineda. De todos os grandes chefes, além de Orellana, só Díaz de Pineda, primeiro viajante pela rota da canela, terminou indo com a gente no bergantim. Com seu amigo Ginés Fernández, abordou no último instante, e assim escaparam da sorte dos outros. Apesar, porém, da sua experiência, da sua fama e de seus ares de baqueano, o conhecimento prévio do terreno de pouco nos serviu na primeira parte da viagem, e de nada na segunda.

De resto, vejo rostos, rostos vagos que foram um dia, sem dúvida, a cumplicidade e, às vezes, a salvação; e escuto palavras, confidências inesperadas, canções consoladoras, orações de despedida, palavras que duram na memória, às vezes já sem seus rostos, apagadas as circunstâncias daquelas manhãs de neblina, daquelas noites de chuva, de dias prolongados como pressentimentos. Vejo Rodrigo de Cevallos, um homem silencioso: sempre senti que estava ao lado de alguém invisível, uma ausência que doía nele mais do que a própria sorte. Vejo Gabriel de Contreras, que um dia deslocava um dedo, outro dia se cortava com uma corda, outro dia se golpeava com o remo, como se não conseguisse caber no espaço físico. Vejo Andrés Durán, que parecia não se alterar diante do que fosse, e de quem me disseram que mais tarde foi alcaide-mor na cidade de Quito. Vejo o valoroso Juan de Ampurdia, que teve a sorte de morrer de flecha sem peçonha, nas jornadas cruéis de Machiparo. Vejo Esteban Gálvez, o do olho murcho. E às vezes ouço cantar outro que também morreu, o alegre Juan de Aguilar, de Valladolid, e recordo os gritos de manobra de Diego Bermúdez, que tinha nascido em Palos, e foi um dos navegantes mais hábeis da travessia. Não acabaria jamais de contar como foram as doenças, quando foi preciso extrair a sangue frio, com tenazes de ferro e entre gritos, dois dentes de uma boca inflamada; quem vomitou sangue com uma úlcera perfurada e ainda assim sobreviveu; em que clima de tristeza às vezes acalmávamos a fome com coisas que na Espanha o mendigo mais miserável recusaria.

Eram poucos os marinheiros que levávamos, pois a nossa era uma expedição de terra firme. Mas um dos homens de confiança de Pizarro foi aquele marinheiro experiente: Juan de Alcántara. Já contei a você que quando se decidiu construir o primeiro bergantim lá estava Juan de Alcántara, ajudando como ninguém com as medidas e os dados precisos, e que quando o bergantim flutuou sobre a água, Pizarro confiou o mando a ele, que a gente chamava de Marujo, para diferenciá-lo de outro soldado que tinha o mesmo nome e que vinha na expedição. Esse fato havia dado lugar para alguns equívocos, porque o segundo Juan de Alcántara tinha se alistado aproveitando a confusão de nomes. Às vezes penso que se Orellana contou cinquenta e sete ao embarcarmos e frei Gaspar cinquenta e seis, foi talvez porque Orellana contasse corpos e o frade contava nomes, e talvez ao ver o nome repetido pensou que fosse um erro de quem fez a lista.

O triste e assombroso é que numa mesma semana morreram Juan de Alcántara e Juan de Alcántara. Desde o Peru tínhamos nos acostumado a chamá-los de Terrafirme e Marujo, e quase esquecemos seus nomes de batismo, e assim só depois nos demos conta de que dois homens com o mesmo nome tinham morrido no mesmo trajeto da viagem. Juan de Alcántara, o de terra firme, morreu de febre ou do mal de umas águas empoçadas que bebeu numa ilha. E dois dias depois, Juan de Alcántara, o Marujo, nosso almirante do bergantim, morreu por flecha de índio. Tamanha simetria era, sem dúvida, uma mensagem de Deus, uma dessas mensagens sobrenaturais que a gente torna a interrogar muitas vezes, mas não decifra jamais.

Depois do episódio da balestra, tínhamos navegado quase um mês quando vimos a canoa grande das crianças. Iam nela pelo menos dez meninos, e só alguns remavam, porque os outros carregavam animais. Uma pequena tinha abraçado ao seu corpo um desses macacos das árvores que são os mais lentos de todos, e que os espanhóis das ilhas chamam de periquitos ligeiros, para debochar da sua lentidão. Um menino de uns 12 anos brincava com uma tartaruga grande que caçava mosconas verdes do rio. E outro da mesma idade, nu como os outros na proa da sua árvore da água, levava enrolada na cintura uma serpente tão grande, e segurando seu longo corpo deixava que submergisse a cabeça n'água, e quando a serpente, mais mansa que uma tartaruga, achava que estava livre na felicidade do rio, o menino a trazia de novo junto a ele numa espécie de dança. Outro mantinha, como enfeitiçado, um desses quatis inquietos de cauda frondosa e raiada e focinho alongado, e o último levava, sobre um ramo, dois papagaios de cores vivíssimas. Em qualquer outra circunstância nossos homens teriam partido para o assalto, tanto para obter informação ou pelo afã de pegar os animais, mas naquele momento a imagem da barca silenciosa com seus meninos e seus animais foi tão estranha e cativante que todos nós ficamos silenciosos olhando para eles, tentando não fazer o menor ruído para que o espetáculo não se desfizesse, e mais tarde a noite nos roubou aquela aparição que parecia um sonho.

A noite mais estranha da viagem foi a que veio depois daquela tarde. Ninguém parecia querer dormir, como se tivéssemos medo não daquele lugar, mas dos sonhos que ele pudesse provocar em nós. Estávamos entrando em Machiparo, e foi ao amanhecer do dia seguinte, quando a confluência do rio que nos levava com outro muito distinto nos pareceu uma prolongação das magias do dia anterior. Descíamos pelo amplíssimo rio de cor amarela quando, pela esquerda, avançou sobre nós um rio tão escuro que à primeira vista parecia negro. E quando as águas se encontraram nos surpreendemos ao ver que não se mesclavam, uma avançava ao lado da outra, formando uma espécie de linha ondulante no ponto em que deveriam se misturar, e assim seguiram como rios gêmeos muitas léguas abaixo, sem que as águas, que eram o sangue de dois mundos diferentes, se confundissem.

19.

Conforme descíamos, o rio ia mudando, embora o mais correto seria dizer que o rio inicial tinha nos arrojado a outro maior, que por sua vez nos levou a um terceiro, imenso, e cada semana tínhamos a sensação de estar em outro rio, em outro mundo. O leito que navegávamos tinha se alargado de modo considerável, e pululava aos seus lados uma vegetação mais e mais desconhecida. As folhas nos galhos pareciam crescer sem parar; os arvoredos, que se fechavam tanto no começo sobre a margem que por largas extensões faziam a praia desaparecer, agora se afastavam, deixando o mundo transformado num deserto de água iluminada. As selvas negras na distância formavam uma só coisa em seu reflexo, e davam a ilusão de que havia uma só longa franja de bosques flutuando no céu.

A melhor coisa que fizemos nas aldeias de Aparia foi aprender a sobreviver com os recursos do rio. Claro que ninguém aprendeu a pescar com lança como fazem os índios nem caçar pássaros com zarabatana, mas aprendemos a escolher os lugares para pescar com vara e anzol, e soubemos bem onde as tartarugas enormes deixavam suas centenas de ovos nas ilhas no meio da correnteza, e a partir dali os ovos de tartaruga foram nosso principal alimento.

Todos os dias rezávamos com a mais sincera das devoções, que é a que nasce do desespero: nunca em nossas vidas tínhamos precisado tanto de Deus. Mas uma coisa é rezar num templo, onde tudo supõe sua existência e seu amparo, e outra bem diferente é improvisar um culto entre margens selvagens, sobre o próprio lombo da serpente. Sustentados apenas por uma fé de náufragos, conforme avançávamos vimos que em lugar de sair parecíamos nos internar mais e mais num mundo sem nome, e as orações de frei Gaspar acabaram sendo nosso último vínculo com o mundo de onde vínhamos. Uma fileira de sílabas latinas a ponto de se arrebentar no estrondo das águas, rogos mais débeis que o grito longínquo das araras e que o chiado dos macacos nos galhos altíssimos. A fé robusta do começo parecia, no final, a ponto de se misturar com crenças mais turvas, na vizinhança do desconhecido e diante da cara esquálida da fome.

Se nos primeiros meses da selva devorar os bons cavalos tinha nos causado mal-estar, e mastigar pedaços de carne de cachorro mal-assada com um pouco de sal provocava repulsa, agora, em certos trechos aqueles animais eram menção de esplendor para os hóspedes famélicos de um barco desaforado, que duvidavam na hora de se aproximar da margem, temendo as flechas sigilosas e as coisas secretas. Todas as vezes que tentamos desembarcar, fazer acampamentos, sentir a firmeza da terra debaixo dos nossos pés, descansar daquela sensação de vertigem produzida por ir sempre sobre a correnteza instável, à mercê do pesado declinar das águas, sentimos algo hostil no ar, que nem sempre se tornava flechas ou insetos. Era um clima impreciso de horror, a consciência de haver chegado a um mundo alheio, onde nada nos compreende e onde não compreendemos quase nada.

Ao amanhecer, entre espessos vapores, a selva era um fantasma cheio de gritos lúgubres, depois uma luz amarela ia envolvendo tudo. Do barco, podíamos ouvir o bulício das árvores, chiados e assovios, rangidos e alvoroços, saltos e quedas, e o zumbido dos insetos, o chiado das cigarras estrondosas, e às vezes o rugido de um gato grande da selva, que se mantinha nos galhos altos de alguma árvore. Depois o calor se aquietava feito uma capa de vapor em cima de nós, o céu ia se enchendo de pequenas nuvens, todas com a mesma forma, passavam voando pássaros de enormes plumas coloridas, e fazíamos tentativas inúteis para pescar, já que caçar estava praticamente proibido. Não poderia haver melhor festa que avistar ilhas no meio do rio, porque nelas costumava haver tartarugas desovando nosso mais cobiçado alimento.

A cada tanto novos tributários baixavam no rio que nos levava nas costas, alguns pequenos e mansos, transparentes riachos, em que teríamos gostado de mergulhar na hora de mais calor (se fosse possível despojar-se daquelas estorvantes couraças, daquelas cautelosas malhas de aço acolchoadas), e rios grandes e densos, que se precipitavam numa desordem de águas e céus, fazendo crescer ainda mais a torrente que nos arrastava.

Não tínhamos nomes para os peixes que às vezes saíam do espesso leito do rio, e se agora sei seus nomes é porque finalmente aprendi algumas coisas dos lábios de índios. Nunca, ao longo daquela viagem, nossos lábios pronunciaram palavras como cachama ou piranha, como curimatá, piraíba ou carapó, embora a gente tenha se alimentado de todos esses peixes nas escassas, mas nem sempre ingratas, comidas do barco, quase sem espaço para cozinhar os alimentos, sem uma cozinha que merecesse ter esse nome. Íamos com um pouco mais de folga, já éramos menos de cinquenta viajantes, repartidos em duas naus, que por pouco não soçobravam a cada tombo. Todas as funções corporais se transformavam em pesar e, conforme avançávamos, a roupa que tirávamos do porão ia se transformando em farrapos abjetos que forravam os corpos ou que pendiam deles sem forma precisa.

Aprenderíamos, depois, a reconhecer muitas outras criaturas. Vimos nos lagos laterais botos-cor-de-rosa e cor de cinza, que nos fizeram pensar, por engano, que o mar estaria muito perto, e vimos nas pradarias de plantas aquáticas grandes peixes-boi, que comiam sem parar. Só muito tempo depois consegui saber os nomes que os índios davam às criaturas que tínhamos visto aos montes e para as quais havíamos dado nomes provisórios ou caprichosos, como os jacarés dos afluentes, que chamávamos de dragões de lodo, ou como os jacarés brancos, que Alonso Márquez chamava de salamandras mortais, e como os *assaés*, os grandes jacarés escuros de até seis metros de comprimento, que chamávamos de crocodilos *níger*. O mundo foi se enchendo de criaturas estranhas, como os potros aquáticos de focinho pontiagudo, que os índios chamam de antas, ou aquelas serpentes descomunais que nos pareciam leviatãs, que se enroscavam nos galhos e que nos faziam crer, por alguns momentos, não que estávamos perdidos numa terra ignota, mas que por algum conjuro tínhamos reduzido de tamanho e éramos agora como um pequeno grupo de formigas flutuando num tronco à deriva, debaixo da majestade e do horror dos bosques imensos.

Não sabíamos onde estávamos nem sabíamos para onde íamos. Passavam nas manhãs e nas tardes as nuvens do bulício, revoadas estridentes de louros verdes como um jardim florido feito de gritos de água; víamos, às vezes, franguinhos com unhas nas asas, agarrados nos ramos, e voos de garças e de íbis, e aves compridas como cegonhas passando sobre os arvoredos. Depois de Aparia, houve um trecho de silêncio e tranquilidade. Lembro muito de uns pássaros com barbas de plumas e com cristas que se inflam quando cantam, e lagartos pequenos de cor verde-esmeralda que passavam correndo por cima da água, e salamandras de crista azul-escuro, e um grilo do tamanho de uma mão que ao alçar voo estendia asas roxas e vermelhas. Lembro do voo contínuo das maritacas de cores vivíssimas, e até hoje nada parece me surpreender mais que aqueles macacos diminutos de caras de leão, que cabem na palma da mão e que chupam, como meninos, a goma das árvores.

Tudo isso aconteceu há mais de quinze anos, e isso significa, para mim, um abismo de distância. Naquele tempo, quando este continente levava meio século de ter sido encontrado, era fácil acreditar que o mundo tinha fim, que em algum lugar das águas sem freio e do céu novo podia aparecer o despenhadeiro por onde nossa nau se precipitaria no vazio. Depois das viagens de Colombo e dos que vieram em seguida, a evidência da redondeza dos mares não apagava nas almas a lembrança de que a Terra era plana, de que havia um abismo final, e embora os viajantes pelos mares estivessem certos de que depois das semanas, quando novas estrelas girassem sobre os meridianos e os paralelos, a enorme terra firme se abriria diante deles, todos nós olhávamos o horizonte com apreensão, suspeitando uma miragem, temendo ver surgir o abismo aterrador que os povos sempre tinham pressentido.

Nossa situação era grave e estranha. Baixando dos gelos de Quito, de montes frios e de rochedo, e descendo por bosques que de hora em hora se faziam mais cálidos, os espanhóis viam os climas mudarem, e também a vegetação e os animais, como se o mundo se desordenasse, como se as árvores enlouquecessem, mas agora sentiam o que sentiria um filho de Flandres ou da Inglaterra se percebesse que, no meio das neves do inverno, saía um sol estival e as árvores se enchessem de folhas. Uma gratidão misturada com espanto, porque é preferível um frio insuportável que respeite as leis do tempo a um doce mormaço que as violente, e que só pode mesmo ser o prelúdio de catástrofes. Mas nesse ponto eu não me parecia com eles: tinha nascido em ilhas de calor e furacões, onde de janeiro a janeiro as árvores estão vivas.

Apesar da culpa por ter abandonado nossos companheiros em terras onde necessitariam mais do que um milagre para sobreviver, o acidente que nos pôs no rio havia sido a nossa salvação. Estávamos vivos, alimentando a ilusão de que ao final de algumas jornadas, a julgar pelo caudal por onde agora deslizavam nossos barcos, a viagem teria seu desenlace, veríamos de novo alguma coisa conhecida, tornaríamos a ter vontade contra a tirania da água, ainda que nosso destino fosse a miséria ou a guerra.

Aquilo era um milagre mesclado de horror e agravado pela pergunta se a selva teria fim algum dia. Nosso café da manhã era a esperança e a merenda era a desesperação. "Um dia a mais", era o sussurro da mente, "mais um dia dentro dessas terras sem fim". E sempre havia uma rã oculta no barco, pontuando com seu canto as horas, e havia ao entardecer morcegos vermelhos ao sol, que mordiam em seu voo as frutas dos galhos. E nós nos encomendávamos a Deus e à sorte na hora em que as praias imensas se enchiam de mistério, quando com a primeira escuridão saem fazendo ruído de seus buracos nas árvores os ratos espinhosos.

Sabíamos que os muitos habitantes desta selva seriam cada vez menos cordiais. Ao nos aproximarmos os tambores silenciavam, flechas de advertência voavam dos bosques, gritos e uivos começavam a agitar as ramagens, a ensurdecer as ribeiras, e cada vez era mais forte a certeza de que as margens estavam completamente habitadas. Íamos percorrendo reinos populosos; terra adentro haveria mais aldeias e talvez cidades. Seria uma aventura despojar-nos dos elmos com seus penachos e das couraças ardentes, apesar do calor e da umidade, porque se algo tínhamos podido comprovar era a incrível pontaria dos flecheiros índios, e mais tarde tivemos provas venenosas daquela destreza.

No trecho central da viagem, seguimos a norma de não chegar nas margens para que não se repetissem as experiências amargas que já nos tinham feito perder dois homens, e aceitamos continuar nos alimentando do grude habitual. Mas, por mais abundante que seja um só alimento, logo começa a enfastiar, e não perdíamos a esperança de encontrar novas provisões. Devo reconhecer que fomos menos viajantes da selva que viajantes do rio, e que talvez alguém que tenha penetrado na grande rede dos dias vorazes poderá contar a você coisas que eu nunca soube. Até este momento do caminho, a selva não tinha nos mostrado sua cara mais feroz, e ainda tendíamos a identificá-la com a cordialidade dos índios no hospitaleiro reino de Aparia.

20.

UM DIA DECIDIMOS EXPLORAR DE NOVO A MARGEM DO RIO, depois de ter quase apagado o mau resultado das experiências passadas. Encontramos uma aldeia com uma impressionante quantidade de víveres, e Cristóbal Maldonado entrou nela com doze companheiros para procurar mantimentos. Já tinham capturado quase mil tartarugas quando as selvas, indignadas pelo roubo, responderam com flechas. Diante das rajadas das balestras, quem atacava retrocedeu, deixando dois de nossos homens feridos, mas quando Maldonado vinha de regresso choveram muitos índios sobre a sua tropa. Soavam os tambores atrás das árvores, havia um cascavelar de guizos, e seis espanhóis padeceram os dardos, milagrosamente livres de veneno. Maldonado já estava ordenando a retirada quando uma flecha atravessou o seu braço, e em seguida um dardo se cravou rasgando seu rosto. Ele arrancou o dardo menos com dor que com ira, e nem mesmo limpou o sangue, ali mesmo mostrou essa inflexível obstinação ibérica de não dar um passo atrás e não ceder, fosse pelo que fosse, a vitória aos outros. Com a flecha ainda cravada num braço, manobrou o outro com a espada, dando exemplo aos seus homens, mas os filhos da terra já não só avançavam sobre os doze como caíam sobre a aldeia vizinha, onde Orellana tinha ficado. O capitão entrava e examinava as casas quando se desatou a gritaria e os tambores desandaram a rugir, e foi quando o mais jovem da expedição, que vigiava a saída da aldeia para a selva, se viu rodeado por centenas de nativos, e os manteve afastados com uma adaga na esquerda e uma espada de Toledo na direita, sem sofrer um único arranhão, até que os soldados acudiram. Os atacantes eram mais de trezentos. Havia pelo solo nove espanhóis feridos, mas os outros lutavam com desespero, e quando os índios enfim retrocederam, um soldado, Blas de Medina, estava tão ensandecido que correu atrás deles gritando e desapareceu no meio daquela multidão com apenas uma adaga na mão. Nós o alcançamos ofegante no meio das árvores, sozinho e com uma flechada na coxa.

Juan de Ampudia, um dos homens de Maldonado, vinha ferido gravemente, e não houve jeito de salvá-lo. Um total de dezoito feridos restantes se curaram com rezas, pois nada mais foi possível fazer que arrancar os dardos que roíam suas carnes. Orellana teve a ideia de envolver os feridos em mantas e levá-los ao bergantim como se fossem sacos de grãos, para não estimular os que vigiavam lá dos galhos, vendo tantos soldados mancos e sem forças. Os bergantins já estavam desamarrados, as mãos já empunhavam os remos, já entravam nas naves os feridos carregados pelos carregadores, quando num piscar de olhos brotaram mais de quinhentos índios, e mal e mal os balestreiros conseguiram, lá do tombadilho, impedir que aquela gente de água e de barro liquidasse os que subiam.

Já era noite quando os bergantins retomaram a viagem: gritos e tochas nos seguiam pela ribeira. E embora nos afastássemos rumo ao meio do rio, às vezes uma flecha se cravava na borda, porque dias atrás um dos tripulantes tinha descoberto a maneira de alimentar uma lamparina com óleo de ovos de tartaruga, e aquela luz trêmula, flutuando sobre as águas, guiava as flechas exatas na treva.

No dia seguinte, muitos feridos e todos extenuados, paramos em uma ilha deserta para assar tartarugas e nos recuperarmos do combate, mas uma multidão de canoas cobrindo o rio vogava, lá longe, rumo à ilha. Tinham se preparado a noite inteira, com armas e orações, para nos exterminar. Soltamos o tesouro das tartarugas e subimos correndo no barco.

Então, as canoas buliçosas rodearam os bergantins. O leito do rio tinha se estreitado por causa da proximidade das ilhas, e pela beira da selva também corriam multidões. As canoas coloridas abriram espaço para deixar passar os barcos dos sacerdotes, que vinham nus, banhados de cal branca, soltando cinza pela boca e movendo grandes hissopes com guizos. O mais incrível é que era impossível acertá-los com as balestras, mesmo quando os melhores disparavam. Um dos nossos homens, talvez Pedro de Acaray, disse ter visto que as flechas desviavam antes de tocá-los, mas ninguém consegue ver com tanta precisão no meio de uma batalha. De repente, calaram-se os tambores e os gritos pela selva inteira, só se ouviam as palavras cantadas pelos xamãs e o sussurro de seus guizos, e foi o momento em que todos sentimos mais medo, porque era mais terrível o silêncio que todo aquele ruído de trovão que havia antes.

Só quando os sacerdotes se afastavam, recomeçaram as trombetas, cornes e as diferentes vozes dos tambores, e percebemos que, sem saber como, estávamos entrando num braço de rio rumo à selva. Milhares de índios e de árvores esperavam nas margens, e as canoas entraram no mesmo braço de rio, atrás de nós. Na proa de uma piroga central vinha o chefe de todos eles, um senhor grande, pintado de azul, com diadema de plumas e um grande bastão nas mãos. E foi assunto de todo o resto da viagem que justamente Hernán Gutiérrez de Celis, que não tinha ouvido nada do canto dos feiticeiros, apontasse a arma contra o chefe dos índios e arrebentasse o seu peito com um disparo de arcabuz. Quando viram como ele caía na água, muitíssimos índios saltaram das canoas para resgatá-lo, levaram ele de novo para a piroga grande, entre lamentos, e já não perseguiram mais os bergantins.

E assim saímos da província de Machiparo; deixamos a selva despedindo seu rei com grandes cerimônias, e escapamos do feitiço daquela região, que havia nos deixado extenuados; passaram-se muitos dias antes que nos atrevêssemos a pisar terra firme de novo.

Quando pisamos, um dos exploradores foi frei Gaspar de Carvajal, que tinha os sentidos atentos a tudo porque desde o dia da assinatura da ata de nomeação de Orellana havia decidido levar um registro dos acontecimentos, e embora sempre tivesse nos lábios sermões e orações, tampouco deixava desamparada a espada. Poucos tripulantes sabiam escrever, e nenhum tinha mais méritos para ser o cronista da viagem que aquele sacerdote, chegado ao Peru com os primeiros conquistadores no ano 33, trazido pelo próprio Vicente de Valverde, o capuchinho que mostrou a Bíblia a Atahualpa e que depois exigiu de Pizarro que crivasse o cortejo, porque o rei tinha jogado o livro no chão.

Frei Gaspar quis acompanhar o percurso para detalhar as árvores e os animais. Havia um grande silêncio e uma quietude extrema nas folhagens da beira do rio. Vimos maciços de folhas palmeadas, ramos de flores que pareciam descer para beber à pele da água, e um enxame de línguas verdes arqueadas sobre a correnteza. Como você poderá imaginar, nos movíamos com precaução extrema, embora parecessem regiões despovoadas. Naquele dia vimos a maior árvore da viagem, que se elevava mais e mais, com raízes como paredes altas junto às quais éramos minúsculos, e que queria escapar em sua escalada das trepadeiras que se enroscavam nela, abraçando e devorando a árvore, afundando suas raízes nos ramos manchados. Olhamos, pasmos, aquela rede de estrelas e tentáculos, a abundância das folhagens mortas, troncos derrubados sob mantos de folhas e flores. Um raio perfurava a nata verde, um grande ramo solto tinha estilhaçado um tronco, e logo ali os cipós se soltavam feito serpentes, e ao fundo as árvores davam a ilusão de grandes nuvens imóveis.

Eu teria que inventar muitas palavras para descrever o que vi, porque entre formas incontáveis ninguém, nem mesmo os índios, jamais saberia os nomes de todos aqueles seres que bebem e revoam, que se incham e esvoaçam, que se abrem e se fecham como pálpebras e que têm um jeito silencioso de viver e morrer. Tudo é igual sempre e nada se repete jamais. Ao lado de cavernas de folhagens, onde as garças branquíssimas se encolhiam, vimos correr iguanas de pescoço ensolarado e um ramo se dobrou graças ao salto de um macaco uivador. Atrás havia outras formações de palmeiras, de samambaias e trepadeiras em flor, e tudo se emaranhava formando a noite que vem depois da noite da selva, que acossa a imaginação com suposições e ameaças.

Para ver melhor as margens, frei Gaspar tinha levantado a viseira do casco. Estava olhando aquelas coisas todas com espírito atento, quando, de repente, em total silêncio, uma flecha voou da selva e cravou em seu olho direito. Quando percebemos a flecha já estava cravada, frei Gaspar desmoronou, e meu primeiro temor foi que estivesse morto, porque a flecha parecia ter entrado fundo. Na verdade era um dardo curto, que depois de ter atravessado o olho deve ter se chocado contra o osso, e assim, passado o primeiro momento de espanto, o frade tentou arrancá-lo, mas nós o impedimos. E quando estávamos ajudando frei Gaspar a regressar para a nau, saindo de novo de lugar nenhum, do silêncio e da quietude, caíram sobre nós os índios, e as espadas tiveram que enfrentá-los por muito tempo. A dor de frei Gaspar aumentava, não sabíamos se a ponta da flecha tinha veneno ou gancho, e no barco, quando enfim chegamos, houve outra vez trabalho para o único de nós que se parecia a um médico: Juan de Vargas, que tinha sido barbeiro e sabia fazer sangrias e aplicar ventosas.

Orellana, que tinha um olho só, achava que tinha alguma experiência no trato desses problemas, e conversou com o barbeiro sobre o que devia ser feito. O olho tinha sido tão afetado que não cabia a esperança de salvá-lo, mas era preciso extrair o dardo, para não comprometer a vida do sacerdote. Vários precisaram imobilizá-lo e então vacilamos entre tirar a flecha suavemente ou arrancá-la numa puxada só. A solução foi, primeiro, uma tentativa tênue de tirá-la, para ver que efeito provocava na vítima, e quando se teve não a certeza, mas o palpite de que a flecha era lisa e sem gancho, um gesto brusco para trás fez com que ela saísse com parte da matéria do que havia sido o olho de frei Gaspar. No barco inteiro ouviu-se o grito do frade, e os pássaros que estavam parados no alto do mastro maior saíram voando e gritando também. O pobre prelado, transpirando, se desvaneceu entre as mantas, e o barbeiro pôs sobre o olho uma compressa com o pano mais limpo que foi possível preparar, fervendo a água do rio numa marmita e jogando os panos na água em ebulição.

Enquanto frei Gaspar convalescia com seu olho coberto, estávamos cada vez mais resistentes a olhar as margens. Concentramos-nos uma semana inteira na navegação, em manter distância da beira do rio, resignados aos ovos de tartaruga e a pequenas nútrias que trabalhavam nas ilhas no meio da correnteza. Já não largávamos as balestras com sua carga de flechas nem os três arcabuzes que, depois dos milagres da noz recuperada no bucho do peixe e do disparo do surdo Celis, eram nossa mais estimada propriedade. Os arcabuzes haviam demonstrado ser efetivos não apenas pelo chumbo disparado, mas pela impressão que seus trovões provocavam no adversário.

Três dias depois, frei Gaspar ardia em febre, a cavidade do olho vertia um licor esverdeado, toda aquela parte do seu rosto estava inflamada e o crânio inteiro apresentava um aspecto deplorável e deformado. De noite, os tambores da selva desvelavam o frade, e já temíamos o pior quando o amistoso Unuma, um dos índios do barco, encontrou, em uma ilha, frutos espinhosos de Supay, o deus das trevas, que achou que seriam propícios, os cozinhou e esmagou com outras ervas, e aplicou em frei Gaspar um emplasto verde avermelhado que passados dois dias pareceu provocar um bom efeito.

Foi então que começaram a surgir de verdade as terras povoadas.

21.

Tínhamos vivido muitas coisas, mas o achado mais estranho da nossa viagem estava por acontecer. Depois de entrar nas terras de Omágua, os povoados indígenas se sucederam sem cessar, não houve dias sem sobressalto, sem ameaças, sem encontros armados, às vezes com grupos pequenos e às vezes com verdadeiras multidões de índios que nos seguiam em pirogas, agitando seus arcos e seus guizos, que disparavam flechas da beira do rio, que apontavam suas zarabatanas e disparavam dardos venenosos, e foi um milagre que tenham morrido tão poucos dos nossos homens diante de um assédio tão numeroso e contínuo.

No entanto, tivemos, todos os dias, a impressão de que os exércitos que nos enfrentavam eram apenas a linha de frente de um poder mais oculto e que demorava a aparecer. Atacavam, sim, mas como quem vai tateando, e retrocediam de novo, de tal maneira que por alguns momentos nós nos víamos no centro de um combate que se anunciava prolongado, e algumas horas depois já não havia ninguém na nossa frente, como se aquelas canoas coloridas cheias de guerreiros pintados e com cocares de plumas tivessem ido levar seus relatórios ou se divertissem ao desaparecer para deixar-nos ruminando a inquietação e o perigo. Um dia, um dos índios que capturamos no meio de uma luta desaforada nos disse que os longos povoados da ribeira eram tributários de um grande senhorio encravado várias léguas selva adentro. A região se estendia por montanhas cobertas pela espessa vegetação, mesetas e escarpas, grandes cavernas e lagos interiores na plenitude da floresta. Mas quando Orellana, como era seu costume, perguntou quem era o senhor daquele reino a quem todos pareciam temer tanto, o nativo nos disse que não era um senhor e sim uma rainha, que aquele país era o senhorio das mulheres guerreiras. Devo confessar a você que não recordo exatamente o nome que davam a elas, se Amanas ou Amanhas, e nós demoramos um pouco até associá-las com as amurianas de Coniu Puyara que já haviam sido mencionadas para nós.

Foi no meio da manhã do dia seguinte, enquanto frei Gaspar lutava para se recuperar do ferimento, que os homens do mastro maior perceberam que na margem direita do rio havia um grupo de mulheres nuas. A luneta, que desde o acidente do frade tinha se transformado no instrumento mais útil do barco, deu notícia de que na praia havia só mulheres: eram jovens e fortes, e pareciam olhar o nosso barco cheias de curiosidade. Entre os homens, aquilo despertou tudo que é tipo de falatório: "Os homens devem estar escondidos na selva, atrás delas", disse um. "Puseram elas ali para servirem de isca para nós, para que a gente caia em cima delas. Na certa puseram redes debaixo d'água para nos agarrar." Outro avisou que estavam armadas, tinham arcos e flechas e lanças longas de ponta branca, como se fossem de osso. "Não passam de mulheres", disse outro, "vamos tratar de resistir à correnteza e vamos observá-las do mesmo jeito que elas ficam observando a gente. Bem que faz falta a gente poder ter umas quantas mulheres neste barco...". É que levávamos quase seis meses navegando pelo rio. Se a isso a gente somar os dez meses que levamos de Quito até o rio, já fazia mais de um ano que ninguém havia tido negócio com mulher alguma, e no amontoamento do barco só mesmo a vigilância alheia impedia que se perdesse o respeito pelos costumes. No outro dia, as mulheres tornaram a aparecer na beira-rio, e o desejo dos homens de se aproximar havia crescido. "Importante mesmo é a gente não se descuidar", disse um. "Não vejo por que cinquenta espanhóis valentes hão de ter medo de umas mulheres que vivem sozinhas, sem homens, no meio de uma selva bárbara."

Naquela mesma tarde vimos as mulheres de novo, armadas e ferozes, na margem do rio: eram altas e de pele mais clara que a dos índios que tinham nos acolhido. Pude compará-las com os quatro índios altos e brancos que vimos no primeiro casario de Aparia, e que nos surpreenderam pela sua altivez. Mas embora aquelas mulheres se parecessem a eles na altura e na cor, não se poderia comparar a serenidade daqueles homens com a ferocidade e a força daquelas mulheres guerreiras. Uma delas chegou a atirar uma lança contra o bergantim e para nosso espanto, a lança afundou na madeira do casco, mais de um palmo, embora aquela fosse uma das mais duras madeiras da selva. A lança, que examinamos em seguida, era um objeto bem lavrado, com desenhos ao longo, como adornos de folhas, com nós talhados, com uma ponta de pedernal polido, agudo e resistente. A força com que tinha sido atirada nos deixou perplexos, porque poderia ter atravessado algum crânio. Em outra incursão, as mulheres entraram n'água e regaram o casco do bergantim com suas flechas, que ficou todo espetado de espinhos feito um animal da selva. Alonso de Tapia e meu amigo Alonso de Cabrera gritaram, do tombadilho, coisas para elas, e trataram de intimidá-las, mas as mulheres gritonas dobraram seus gritos e fizeram novos gestos de ameaça. Então chegamos à margem. "Se saírem homens guerreiros, estaremos prontos para a retirada", disse o mestre timoneiro, "mas se não, pode ser que essas mulheres vivam sem homens". Então Orellana acrescentou: "Olha só, seria um estranho lugar para encontrar as amazonas".

Foi só ele pronunciar essa palavra, e a atitude dos homens mudou. A uma circunstância casual de um confronto com povos da selva, acabava de somar-se uma possibilidade fantástica. Outros já tinham encontrado sereias nos rios; nas florestas da Venezuela, os homens de Alfínger tinham combatido, um dia, com gigantes; no Caribe, uma expedição já havia topado com a aldeia dos homens sem cabeça, e que têm o rosto no peito nu; e já se sabia da existência de serpentes voadoras e de sapos que falam; agora, estávamos, talvez, às portas da cidade das amazonas, e cada um de nós lançou mão das noções que tinha daqueles seres lendários.

Meu mestre Oviedo havia me falado alguma coisa delas em suas lições, mas, pelo que parece, quem mais sabia delas era justamente o padre Carvajal, que estava afundado na febre. Os marinheiros foram procurá-lo e, apesar do seu estado, pediram que ele contasse tudo que soubesse desse povo de fêmeas guerreiras. E frei Gaspar, em seu leito, narrou para nós a história de Hipólita e de Pentesileia, de como haviam construído seu reino nas margens do mar Negro, de como tinham se propagado por diversas regiões, e tudo aquilo que Estrabão e Diodoro contam delas. Alguma guerra deve tê-las atirado para além das terras conhecidas, e esse distanciamento as teria tornado ainda mais bárbaras, pois se dizia que na sua juventude elas cortavam um seio para que fosse mais fácil manobrar o arco e disparar as flechas. Eram também ginetes extraordinárias, destras no manejo de todo tipo de armas e de perniciosos venenos, melhores guerreiras que os próprios gregos, e hábeis em capturar homens, que usavam apenas como sementais e os reduziam à escravidão enquanto fossem úteis, e que assassinavam depois de ter-se beneficiado deles. E nos contou que tinham o temível costume de deixar-se fecundar por varões para procriar apenas mulheres, os meninos nascidos delas eram atirados às feras, e que só em casos muito especiais os criavam, também como espécimes reprodutores.

Como já era noite quando frei Gaspar nos contou essas histórias, aproveitou o longo tempo para recordar uma das lendas que mais o haviam cativado, de quando as amazonas invadiram a ilha de Leuce, onde a deusa Tétis enterrou as cinzas de Aquiles depois da guerra de Troia. Ao ver que profanavam o solo da sua tumba, o fantasma de Aquiles apareceu, não para assustar as mulheres, mas para, curiosamente, assustar os cavalos, e a aparição foi tão temível que os pobres animais enlouqueceram de medo e derrubaram suas ginetes por terra e as pisotearam até a morte.

Aquelas histórias despertaram ainda mais a curiosidade dos nossos homens. Já imaginavam uma aldeia inteira de mulheres esperando por eles, e um de nós comentou que as amazonas tinham podido cometer aqueles abusos contra os varões porque ainda não haviam topado com uma boa tropa de espanhóis. "Os gregos se preocupavam tão pouco com as mulheres", dizia ele, "e se locupletavam tanto em seus impuros amores de varões, que não era de se estranhar que aquelas mulheres tivessem decidido prescindir deles. Mas aqui está a Espanha fecunda, e você já verá como mudam de opinião", disse. Não consigo lembrar todas as coisas que os homens do barco disseram, às vezes como consolo, às vezes acreditando de verdade, mas conforme íamos escutando as histórias e elas eram ampliadas nos seus desvarios, fez-se cada vez mais firme a decisão de desembarcar e enfrentar o perigo do iminente país das amazonas.

Nem é preciso dizer a você que nada ajudou tanto a criar aquele clima de expectativa como a febre de frei Gaspar, que não havia tornado a aparecer no tombadilho e permanecia dentro do barco, estendido em sua liteira de enfermo. Ouvia tudo que os marinheiros iam contar para ele e respondia com histórias cada vez mais incríveis. Então Orellana tornou a falar com o índio que tínhamos capturado, e o índio começou a nos contar tantas coisas sobre seus hábitos, que já não sei dizer a você se foi a versão de Orellana traduzindo o que o índio dizia a ele, ou a febre de frei Gaspar interrogando o índio, ou nossos comentários sobre o que escutávamos o que fez com que todos, nos bergantins, ficássemos convencidos da existência do reino das amazonas, embora não me atreva a afirmar que alguém no barco tivesse entrado na selva o suficiente para vê-lo com os próprios olhos.

A aldeia onde capturamos o índio tinha o que chamamos de uma casa de prazer, cheia de tinas e cântaros enormes, e pratos e travessas de louça colorida que nos pareceram mais belos que as louças de Toledo e de Málaga. Tinham desenhos coloridos de bom estilo, cheios de simetrias, e frei Gaspar anotou em seu diário uma coisa que o índio nos disse e que deixou todos nós maravilhados: que aqueles objetos enormes e belos de louça e de argila que víamos ali eram réplicas de outros, de ouro e de prata, que existiam nas casas verdadeiras, que eram as que estavam selva adentro. Não sei se os índios queriam nos levar para o interior, com a esperança de nos dominarem, considerando, com razão, que afastar-nos da água nos faria mais débeis, uma vez que, para eles, o bergantim, mais que uma nau, era um símbolo da nossa aliança mágica com as divindades do rio.

Mas desembarcado de novo com a gente, o índio capturado nos levou até o extremo da aldeia, onde um caminho central ramificava em vários, e apesar de saber que estávamos perto de povos guerreiros e que talvez, ao fundo, estivesse a cidade aterradora das amazonas, em poucos lugares me senti tão em paz como naquele ponto em que arrancavam os caminhos que iam adentrando pela selva. Havia uma luz tão bela naquela tarde, o Sol banhava a selva e o rio com cores tão bonitas, e as nuvens imensas no céu tinham um resplendor que jamais esqueci. Mas enquanto estávamos todos fascinados, Orellana olhou com desconfiança para a selva e para o céu, desconfiou até da luz daquela hora, e nos obrigou a voltar para a beira do rio quando o Sol já se punha sobre todas as coisas. Disse que não era conveniente dormirmos rodeados por tantas léguas de terra perigosa, e que só na água e no bergantim estaríamos seguros, mas outra vez levamos o índio conosco, e aquela noite suas palavras, ou a nossa interpretação das suas palavras, encheram de magia e de assombro a vigília do barco. E em poucas palavras vou dizer a você o que nos disse o índio naquela noite, ou pelo menos aquilo que o capitão Orellana nos traduziu de tudo que o índio ia contando para ele.

22.

"Lutamos com tanta energia e resistimos com tanta fereza contra quem nos ataca porque estamos dominados pelas guerreiras brancas. São mulheres valentes e terríveis, muito mais altas que os outros índios da selva, e as chamamos de brancas porque sua pele é da cor de cobre claro. Elas nos castigam com crueldade se permitirmos que alguém atravesse nossos povoados para chegar até o seu reino.

Se recebêssemos em paz os invasores, elas cairiam sobre nossos povoados com gritos de guerra, e se percebem que damos as costas na batalha quando elas nos comandam, sem vacilar nos dão a morte a marretadas. Têm cabelos longos que ordenam em tranças que fazem um nó ao redor da cabeça, e desde meninas são adestradas no trabalho e na guerra. Nadam feito golfinhos nas lagoas interiores, governam com destreza as pirogas, e andam nuas pela selva, embora cobertas de tinta e traços mágicos, porque as tintas de cor das sementes e dos frutos permitem que encouracem seus corpos com orações poderosas e com cânticos. Nossas aldeias nas margens do rio e as aldeias que se sucedem selva adentro são anéis e serpentes ao redor do mundo das fêmeas guerreiras.

Escolheram para elas a melhor terra e a que está mais protegida. Montes com muito bosque, e atrás deles savanas com capim alto até os joelhos, onde pastam em planícies e pradarias inundadas suas cavalgaduras, que são antas e tapires de casco partido. Há quem diga que mais adentro, em regiões onde ninguém consegue penetrar, têm também cativos e domesticados jaguares enormes e serpentes de pele estrelada, mas isso não posso afirmar. Seus cultivos produzem ervas de alívio e plantas aromadas para os alimentos, há em suas terras árvores gigantes que produzem bolotas nutritivas, e lá se dão todas as frutas da selva, desde peras verdes, que acompanham seus banquetes, até ameixas, abacaxis, goiabas, favas enormes e muitos frutos que outras regiões não conhecem.

Quando vão para a guerra, que é o que costumam fazer, suas tropas avançam animadas por muitas trombetas e atabaques, por flautas e siringes de bambu e cítaras de três cordas e timbais de madeira e de pele de distintas vozes muito ressoantes. Suas terras começam a sete jornadas de caminho a partir do rio, e às vezes elas vêm a ser capitãs das nossas tropas, quando é preciso defender a entrada do senhorio delas. Mas não apenas sabem fazer a guerra: há umas que tecem e outras que cultivam e outras que fazem as flechas com pontas de osso e as lanças talhadas. Vivem em casas grandes e sólidas que se alongam entre caminhos protegidos por grandes muros, e a cada tantas casas há torres de vigilância onde fêmeas de guerra dão custódia à tranquilidade das outras.

Não são casadas e não aceitam homens nas suas proximidades, só na guerra e como servidores, e para se emprenhar e ter seus filhos de tanto em tanto, elas entram em guerra contra algum reino vizinho de índios altos, que são os que elas preferem, e nessas guerras capturam todos os índios que querem e por um tempo os têm com elas e se acasalam. São os únicos inimigos de guerra que elas perdoam, e depois de servidas os devolvem às suas terras sem causar dano a eles. Talvez só porque os perdoam, os homens se deixam capturar de novo na incursão seguinte, em vez de preparar-se para resistir com violência, de tal modo que essa guerra é mais uma cerimônia que um combate mortal. Mas é depois do parto quando se dá a conhecer a soberba e a crueldade dessas mulheres, porque se os recém-nascidos são varões, não apenas os matam, como enviam seus corpos mortos com índios emissários até a aldeia dos seus pais, como se esses envios fossem uma recriminação e, por sua vez, quando são mulheres, as celebram com grandes festas e fazem grandes solenidades, e pouco depois as iniciam nas rudezas da guerra.

Entre todas elas, uma é rainha, governa com severidade e se chama Karanaí. As grandes senhoras têm em suas casas talheres de prata e de ouro, copos e tachos, enquanto as serventes e as de condição inferior se servem em vasilhas de barro, bandejas, pratos e travessas de madeira talhada. Os índios vizinhos levam a elas, em tributo, lã e algodão, elas tecem mantas leves, que usam em suas casas, tecidos para suas vivendas, capas que usam às vezes sobre seus corpos despidos e que atam na frente com cordões. Em seu reino, elas têm duas lagoas de água salgada, de onde fervem a água em cântaros e extraem o sal em blocos brancos. Na cidade principal da sua terra estão cinco templos muito grandes dedicados ao culto do Sol, e cada uma dessas casas também se chama Karanaí, como a rainha.

Esses templos têm placas de ouro cobrindo os muros baixos do interior e os tetos forrados de pinturas da selva, de serpentes e jaguares e antas e pássaros de cores, feitas com cortiças de árvores, e muitos objetos preciosos para o culto em seus adoratórios. Todas as senhoras principais levam sobre a cabeça largas fitas de ouro como diademas. Karanaí e as outras senhoras guerreiras deram a ordem de que depois do pôr do Sol nenhum índio varão dos povoados vizinhos pode sair da sua aldeia, sob pena de mutilação, e principalmente nenhum homem pode adentrar seu reino, sob pena de morte em tormento.

A fama dessas mulheres enche a selva inteira e quando se sabe que entraram em guerra, tem gente até de muito longe que se atreve a navegar muitos dias pelo rio imenso, com grande perigo para suas vidas, só para vê-las de longe. Todos nós temos que servi-las quando passam e levar para elas em tributo, até determinado lugar, o que demandam, seja peixes ou aves de caça ou frutos, mas essas exigências não são frequentes. E há uma grande maldição que todos nós tememos na selva, e é que se fala que todo varão que tente entrar na terra das guerreiras brancas, mesmo que se trate de um rapazote, quando fizer a viagem e mesmo que ela dure uns poucos dias, voltará tão velho à sua aldeia que ninguém o reconhecerá quando chegar."

Depois que os homens se arriscaram selva adentro, mais de um veio contar ao frade zarolho as coisas que supostamente tinha feito, e um clima de delírio envolveu a tripulação. O próprio Orellana afirmou que tinham seguido o rastro das amazonas durante um bom trecho selva adentro, mas que os deteve o temor de que elas tivessem ido deixando seu fio de teia de aranha para fazê-los se perder no meio daqueles labirintos de árvores que se repetem sem fim. Alguns avançaram em grupos de três e de quatro, explorando aquele tecido que sempre se abre para novas tramas, ouvindo movimentos de coisas que fogem, deixando-se extraviar pelos pássaros, vendo a cambiante vegetação e a abundância de animais da selva, e trouxeram histórias que embora pudessem ter acontecido também poderiam ser apenas invenções para se exibir diante de seus companheiros, ou para satisfazer a necessidade de feitos memoráveis para contar no regresso.

As selvas, Deus mediante, ficariam para trás. Os homens queriam, caso saíssemos com vida, ter histórias das quais se orgulhariam e com as quais se exibiriam caso algum dia voltássemos ao mundo humano. Cada um viveu sua própria experiência da selva, e cada um contará uma história diferente, mas posso dizer a você que no final daquela viagem falamos de tantas coisas que já não sei o que vimos. A selva é tão, tão estranha, tão misteriosa, que é mais fácil entender o que diz quem a viu fugazmente que entender o que sabe quem viveu nela a vida inteira. Vários grupos passaram algum tempo errantes pela selva, e as histórias que traziam encheram o barco durante semanas e semanas.

Entre eles, cinco homens entraram na selva e não voltaram, e assim, passados dois dias com suas duas noites, Orellana tomou a decisão de se lançar à partida e não os esperar mais, achando que teriam sucumbido nas mãos das mulheres, de outros povos ou das feras famintas. Incrivelmente, os encontramos lá pelo meio do terceiro dia na beira do rio, depois de uma das seguintes curvas do rio. Vinham devorados pelos insetos, tinham comido raízes e lagartos, falavam de animais luminosos, de povoados de gentes diminutas que habitam as raízes das árvores, de folhagens que contavam segredos, diziam que a selva tinha vértebras e pelagem de tigre, e uma infinidade de indícios nos convenceram de que haviam mastigado a loucura nas cortiças verdes. Mas algumas das histórias que contaram sobre as amazonas alimentaram o relato que depois frei Gaspar acolheu em sua crônica.

Enfim, saímos da mais estranha das regiões da selva, que aqueles índios chamam de Tupinambá. Tudo continuava tão povoado que nossas pequenas naus abriam passagem como um par de folhas cobertas de formigas entre as águas primitivas vigiadas por grandes serpentes. A cada dia sentíamos mais e mais que a selva nos olhava com milhares de olhos. Havia povoados e povoados e povoados, e em certas partes as aldeias eram tão compridas que cada pedaço tinha seu próprio embarcadouro, com muitas pirogas. A selva pode ser escura, emaranhada e labiríntica, mas o rio é um caminho imenso e aberto, às vezes debaixo das chuvas e das tempestades, às vezes debaixo dos temporais e de seus temíveis trovões e relâmpagos, mas muitas vezes debaixo dos barcos luminosos das nuvens, no ar mais diáfano, e todos os que vivem às suas margens estão comunicados entre si. Conforme já disse a você, o perigo maior não está na selva nem no rio, mas no choque da nossa mente e dos nossos hábitos e costumes com a selva e com o rio. Não temos propósitos tão misteriosos nem somos tão lentos como as árvores, algo nesse mundo nos prende e atormenta, algo nos enche de urgência e de impaciência, porque as coisas não amadurecem no nosso ritmo, a fruta é demasiado lenta e a serpente é demasiado rápida, nada parece ter intenção própria: tudo, tudo responde a um desígnio indecifrável e alheio. E no meio de suas grandes folhas, a vontade se desespera, as nuvens pesam sobre a alma, a água é menos obediente que um gato, os pirilampos ferem os olhos, a noite é um silêncio demasiado cheio de ruídos, um vazio demasiado cheio de coisas, uma escuridão demasiado cheia de estrelas.

23.

AS SELVAS UNIFORMES AO LONGE produzem a ilusão de que tudo é idêntico, e os eternos dias da viagem parecem ser um só. Na memória, porém, cada hora tem seu pássaro, cada minuto um peixe que salta, um rugido de fera invisível, um tambor escondido, o assovio de uma flecha. Resvalando por aqueles dias prolongados, onde o bulício da selva parece contido pelo grande silêncio côncavo que dilui tudo, pudemos observar que os rios que desembocam na grande corrente tinham cores diferentes. Rios amarelos como se arrastassem comarcas de areia, rios verdes que parecem ter macerado e diluído bosques inteiros, rios avermelhados como se tivessem gastado montanhas de argila, rios transparentes como se avançassem por cavernas de rocha viva, rios negros que parecem trazer toda a ferrugem de grandes talhadoras de pedra. Uns descem rugindo em avalanche, cheios dos tributos da selva, outros vêm lentos mas poderosos, como se debaixo de suas águas nadassem criaturas formidáveis, e outros vêm tão remansados que quase nem se atrevem a entrar no caudal inclemente que tudo devora e tudo assimila. Eu ficava horas olhando aquele rio feito de rios, perguntando a mim mesmo quantos segredos de mundos que não podia nem imaginar iam se dissolvendo numa coisa só, cega e eterna, que resvalava sem saber para onde, levando-nos também em sua cegueira à dissolução e ao esquecimento.

Durante mais de oito meses descemos por aquele caudal que crescia. E agora posso dizer a você que, depois de viver muito tempo em seu lombo, a gente acaba por confundir nossa vida com a vida do rio. No começo, somos seres totalmente diferentes, mas depois é preciso estar vigiando seus movimentos, antecipar sua cólera nas tempestades, adivinhar a resposta que dará a cada chuva, ver nas águas quietas se estão sendo preparadas avalanches, ouvir a respiração dos temporais e sentir o hálito do rio nessa umidade que se espalha e preenche o universo, que se ergue como névoa pelas manhãs, que pesa como um fardo ao meio-dia e que banha com lodo vegetal as tardes intermináveis. No final, a gente já é aquela serpente em cima da qual navega, levados pela sua origem, recebendo a vida dos outros e mantendo o rumo sem saber o que espera por nós na curva seguinte.

Depois veio um longo trecho de terras despovoadas, ou onde os nativos não nos seguiam em pirogas nem nos flechavam lá da margem, nem incendiavam o ar com seus tambores de alarme. E numa daquelas semanas de pouco alimento, na margem de um daqueles arroios laterais, numa curva de águas mansas, comparadas com a correnteza principal, vimos um dia outro índio solitário que não se espantou ao ver nosso barco, e que continuou pescando impassível sem reagir às canoas que começavam a avançar na sua direção. Quando já estavam próximas, ele fez sinais para as canoas, como se tivesse ficado feliz por compartilhar a pesca abundante que tinha conseguido do rio. Dava para ver um resplendor de peixes, que mais tarde aprendemos a chamar pelos seus nomes índios, longos e espinhosos como a selva e o rio, amontoados ao seu lado sobre um leito de grandes folhas, e aquela abundância nos surpreendeu muito, já que ele pescava flechando a água com varas finas, naquela água que nossos olhos não viam nada além do reflexo da selva e do céu.

Orellana gritou para os homens que o índio tinha um arco, mas nada em seus gestos parecia ameaçador. Alto e nu à luz do entardecer, entre árvores que ao se copiar no rio dão a ilusão de uma selva flutuante, parecia uma espécie de divindade das águas, com retas linhas vermelhas sobre o rosto, braceletes de sementes e pequenas plumas coloridas, uma taquara oca com uma boa provisão de flechas, e uma branca concha de caracol de água doce guardava e protegia seu sexo.

O capitão foi até a margem numa das canoas com outros três espanhóis e com o silencioso Unuma. Iam temendo que por trás do pescador aparecessem guerreiros nativos, que aquela figura nua não passasse de isca, de uma armadilha. Mas nada se moveu na selva profunda, a não ser os papa-figos que fazem seus ninhos dependurados nos galhos altíssimos, e esses seres de olhos grandes que olham sempre lá debaixo d'água. Na margem, tentaram conversar com o pescador, mas Unuma me contou que foram muito poucas as palavras que conseguiu entender do seu idioma. Depois, apesar da cordialidade do encontro e da confiança quase infantil que o índio demonstrava, senti que estavam fazendo dele um prisioneiro, embora Orellana tenha dito sempre que o pescador tinha aceitado vir com a gente. Talvez tenha se sentido lisonjeado pelo fato de os seres mágicos do rio, já que para ele não poderíamos ser outra coisa, quisessem levá-lo para o seu palácio flutuante. Creio recordar, porém, porque muitos dos acontecimentos daquela parte da viagem são, por alguma razão, confusos para mim, que o índio ou ia ameaçado, ou no começo ia acorrentado. Mas ao mesmo tempo lembro que falava, muito animado, com o capitão.

Quanto tempo Orellana tinha dedicado, ao longo da nossa forçada navegação, a falar com os índios que embarcamos desde o começo, incas solenes da cordilheira que pouco ou nada entendiam daquelas imensidões de águas e árvores? Agora, levava um que conhecia os segredos da selva e que talvez pudesse se entender com os povos que existem terra adentro, um depois do outro, longe das margens do rio.

Os papéis amarelados que Orellana levava iam se enchendo de frases que ninguém compreendia, nem mesmo o padre Carvajal, que também ia confiando a um caderno todas as suas experiências. Pareciam partituras de cantos de pássaros e de uivos de macacos, Orellana punha as letras da Espanha a zumbar e a ondular, e chegou a nos dizer que para os índios havia palavras que eram asas e palavras que eram ninhos, e que certa vez um índio contou a ele que para pescar é necessário primeiro pronunciar uma longa reza que vai encadeando os nomes dos peixes, do maior ao menor, mas que a oração tem que se fechar, como se fosse um cântaro, com o nome da tartaruga, porque é ela que protege tudo com seu casco e impede que os peixes escapem. E em outra ocasião, ouvi dele que os índios têm palavras para fenômenos que não existem em castelhano, como o nome da enfermidade que a beleza de uma árvore produz, o resplendor enfeitiçado de um entardecer, ou o olhar de fósforo do xamã quando está transformado em jaguar.

E para o capitão, um dos dramas da nossa viagem foi a perda do humilde grafite que ele usava para escrever. Uma tarde, numa das crescentes, debaixo de uma chuva poderosa, tivemos que esvaziar água por todos os lados, revisar as cordoalhas mortas e ajustar as móveis, e examinar um a um os vaus para que o cavername do barco resistisse, e enquanto fazíamos todas aquelas tarefas o grafite do capitão deve ter rodado para a correnteza em algumas das sacudidas do barco. Quando Orellana notou seu desaparecimento, foi como se ele tivesse perdido o próprio barco. Arrancava os cabelos com raiva e em seu rosto contrariado o olho solitário parecia titilar com uma luz maligna. Tratou de fazer pontas em todo ferro pontiagudo que achava, mas tinta mesmo não havia de onde tirar. Poliu dezenas de varas de madeira, cortadas das árvores da beira do rio, e queimou suas pontas para tratar de escrever com aquele carvão que se desmoronava, mas foi muito pouco o que conseguiu rabiscar em seus papéis. Entendeu que teria que extremar os recursos da memória, e continuou falando sem parar com o índio, e a gente jamais teve certeza de que eles entendessem o que um dizia ao outro. Orellana dizia que graças à sua paciência tinha ido se familiarizando com as palavras-chave para chegar à informação mais valiosa, mas pelo que meu amigo Unuma, a quem Orellana recorria com frequência, ouviu, era pouco o que se conseguia entender da língua do outro. Eu tinha percebido, em diferentes momentos da viagem, quantas tragédias a falta de comunicação pode desencadear, e desde os relatos de

Tupinambá aprendi a ouvir com desconfiança a versão de Orellana do que os índios que vieram no barco iam dizendo a ele.

Às vezes, nem mesmo diante das coisas podemos ter certeza de que duas línguas estejam dizendo o mesmo nome: os índios não veem no mundo o que os cristãos veem, ou talvez cada coisa que existe, como diz meu amigo Teofrasto, dependa da ordem em que está inscrita para cumprir de verdade suas funções.

A situação se fazia cada vez mais difícil. A cada certo tempo conseguíamos alimentar-nos e sobreviver, mas chagas e febres recorrentes cada vez mais prostravam muitos homens. O rio não parava de se alargar, as margens tinham se distanciado tanto que havia dias em que não dava para perceber uma das ribeiras. De noite, os tambores distantes se apagavam, uma palpitação que parecia vir mais fundo da alma que do mundo exterior, e um resplendor moribundo alterava o horizonte da água. Todos nós nos desesperávamos, fartos daquela deriva sem amparo, sempre avançando rumo a lugar nenhum, e nem as rezas e nem as lendas nem as últimas recordações da alma pareciam nos dar consolo.

Frei Gaspar de Carvajal não estava em condições de oferecer consolo a quem quer que fosse, porque languidescia, o rosto desfeito pela perda do olho, as moscas da selva revoando ao redor de sua cabeça inflamada, e sujeito aos altos e baixos de uma febre que só às vezes deixava que ele falasse com certa cordura, ou resmungasse tormentos em um latim de náufrago, mas que cada noite o mergulhava no delírio. E foi num desses delírios que ele achou estar ouvindo o ruído de uma cachoeira distante, e para nosso mal ocorreu a ele que aquela cachoeira não podia ser outra coisa além do desaguadouro do fim do mundo. Naquela noite eu estava ao lado dele, tratando de trocar o emplasto de folhas e, com o emplasto, o fedor da sua ferida, quando com o olho muito aberto e uma mão fazendo concha no ouvido me disse: "O tempo durou até aqui. Este deve ser o rio que recolhe as águas de todas as vertentes desta parte do mundo para conduzi-las, por fim, ao abismo. Apesar da sua amplidão, as águas que sulcamos ainda são água doce. Mas nenhum rio tão amplo aparece na crônica das nações, nem mesmo a Sagrada Escritura menciona um rio tão monstruoso, portanto este rio tem que ser a prova de alguma coisa sobrenatural". Ficou pensativo, ouvindo a cachoeira que ninguém mais ouvia, e acrescentou: "Todas as coisas se encaminham ao seu fim, e estas águas deformadas vão nos levar para o fim de todas as coisas".

O medo se apoderou da tripulação. Embora tenha certeza de que naquela noite não se ouvia o ruído de nenhuma cachoeira, porque curiosamente aquelas foram as jornadas em que o rio me pareceu menos agitado, os enfermos eram muitos e os temerosos do diabo eram muitos mais, e alguns começaram a ouvir um sussurro, a sentir um rumor, a perceber a maldita cachoeira que o frade mencionava, e a exigir do capitão que déssemos meia-volta, ou nos arriscássemos por algum dos rios laterais.

Era uma coisa que sempre evitamos, por temor a nos extraviarmos no coração da selva. O leito principal nos dava ao menos a esperança de que algum dia fôssemos arrojados ao mar, embora não pudéssemos saber em qual dos mares do mundo ou do inferno iríamos cair. Agora, qualquer coisa era preferível a continuar navegando na incerteza, as horas pareciam contadas, o tempo já era um túnel de criaturas horríveis, cada uma mais ameaçadora que a anterior. E certa tarde me descobri olhando com saudade as árvores das margens, como se fossem as últimas que eu veria. Até a selva tremenda que havíamos percorrido, com suas serpentes e seus pássaros, com suas aldeias ladeadas por cercas com crânios, com a vasta circulação de seu sangue e suas pestilências, com o silvar de suas serpentes paralisantes e peçonhentas, aquela agitada voracidade onde tudo se alimenta de tudo, interminavelmente, começou a me parecer uma terra ansiada e familiar ao lado das coisas que pareciam se fechar sobre nós.

Quase tínhamos perdido a esperança de voltar às nossas terras de origem; os seres que tínhamos deixado por lá já nos pareciam fantasmas distantes. Mas estava chegando a hora de nos despedirmos de coisas ainda mais entranháveis, da água e do céu, da luz nos olhos, dos corações que palpitavam e das almas que, de noite, vencidas pelo cansaço, ainda se animavam a sonhar. A gente acaba admitindo a possibilidade de morrer entre os dentes do jacaré ou no abraço da serpente, na água cheia de dentes ou com o sangue ardendo de veneno, mas agora sentíamos que não nos tinham preservado para uma morte qualquer, que alguma coisa horrível ainda nos esperava no fim do caminho.

24.

ORELLANA FAZIA ESFORÇOS PARA CONSEGUIR DO ÍNDIO informações que mudassem o clima que reinava nos barcos. O San Pedro resistia melhor que o Victoria ao destino das águas, e nós, seus fabricantes, víamos o Victoria como uma casca de noz na intempérie, um pedaço da selva flutuante cujos íntimos rincões não correspondiam ao estrito saber dos estaleiros da Espanha, mas apenas às artes do desespero e do medo. O capitão percebeu que o menos inquieto pelo rumo do rio era o pescador prisioneiro. Começamos a chamá-lo de Wayana, porque essa era a palavra que ele mais pronunciava, e tempos depois soubemos que ele se referia às terras derradeiras, que ficavam além dos limites que estávamos rompendo. Embora o barco o assombrasse, embora olhasse com curiosidade para os homens, embora se mostrasse surpreendido e até assustado com os trancos do vento nas velas e pelos gritos dos marujos nas manobras, o rio não parecia inquietá-lo, e isso deve ter dado a Orellana a tranquilidade que mostrou nos momentos mais difíceis.

Começou a falar com o índio com uma fluência inesperada, e de novo virou-se para nós, para traduzir o que ele tinha dito. "Não é preciso ter medo de cachoeiras neste trecho da travessia", disse Orellana. "Wayana diz que o rio é cada vez mais largo só porque está fluindo por um leito mais plano." Mas o índio também não conseguia esclarecer quanto tempo mais viajaríamos pelo rio. Enumerou os povos que viviam nas margens, e de novo Orellana nos falou de cidades e fortalezas, de plantios e tesouros. "Por enquanto, vamos nos alegrar por cumprir esta viagem de reconhecimento", dizia Orellana, "e vamos pedir a Deus que um dia a gente possa voltar com armas e provisões para dominar estas margens e arrebatar seus tesouros". Mas não creia que era verdade o que Orellana dizia de cidades e reinos. Eu duvido que muito disso exista. Naquela altura, Orellana inventava o que atribuía ao índio, e se virava para a tripulação apavorada e enferma, para dar ânimos através das revelações que obtinha da boca do índio.

Para ele, não bastou ter falado das amazonas que montam em tapires e dominam os povos das margens. Falou de aldeia de gigantes, que utilizam como porretes árvores imensas, do tamanho de torres; mencionou os homens--cães, que são governados por um jaguar que fala; falou de pigmeus, que ele chamava de jíbaros, cujo ofício era caçar índios nas selvas para cozinhar suas cabeças e transformá--las em miniaturas ferozes; falou dos golfinhos rosados do rio, que a cada mês se transformam em homens e raptam mulheres nas aldeias para levá-las para o fundo da água; falou de peixes carnívoros que num instante transformam uma anta em puro esqueleto, mas esses peixes, sim, são verdadeiros; falou de um país de velhos da selva, que se sentam para esperar que o tempo os transforme em árvores; falou da serpente que reina no coração da selva, e de como a pele desastrada que ela abandona é levada em voo pelos pássaros; falou de árvores que choram leite branco, de índios que produzem sal com cipós e sumos da terra, de manchas vermelhas vorazes que avançam arrasando a selva e na verdade são imensos tecidos de formigas; e já não me lembro mais quantas loucuras Orellana contou para nós naquelas jornadas.

Quase um mês depois de estar ouvindo suas histórias, convenci-me de que ele estava mentindo, embora visse a mentira como necessária. O capitão não poderia entender tudo que Wayana ia dizendo a ele. Traduzir de maneira tão fluida e imediata o que diz um índio é impossível sem a ajuda da imaginação. E cheguei a reconhecer histórias que eu já conhecia, histórias que Orellana devia ter recebido, assim como eu, das que Oviedo contava. Histórias utilizadas pelos índios do Caribe para assustar os primeiros viajantes serviam, tempos depois, a Orellana para tranquilizar seus homens pelas selvas desconhecidas. Parecia traduzir, mas na verdade recordava e inventava o que todos nós precisávamos ouvir. Qualquer dado solto, qualquer nome, servia para armar um relato que distraísse a tripulação e alimentasse suas esperanças.

Cumpria seu ofício de capitão: dava aos nossos espíritos um equivalente da mínima alimentação que havia de oferecer cada dia aos nossos corpos. Tempos depois, confessou para nós que muito do que disse naquela parte mais desesperada da viagem era invenção. Para ele, acabou sendo oportuno ter aquele índio de língua desconhecida, para manter elevado o moral da tropa. E no final daquela viagem, o barco inteiro viveu de seus inventos. Eu, que já suspeitava, fiz o possível para acreditar nele, e na minha impaciência quase consegui. Não só dissipávamos temores, mas chegamos a sonhar com as riquezas que íamos deixando ao nosso passo, que tinham esperado bastante e ainda teriam que esperar por nós sabia-se lá quanto tempo.

De repente, tudo mudou.

Certa manhã, antes que começasse a conversa ritual de Orellana com o índio, começamos a ouvir, à distância, o som verdadeiro de uma cachoeira. Quando o vento mudava de direção o murmúrio desaparecia, apenas para reaparecer um pouco mais intenso depois. Orellana ergueu os braços, como para afastar cipós no ar, e tentou refutar de novo o rumor de que estávamos indo rumo ao precipício, mas ele também ouviu o ruído, sentiu alguma espécie de medo, porque não conseguiu disfarçar na nossa frente. A agitação foi crescendo com as horas. De noite já era uma evidência abrumadora que a cada passo nos fazia sentir vizinhos do despenhadeiro, e ninguém sequer tentou dormir, porque o fim de todas as coisas estava logo ali, à nossa espera. Foi como se estivéssemos ouvindo na noite a respiração de uma fera mitológica, e corríamos sem remédio rumo à sua bocarra. O ruído não parou de crescer naquela noite e durante o dia seguinte inteiro, e a noite seguinte, e assim os marujos acabaram rezando a grandes vozes, confessando seus pecados, pedindo perdão a Deus pelas suas culpas, encomendando-lhe seus parentes distantes, e num momento já nem se ouviam as confissões e os credos de todos no meio daquele estrondo de águas enlouquecidas que crescia como se estivéssemos no meio de uma tempestade toda-poderosa, embora nada tivesse se modificado à nossa volta.

O que vimos à distância, no amanhecer do dia seguinte, foi mais desconcertante: lá ao fundo, onde todos temíamos ver aparecer a extensão vazia do precipício, o que se erguia era um grande muro branco. A água se agitou de um jeito estranho e de repente nos pareceu que até o rio queria retroceder. Súbito nos vimos no meio de uma turbulência incompreensível, vinham ondas de lodo, vinham ondas de escombros, avalanches de vegetação, barrancos à deriva sob ventos furiosos, águas enfrentadas, cadáveres de animais arrastados pela crescente, e nossos dois barcos, o solene bergantim espanhol e a nau de loucos que o seguia como um escudeiro segue seu paladino perdido na batalha, eram um par de cascas de noz extraviados numa tempestade.

No meio dos grandes pulos da nau, nossos poucos pertences foram arrastados do tombadilho pela avalanche, e assim perdemos as últimas roupas, as armas e as mais cuidadas relíquias. Até a carta do meu pai, que eu sempre havia conservado com fervor, e a taça de ouro de frei Gaspar, foram arrebatadas pela correnteza. Senti que estávamos a ponto de naufragar, que depois de tantas angústias e esperas chegava a hora final. Perdíamos de vista uns aos outros, convencidos de que a outra barcaça, desmantelada, havia soçobrado sem remédio, mas de repente víamos como ela ainda flutuava, pobre folha combatida pelo temporal, e nos afogávamos na chuva lodosa do rio, e não podíamos fazer nada contra os poderes da imensidão, quando um de nossos companheiros gritou de repente que o barro que seus lábios estavam provando era água salgada.

Então, perdidos no meio da correnteza e encurvados debaixo da fúria dos elementos, todos nós compreendemos que o muro branco que tinha se atravessado na nossa frente não era o estrado do juízo final, mas uma muralha de espuma, e que o estrondo de dez mil elefantes que nos tinha envolvido ao longo de dias era o forcejar de dois titãs, o rio desmesurado e o oceano impossível, e de repente, molhados e incrédulos, mareados, enfermos e loucos de alegria, estávamos afundando nossas mãos feridas e inchadas no resplendor das ondas do mar.

25.

O SAL DO MAR SE CONFUNDIU EM NOSSOS LÁBIOS com o sal das lágrimas, porque nenhum de nós tinha verdadeira confiança em conseguir escapar daquele rio infinito que nos havia arrastado, como feitiço, durante oito meses. E uma coisa foi tocar o mar e outra coisa sair de verdade às suas águas abertas, porque a onda que se forma na desembocadura se retorce mais agônica que uma serpente, e às vezes avançávamos e às vezes estávamos outra vez à mercê dos redemoinhos. Entramos nas águas azuis, ainda arrastados pela força do rio, porque no momento em que triunfa, o rio continua sendo rio por muito trecho do mar. E a primeira parte da travessia pelas águas grandes foi cheia de pasmo e de perplexidade. Pareciam milagres, e claro que eram, o resplendor do dia aberto, o fervor da espuma, o voo deleitável das gaivotas sobre os cascos maltratados dos nossos barcos.

A imensidão já não tinha, para nós, o sabor de estarmos encerrados. Viramos ao oeste, seguindo uma longínqua linha de costa, e sem contar horas nem dias, com a ilusão de que cedo ou tarde seríamos socorridos por uma terra povoada por cristãos. No momento, não sabíamos onde estávamos, quanto ao sul nem quanto ao oeste a serpente de meandros infinitos tinha nos levado, nem quantos reinos havíamos deixado para trás na teia de aranha das selvas impenetráveis. Não tínhamos mapas nem bússola, e foi preciso fazer velas de novo, desta vez com as últimas mantas que sobravam nos barcos.

Olhávamos com vaga curiosidade os litorais misteriosos à nossa esquerda, mundos desconhecidos que não pensamos explorar, numa navegação de cabotagem que apenas reivindica a difusa certeza de ir seguindo a costa, sem nos aproximarmos dela, como se temêssemos a terra firme, e de verdade temíamos, porque o prolongado cativeiro na selva nos fazia temer que a terra pudesse nos agarrar de novo, levar-nos outra vez à sua náusea e ao seu inferno. Às vezes, chegávamos a ver gente: grupos de nativos perfilando-se nas escarpas, diminutas fileiras de seres imóveis olhando com apreensão os barcos nunca vistos, e os deixávamos para trás como sonhos do dia, agora embriagados pelo vento livre do mar, enquanto as pobres velas puídas se inchavam daquele vento grande e luminoso, debaixo do qual procurávamos avançar buscando somente o conhecido.

Durante os primeiros dias, nos sentíamos cheios de uma força nova, o ar de sais e iodos nos encharcava de saúde e juventude, mas conforme aquele clima extasiado, que era a novidade da nossa salvação, foi passando, todos os males que acumulamos em meses de impotência foram aflorando de novo, e nas semanas seguintes ficamos enfermos como nunca antes na viagem. Doíam não apenas as feridas, mas também as cicatrizes mais velhas, as picadas se inflamavam de novo, a cova do olho de frei Gaspar, que parecia curada, tornou a manar um âmbar impuro; Antonio de Cifuentes ficou cinco dias paralisado, sem poder se mover do tombadilho e sem a menor explicação do que o inutilizava daquele jeito. Como se nossos corpos, forçados pelo perigo, tivessem calado por meses e meses medos e dores e de repente desandassem a falar, era assombroso ver como parecíamos mais maltratados e vencidos agora, que nada nos atormentava, do que nos longos meses em que enfrentamos os climas da selva, seus bocejos de tigre, os gritos desconsolados dos pássaros ao anoitecer, a neblina perfurada por lanças ameaçadoras, e o rosto inexpressivo do mundo verde onde acossam o bico afiado e a peçonha, charcos podres e dentes famintos.

Finalmente voltamos o rosto para nos olharmos, e quase pudemos rir da bizarrice em que havíamos nos transformado: a magreza dos corpos somada aos andrajos dependurados neles, a fetidez dos nossos humores e a miséria dos nossos costumes. Mas o incrível do mundo que acabávamos de ver nos dava forças para entender que éramos os resíduos de uma expedição arrogante, sombra e despojo de sonhos absurdos.

Era tarde para sentirmos piedade por nós mesmos, e em vez de compaixão começamos a sentir vergonha uns dos outros, como se cada um fosse o dono do seu fracasso, como se todos os outros pudessem ser juízes severos. Assim recuperamos esses pequenos escrúpulos que tecem todo o orgulho, a vaidade abandonada nas chuvas da necessidade e da privação. Não tínhamos nada, mas éramos como donos do mundo, terra seca favorecida por uma chuvinha breve que já começava a germinar suas primeiras sementes.

Era preciso nos aproximarmos da costa. A água que levávamos não era suficiente, e cada certo tempo desembocavam no mar rios grandes e pequenos, alguns deles vinham de terras altas e apagadas pela umidade, com água fresca para os corpos torturados e os lábios enfermos. Nós nos detínhamos à sombra das palmeiras em praias muito brancas cheias de amêijoas palpitantes, bebíamos a água venturosa dos coqueirais, nossa viagem de náufragos de repente parecia um passeio por terras felizes. Mas cada ilha trazia primeiro esperança, e em seguida desengano; demorava para aparecer algo que nos desse verdadeiramente a tranquilidade de estar voltando ao mundo. Os breves paraísos davam passo de novo a jornadas de inquietação e de pesadelo, e logo os céus começaram a se enturvar, com o presságio de tormentas e vendavais.

Não sei quanto tempo tinha passado quando cruzamos na frente de uns rios quase tão imensos como o que havíamos percorrido, portas cinzentas de um mundo silencioso e secreto. Estavam tão perto uns rios dos outros que consideramos que na verdade eram bocas de um rio desconhecido, que não flui rumo ao leste como o rio das Amazonas e sim rumo ao norte, e que banha em seu golfo uma ilha vastíssima, coberta de selvas espessas e aparentemente despovoadas. Ninguém pensou, nem por um minuto, em explorar a ilha. A primeira coisa que fazem as expedições de descobrimento é limpar algum lado das ilhas para adaptá-lo como embarcadouro: só isso buscávamos em todas as terras que se ofereciam ao nosso passo, e as selvas intocadas não tinham, para nós, nenhum atrativo.

E foi passando por aquelas águas turbulentas que nossos dois barcos se perderam de vista entre a agitação das marejadas, e de repente não tornamos a nos ver. Depois do último descanso nas praias, eu estava no Victoria e Orellana e frei Gaspar vinham no San Pedro, quando aconteceu o extravio. Muitos dias viajamos beirando enseadas misteriosas quando vimos aparecer, à distância, uma ilhota que também nos pareceu indigna de ser visitada. A vegetação não era de selvas ameaçadoras, mas de arbustos secos, e ao fundo suas pequenas colinas pareciam mais cobertas de cardos que de bosques. Mas estávamos no limite da resistência, o mar que tanto nos alegrou ao sair da selva ia se transformando numa nova tortura, e da mesma forma que tínhamos nos sentido aprisionados na enormidade da selva e do rio, começávamos a nos sentir prisioneiros também das águas sem fim e debaixo da solidão dos seus céus. Fomos nos aproximando, temerosos e ansiosos, e alguém notou que aquelas águas azuis e aqueles ventos aprazíveis pareciam ser de terras povoadas por indígenas. Ignorantes de quanto tempo mais haveria que avançar pelo mar sem caminhos, havíamos visitado em vão tantas praias que não nos atrevíamos a alimentar esperanças para evitar novas frustrações. O outro barco tinha ficado para trás, e quando estávamos perto da beira-mar, cinco marinheiros embarcaram numa das canoas e foram inspecionar a terra.

Estava seca, era triste e não parecia dar frutos nem flores. Começaram a caminhar pela orla e remontaram um pequeno promontório de barrancos, quando de repente um deles se inclinou para ver alguma coisa que estava na terra. Um uivo desgarrador saiu da sua garganta, e depois começou a lançar gritos de angústia ou desespero. Os outros quatro correram até ele, sem saber se havia encontrado uma serpente, ou se algum inseto peçonhento tinha gravado seu ferrão no joelho que ele havia posto na terra.

Quando o alcançaram, o homem estava chorando aos gritos, e com os olhos cheios de lágrimas apontava para eles algo que havia na terra e que os quatro precisaram se inclinar muito para ver o que era. Mas bastou que vissem para que eles também começassem a gritar e a chorar, sem saber para onde dirigir aqueles gritos. Porque o que viam na terra seca, uns traços curvos marcados com pontos sucessivos, era a imagem mais incrível que podíamos esperar ver: as marcas milagrosas e recentes de uns arcos de ferro com cravos retangulares. Como se a terra abrisse a boca para falar, aquele rastro no solo não era a pata de alguma fera selvagem, mas o arco perfeito, pontuado pelas cabeças dos cravos, de uma ferradura espanhola. Tínhamos enfim voltado à vida.

Era a ilha de Cubagua, e no outro extremo daquela ilhota ressecada estava o criadouro de pérolas mais famoso do mundo. Quando demos a volta à ilha e chegamos a Nova Cádiz, muitos pensaram que era um barco fantasma chegando, talvez um dos sete bergantins de Ordás que se perderam no golfo de Trinidad, ou uma das duas caravelas de Sedeño que se extraviaram no delta do Orinoco, ou um dos sete barcos piratas que foram embruxados pelas sereias de Maracaibo. Assim tocamos terra no Victoria, o barco grande que fizemos na terra de Aparia, e éramos vinte e nove homens, pálidos e carcomidos pelas pragas, chagados, tumefactos e desoladoramente felizes que saudávamos os que estavam na praia como se fossem uma aparição milagrosa. Só mesmo o fato de termos perdido o San Pedro punha uma sombra negra sobre a felicidade certa de estar voltando ao mundo.

Porém, dois dias depois, feito um espectro emergindo entre a bruma do mar, também o San Pedro apareceu diante das praias de Nova Cádiz. E foi então que os homens daquela costa fizeram rodar o rumor de que havia chegado um barco de homens caolhos, só porque deu-se a estranha coincidência de que os três primeiros que desceram do barco foram o capitão Orellana, Gálvez, o do olho murcho, e o pobre e consumido frei Gaspar de Carvajal, que não pedia que dessem para ele roupa nem comida, mas suplicava com o olho choroso que o levassem ao templo para dar graças a Deus por aquela salvação milagrosa. Não adiantou nada que todos os outros tivessem os dois olhos em seu devido lugar: a história de que havia chegado um barco de homens caolhos se regou pela cidade, e chegou à vizinha ilha de Margarita, e muitos sentiram medo, como se aquela aparição de seres condenados fosse o anúncio de alguma tragédia maior. E como meses depois aconteceu a espantosa tempestade que arrasou Nova Cádiz e pôs fim ao esplendor das pérolas, com o passar do tempo ficamos tatuados na memória daquelas ilhas não como os peregrinos que tinham regressado à vida depois de um longo extravio, mas como os aventureiros marcados pela maldição que trouxeram o medo e a má sorte a uma das cidades mais ricas das Índias Ocidentais.

Dois anos antes eu havia passado por ali no barco do capitão Niebla, e vi aquelas ilhas como terras normais, ricas em dores e em pérolas. Para quem ia buscando terras fabulosas e tesouros supremos, Margarita foi apenas um bosque perdido no mar; para quem vinha agora da derrota e do medo, Margarita era uma das terras mais felizes do mundo, e ali, de noite, eu me dizia, ao mergulhar no sono em uma cama dura mas limpa, num ar cálido porém sereno, ouvindo vozes tardias pelos bosques, que é muito melhor dormir feliz numa cabana indigente que dormir para sempre aos pedaços numa cripta de ouro.

E a serpente fechou outro de seus anéis, porque uma das pessoas que nos receberam em Cubagua, e nos ajudaram a superar a prostração da viagem, foi Juan de Castellanos, o poeta. Fico de verdade contente ao saber que você conheceu Juan de Castellanos em Sierra Nevada. Naquele tempo, tínhamos a mesma idade e nos entendemos de saída. Era um rapaz de grandes olhos andaluzes, nervoso e alegre como um pássaro, com mãos rudes de trabalhador dos campos e com uma memória endiabrada, que recordava tudo o que diziam a ele, que conhecia todo mundo, que cantava até a meia-noite nas festas debaixo da paineira grande de Margarita, e que, para meu assombro, tinha conhecido Oviedo em San Juan, na casa do famoso bispo Manso, numa das viagens que meu mestre fez à ilha de Borinquen.

Vai ver, é porque ainda somos tão poucos nas Índias, mas é coisa de magia o jeito que a gente encontra conhecidos em tudo que é canto. E me comove saber que foi Castellanos que acompanhou você nas suas viagens pela nova Pamplona e na sua descida até Santa Marta; saber que ele ainda está vivo, saber que goza de saúde depois de tantas viagens, e que continua empenhado em converter todas essas histórias em cantos, porque no mundo que a sorte nos destinou, ninguém sabe o que será da sua vida à mercê das selvas, dos índios, dos mares e dos anos.

Ninguém estava mais maravilhado com as peripécias da viagem pelo rio, mas foram outros viajantes que contaram a ele a nossa aventura. Eu ainda não tinha começado meu ofício de moer e remoer o grão daquela viagem, mas adorava os relatos, e Castellanos, que talvez nem tenha sabido meu nome, me chamava sempre de "o contador de histórias". Cuidou de nós como um enfermeiro e como um irmão, e passou noites inteiras falando com frei Gaspar debaixo do revoar das tochas. Foi em Cubagua que ficamos sabendo que Francisco Pizarro tinha sido assassinado, mas ninguém sabia que Gonzalo tinha entrado nos tribunais contra Orellana, acusando-o de ser traidor e ladrão. Frei Gaspar adivinhava que haveria rancores, e mostrava avidez por viajar para o Peru, talvez para ser mediador entre primos e suavizar a possível cólera de Pizarro explicando a ele direitinho o que tinha acontecido. Não queria se dar nem um dia de descanso, sem entender que mais parecia um cadáver insepulto que um embaixador de bons ofícios.

Naquela altura, eu ignorava que rumo dar à minha vida. A fortuna sonhada estava mais perdida do que nunca. Aqueles homens, de quem alguma vez tinha dependido minha herança, naquela altura já estavam tão distantes como meu próprio pai: Pizarrro, o marquês, prestando contas diante de juízes insubornáveis, e Gonzalo transformado em nosso maior inimigo. Três anos de ausência não tinham me rendido benefício algum, e além disso tinham levado a minha fé. Digo a você o que todo náufrago sabe: depois de um longo extravio, e mesmo que a gente esteja a salvo, existe alguém no fundo de nós que continua perdido na ilha do naufrágio, que continua, sem remédio, na selva, e ninguém consegue consolar esse náufrago. Porque cada momento é único, e aquele que alguma vez fomos não saberá nunca se no final nos salvamos. É como se ele continuasse ali, no fundo, pequeno e solitário, numa espécie de margem eterna que ele não consegue mudar, aquela margem que só o esquecimento pode purificar.

Minha situação era a mesma de quando saí de La Española, mas eu já era outro. A vida tinha me mudado, e também me dava trabalho entender em mim aquele rapaz que deixou Amaney sozinha, na praia, na ilha, sem ter dado a ela nem o consolo de uma palavra.

26.

QUASE TÃO DURO COMO MINHA VIAGEM DE DEZOITO MESES pela selva e pelo rio foi chegar a La Española, semanas depois, com os lábios ainda cobertos de crostas pela febre e a pele lacerada pelos insetos. Achei que tinha perdido tudo porque não havia conseguido a herança do meu pai, e porque diante da crueldade de Pizarro também havia perdido a confiança nos homens; mas essas ilusões trocadas por desconfianças eram apenas o prelúdio das perdas verdadeiras. O que restava da minha infância tinha morrido na viagem, o coração dos humanos me parecia mais cruel que o rio, e voltei a La Española buscando meus anos jovens, a inocência de uma idade sem pressentimentos, só para encontrar a tumba de Amaney, diante de um canavial.

Tinha conseguido que ela não tivesse importância para mim enquanto eu perseguia o ouro irreal do meu pai nas serras do Peru, enquanto seguia Gonzalo Pizarro pelo dédalo das selvas avermelhadas. Descendo na incerteza pelo rio, muitas vezes pensei nela, porque a língua de Wayana me fazia recordar a dela, porque graças a ela estavam em mim, sem eu saber, as lendas da água, e em alguns momentos senti a necessidade daquele abraço protetor que na infância me consolava das armadilhas da noite e do medo. Conforme me aproximava de novo da ilha senti que a rejeição tinha ido se transformando em reivindicação, a inquietação em certeza: agora me fazia falta o abraço do mar, o amor das ilhas. Busquei minha ama de leite índia, sentindo o contraste da ternura que ela tinha me dado com a rudeza que eu havia encontrado na viagem. Sem perceber, naqueles longos meses de angústia com Pizarro e de desespero com Orellana, a certeza de que na ilha restava um rincão de confiança me sustentava entre as águas que fervem de criaturas e dos céus que têm pele de serpente. Voltei para descobrir que tinha perdido tudo aquilo definitivamente, e então compreendi, com essa maneira implacável que a morte tem de nos mostrar as coisas, que eu sabia desde o começo que Amaney era minha mãe, que não tinha ignorado isso nem por um único dia.

Agora, era tarde para sempre. Oviedo, que em geral menosprezava os índios, tinha disposto que Amaney repousasse numa tumba alta sobre a baía. Foi a primeira vez que uma índia das ilhas teve um sepulcro cristão. Visitei o túmulo piedoso onde seu corpo repousava, diante do mar muito azul, e não pude impedir que eu comparasse aquele lugar com o outro, onde repousam os ossos do meu pai, diante do mar do Peru. Depois deixei correr minhas lágrimas sem tempo e sem pensamentos, e liberei nelas o silêncio acumulado em meses de pânico pela selva e pelo rio. No final, sem rumo e sem raízes, num dia enorme, mas morto para a esperança, eu disse a ela, à terra que foi ela, às árvores que agora eram ela, tudo que havia guardado no coração. Ao longo de longos dias falei com meu sangue, caminhando sozinho pelas colinas secas, diante da indiferença do mar. Amaney, minha mãe índia, minha mãe, tinha morrido sozinha como morreu sua raça, sem sequer se queixar, porque não havia no céu nem na terra nada onde pudesse se queixar, abandonada pelos seus deuses e negada pelo seu próprio sangue.

Não tive forças para me sentir culpado. Tratei de inventar alguma coisa contra a paz de pedras que estava se acumulando na minha mente, e senti uma necessidade urgente de abandonar a ilha, de abandonar as Índias que tinham me feito nascer na sombra e na impostura, que me lançaram no incerto, por um mundo ainda sem caminhos, perseguindo torres de vento, e que agora me jogavam, como um pedaço de galho a mais, na praia. Só me restava uma porta. Tornei a procurar Oviedo em sua fortaleza de pedra, para uma vez mais pedir sua ajuda.

Oviedo me viu chegar e entendeu tudo. Em vez de cumprimentá-lo, fiquei calado ao seu lado durante muito tempo, e ele teve a nobreza de escutar meu silêncio, como um longo e minucioso relato. Eu sabia de sobra que ele era um homem ávido por notícias e bem informado, mas ainda assim me surpreendeu que ele conhecesse a nossa história quase melhor que eu. Não fazia três meses que tínhamos saído pela boca grande do rio, navegando sobre a onda que se retorce feito serpente, e Gonzalo Fernández de Oviedo já sabia tudo: como fracassou a expedição da canela, como Pizarro ficou abandonado na selva, como era o bergantim que os oficiais construíram, como descemos na primeira ilha das Tartarugas, como era o segundo barco que construímos no meio da viagem, como a flechada chegou ao olho vigilante do frei Gaspar. Só não sabia, e eu também não, se as amazonas que nossa expedição viu eram da mesma raça que Aquiles viu, e se fazia a pergunta que tantas vezes eu mesmo me fiz desde então: se nossa salvação tinha se devido a um acidente ou a uma traição.

Um mês antes, ele havia recebido uma carta detalhada de Popayán, cujo autor não me contou quem era, e essa carta contava a ele nossas derivas e tormentos, e também tinha acabado de saber algo que nós não sabíamos: qual foi a sorte dos homens abandonados na selva. Só então soubemos, Orellana e eu, que Pizarro havia se salvado, que dos cento e oitenta que deixamos uns setenta homens tinham conseguido voltar pelo caminho das selvas pestilentas e regressar em escombros para Quito, e que Pizarro tinha acabado de abrir um processo nos tribunais do imperador contra seu primo Orellana, por alta traição e roubo de um barco, e que ao chegar a Lima de seu naufrágio em terra firme, o capitão tinha topado com uma notícia mais amarga que o fracasso da expedição: o assassinato de seu irmão Francisco Pizarro por partidários do filho de Almagro. O sócio traído mandava, lá do inferno, cobrar a conta.

Oviedo era uma criatura mitológica. Parecia ter centenas de olhos e ouvidos: sabia tudo primeiro que todos, e sempre melhor que ninguém. Eu podia saber a data de meus encontros com ele pelas notícias ouvidas de seus lábios, e agora ele estava escrevendo um relato da nossa aventura. O que para nós ainda era pesadelo e desgraça, porque estavam vivos na pele e na memória chagas e espantos, para ele já era um feito histórico que ninguém esqueceria, a descoberta do maior rio do mundo e da selva impossível que o nutre e protege.

Eu continuava compartilhando as perdas de Gonzalo Pizarro; ao meu regresso do falso País da Canela, também tinha encontrado uma notícia fatal. Não via a grandeza da nossa viagem nem o memorável da nossa aventura; não senti que fosse possível chamar de façanha deixar-nos levar por um rio e escapar das flechas de seus deuses. Para mim, que vagava pelos litorais feito sombra sem corpo, a morte de Amaney era a única consequência daquela aventura: inflou cada hora do caminho e encheu de silêncio seu desenlace.

"Mestre", me ouvi dizendo a Oviedo, "quero buscar as terras do meu pai; quero ir visitar seu mundo europeu". Eu não falava de uma viagem desejável, e sim da única fuga possível. "Não vejo ocasião melhor", respondeu. "Você formou parte de um descobrimento assombroso, e muitos na Corte estão interessados em conhecer você." "Não conheço ninguém lá; o que posso eu buscar na Espanha, se de lá as pessoas fogem imaginando nestas Índias tudo que falta a elas?", disse a ele. "Pois para você já é um consolo saber que não vai procurando riqueza", respondeu ele, "vai tentar entender quem você é, já que para conhecer você não bastou o mundo em que nasceu. Lá se interessarão pela viagem que você fez, de você depende que depois saibam apreciar outras coisas. O futuro é filho dos atos".

Pediu que eu voltasse em uma semana, prometendo preparar para mim uns contatos em terra europeia. Eu sabia que não era possível estar à sombra de árvore melhor, e naquela mesma tarde, depois de sair da fortaleza, caminhei pela beira do mar, repassando tudo que sabia daquele homem, já tão velho, cuja vida se confundia, para mim, com todos os episódios desta nova idade do mundo.

27.

Aos 64 anos Oviedo ainda manejava poderosas influências na Corte, onde havia vivido desde criança. Você vai se surpreender ao saber que hoje, quase aos 80 anos, continua sendo alcaide da fortaleza de São Domingos, roída pelo vento do mar, como antes foi senhor em terra firme, governador em Cartagena das Índias, e faz quarenta anos regedor de Santa María la Antigua del Darién, na região do lagarto e do trovão. Se eu contasse a você o que foi a vida dele, você ia achar que estou inventando. O destino escolheu Oviedo muito cedo para ser o enlace entre dois mundos. Era um dos mil e duzentos homens que saltaram dos vinte e dois barcos da armada de Pedrarias Dávila, aqui, em terras de Castilla de Oro, quando nem você nem eu tínhamos nascido, e veio portando o estranho título de "escrivão de minas e de crimes", sobre esse oceano que mal tinha sido descoberto e que começava a mudar seus cantos de sereias por lendas de sangue.

Ninguém entre aqueles milhares de rostos podia ver no oceano o que ele via, porque em Oviedo estavam os livros e as leis, as cerimônias da corte e o coro dos séculos da Espanha imperial. Muito do que a vida negou a você e a mim foi dado de mãos-cheias a esse ancião que recebeu em sua primeira idade toda a memória do Velho Mundo, e em seus anos maduros toda a estranheza do mundo novo. Não é pouco, para quem viu o céu povoado pelos anjos da tradição, ver depois o abismo marinho sacudido pelas naus aventureiras. Devo admitir, apesar do meu respeito pessoal, que ele nunca teve, diante dos indígenas, o olhar compassivo de frei Bartolomé de Las Casas e de outros clérigos. Ele os julga com severidade, e foi sempre partidário de uma conquista militar, mas não foi nunca um criminoso como muitos outros, e, além de que pessoalmente eu deva tanto a ele, para mim seu amor por essa terra desculpa ou suaviza seus fatais erros humanos.

O passado era ainda mais profundo, porque na sua adolescência, meio século atrás, debaixo das estrelas de outra idade, Oviedo presenciou a chegada de Colombo a Barcelona, de regresso das Índias, depois de atravessar o país inteiro buscando os reis para dar a eles a notícia de seu descobrimento, com assustados cativos de pele canela, com pássaros de um verde vegetal, com montões de animaizinhos de ouro e longas cordas com pérolas e cheias de nós. Mas, embora pareça incrível, ainda antes, aos 11 anos, do alto de um potro branco, sendo camareiro do príncipe Juan de Castilla, Oviedo havia visto a queda de Granada nas mãos dos Reis Católicos, e a partida, entre gemidos, dos sultões mouros rumo ao seu exílio nas areias da África.

Escolhido para ser testemunha de tudo nesta idade do mundo, viu nascer a Espanha sob as espadas unidas dos Reis Católicos, que não se chamaram desse jeito pela sua piedade, mas porque, sendo primos carnais, o cardeal Rodrigo Borgia exigiu deles, a troco de legitimar seu matrimônio em Roma, que se transformassem no martelo da religião católica contra os infiéis, e exaltassem, como princípio unificador da sua nação, a pureza do sangue. Por isso uniram os reinos, cravando neles com firmeza a cruz de Cristo, e expulsaram como nuvens de corujas e de andorinhas os judeus e os mouros que durante séculos tinham vivido na península.

Oviedo viu de tudo naquelas auroras violentas, e viveu em Milão, quando tinha 20 anos, na corte refinada de Ludovico Sforza, onde conheceu o maior pintor que houve antes de Ticiano, o belo Leonardo, que para o meu mestre era apenas um exímio cortador de papel, porque rivalizava com ele nessa destreza fantástica. Antes de se deslumbrar com as Índias, Oviedo havia, sim, visto prodígios. Na corte italiana se moviam artistas como Andrea Mantegna, pintor de pedras que sofrem e árvores que gritam, e Ludovico Ariosto, que tempos depois ofereceu ao imperador um livro agitado de sonhos, em que grifos de grandes asas de águia e garras de leão sobem voando rumo à Lua crescente.

Mas o providencial para mim foi que em Roma, nos primeiros anos do século, Oviedo tinha conhecido um jovem poeta chamado Pietro Bembo. O poeta acabava de perder o amor da sua vida, uma princesa lasciva de 18 anos que preferiu continuar com o marido e não insistir nas brincadeiras eróticas com aquele rapaz que a levava em versos ao céu cristalino, e a glorificava em prosa vulgar, contra o prestígio de mármore da língua latina. A amizade de Oviedo ajudou aquele rapaz a superar o luto, e digo que isso foi afortunado para mim porque tantos anos depois, graças a essa amizade, seria o venerável Pietro Bembo meu contato com o mundo europeu.

Eu sei, melhor que muitos, que a Espanha é o mundo, mas às vezes me assombra pensar que atrás de cada façanha espanhola tem sempre um italiano: atrás do descobrimento das Índias a teimosia de Cristóvão Colombo, atrás dos poemas de Boscán e de Garcilaso as insistências do embaixador Navaggiero e as músicas de Petrarca e de Dante, e atrás das crônicas do meu mestre Oviedo, o gênio verbal de Pietro Bembo, que depois me deu a honra de ser meu amigo pelos salões e praças de Roma.

Antes que Oviedo viesse para as Índias, Bembo já havia dito a ele, em Ferrara, que as novas histórias do mundo mereciam ser contadas numa língua nova. "Não vamos contar em latim as lutas presentes", disse a ele, "pois os leitores já falam outras línguas. E não apenas as guerras e os descobrimentos, mas o próprio amor e seus milagres deveriam ser cantados em línguas vulgares. Dante entendeu isso antes que qualquer um, e descreveu os reinos infernais, e os terraços de lamentos, e o encontro com Beatriz aos olhos de Deus, não no latim de Virgílio ou de Catulo, mas na língua dos currais e dos mercados. Já não tentamos aproximar a divindade da vida, mas mostrar que o divino repousa nela desde sempre".

Foi seguindo seu exemplo que Oviedo recolheu em castelhano tudo que era oferecido aos seus olhos por Castilla de Oro e o Novo Reino de Granada, cada animal, cada árvore, cada capitão e cada façanha, e continuava fazendo isso na fortaleza grande de São Domingos, onde me deu de presente sua memória incrível. E em castelhano se animou a urdir, em meio às suas viagens, o único romance de cavalaria que foi escrito no Novo Mundo: *Libro del muy esforçado e invencible Cavallero de la Fortuna propiamente llamado don Claribalte*, que eu li ao seu lado, e que ele havia editado em Valência em 1519. Não era uma grande história, mas aqueles personagens que iam e vinham, de Londres a Paris e dos duelos aos amores, devem ter ajudado que ele se distraísse com lembranças de cavalaria agora que o mundo que o rodeava era de iguanas de crista furta-cor, de coisas venenosas que saltam, de longas praias entulhadas de escombros de árvores mortas e de nuvens de louros falastrões que enchem o céu. Um dia ergueu o olhar e viu as Índias como ninguém as havia visto antes; e desde então cada coisa do Novo Mundo mereceu sua descrição e seu assombro, e já não pensou mais em romances de cavalaria.

Você se distraiu? Ainda me ouve? Eu sei que você não é um homem de livros, mas não posso deixar de me entusiasmar recordando meu mestre, que a estas horas continua escrevendo suas histórias sem fim na fortaleza grande, na frente do mar que se agita como um peixe, e ao lado do rio manso onde os galeões cabeceiam. Você deveria ler a *História geral e natural das Índias*, em que Oviedo mostrou muitas das coisas que se encontram pelo rio e pela selva.

Você já cruzou o oceano uma vez e sabe o que isso significa. Eu, que cruzei duas, tenho outras coisas para contar dessa travessia. Mas Gonzalo Fernández de Oviedo, nos sessenta anos que se passaram desde o descobrimento, rasgou o oceano dez vezes indo e vindo, e demorou aqui seus olhos em cada árvore e em cada lagarto, e se poderia dizer que viu Deus neles, porque é até agora a mais paciente testemunha espanhola de tudo que as Índias nos depararam.

Ele também não gostava dos Pizarros: conheceu Francisco quando ele não era mais que um aventureiro sem sorte, aqui, nas terras de ervas daninhas do Panamá, e viu nele o selo da felonia. Talvez porque viu logo cedo como ele descabeçou Balboa, ou porque Diego de Almagro, que era seu grande amigo, foi a mais flagrante vítima da traição do marquês. Por isso me contou com tom satisfeito que Pizarro havia sido assassinado pelos partidários do filho de Almagro, e foi quando recordei uma discussão que Oviedo chegou a ter com meu pai na fortaleza, anos atrás, quando ele defendia Almagro e meu pai defendia Pizarro, e depois de palavras acaloradas os dois se abraçaram e prometeram ser amigos apesar da loucura dos outros.

Uma semana mais tarde, quando voltei a visitá-lo, Oviedo tinha escrito uma carta de trinta e duas folhas dirigida a Pietro Bembo, seu amigo de outros tempos. Sua proposta era que eu viajasse para a Itália, em cumprimento de uma missão encomendada por ele como autoridade da ilha, e procurasse em Roma o ancião Bembo, certo de que aquele amigo se encarregaria de me ajudar naquele mundo desconhecido. A carta não era apenas um pretexto para me apresentar: contava em detalhes o que foi a nossa aventura pelo rio e pela selva, ou seja, não era algo diferente do que eu contei a você neste longo dia, nestas praias buliçosas, enquanto esperamos um barco que nos leve aos portos peruanos.

Pôs a carta nas minhas mãos, e também uma bolsinha de ducados que, de acordo com ele, pertenciam a mim, como liquidação do engenho que ele tinha administrado para o meu pai. Abraçou-me sabendo que era pela última vez, verdadeiramente comovido, e se despediu de mim para sempre.

28.

DE VIAGEM RUMO À ESPANHA, EU ME SENTIA orgulhoso de ser portador de uma carta cujo conteúdo conhecia bem, porque Gonzalo Fernández de Oviedo recolheu nela as notícias do descobrimento da selva e do rio que havia recebido de Popayán, o relato mais detalhado de Orellana e os muitos dados que eu havia confiado a ele ao chegar à ilha. Não levava ao Velho Mundo só a memória das minhas aventuras, mas uma crônica escrita pela maior testemunha daquela época, e me dizia no barco, sem saber que aquelas palavras eram um código misterioso: "Não trago apenas a memória, mas o texto".

Alguma coisa acontece ao navegar pelos mares das Índias a desafiar o grande abismo. Para mim, o oceano separava dois reinos, mas também duas idades do mundo; me parecia ver partes irrenunciáveis de mim serem divididas por um grande silêncio. Pareceriam os reinos da Europa aquilo que Oviedo tinha me ensinado? O que veriam em mim aquelas gentes acostumadas a guerrear contra tudo que é diferente? As sombras tornavam a me infligir visões do rio, fantasmas da selva, e uma noite, já ao final daquela viagem, vi em sonhos as ruínas de Quzco movendo-se sobre a montanha, como tentando recompor o jaguar de ouro que alguma vez tinham sido. Mas o jaguar foi apenas um monstro da cor das pedras e da cinza, que conseguiu lançar um rugido no alto da montanha e que desmoronou de novo em pedaços antes que eu saísse do sonho para ver amanhecer à distância sobre a costa da Espanha.

Ninguém naquelas cidades podia compartilhar comigo o assombro que todas as coisas produziram em mim. Eu havia nascido numa aldeia espanhola, mas como comparar aquele porto de São Domingos com a imensa Sevilha, a sufocante capital do mundo, com seu rumor de línguas e de ofícios, seu fragor de colmeia, seu esplendor e sua imundície, tantas árvores novas e cada uma menos enorme, mas curiosamente mais visível que as árvores amontoadas das Índias? E o que mais me impressionou desde o primeiro dia: a sensação de velhice de todas as coisas, as camadas sobrepostas dos séculos nas praças, os palácios, as torres e as impressionantes igrejas que querem fazer seus fiéis sentirem uma espécie de gosto prévio da imóvel glória celeste.

Toda aquela gente estava tão concentrada em seus assuntos, convencida que seu mundo era o mundo inteiro, que logo compreendi que as Índias não cabiam na vida cotidiana daqueles reinos, e que eu mesmo era um pouco invisível. Ninguém podia perceber os rios do meu passado, nem os trabalhos dos meus anos, nem aquele longínquo mundo de palmeiras e ventos, as cidades sagradas e as estirpes mitológicas que corriam pelo meu sangue, e que agora, por contraste, se faziam mais visíveis para mim. Lá, mais que na selva, conheci o frio profundo da palavra solidão, que, num sentido inverso, deve ter sido o mesmo que os aventureiros sentiram ao enfrentar os reinos incompreensíveis do outro lado do mar, seus templos de jaguares e serpentes, os muros laminados de ouro dos reinos do Sol. E lá vivi o mais estranho dos sentimentos de um filho de emigrantes que nasce em terra alheia e que volta à terra dos pais: não ter saído nunca, mas estar regressando.

Mal me dei tempo de apreciar a multidão de Sevilha, os palácios belos, a catedral erguendo suas agulhas ao céu ofuscante do inverno, porque uma missão precisa me obrigava a embarcar com urgência. E foi naquele momento que você e eu estivemos mais perto de nos conhecer, porque pelo que você me conta poucos meses depois chegou a Sevilha com os homens do vice-rei Blasco Núñez de Vela, buscando o barco que traria você a Borinquen. Então, percorremos a cidade na mesma época, embora eu tenha permanecido pouco tempo naquela colmeia tão diferente a tudo que eu havia conhecido antes. Recordo que uma tarde olhei a torre formidável que tinha sido o minarete de uma mesquita, e que agora era o *campanile* de uma catedral católica, e tive a necessidade de me aproximar e tocar suas pedras e sentir nelas a reverberação de um mundo perdido. Voavam sobre a Giralda as gaivotas do Guadalquivir, e sobre a praça empedrada alguém varria em vão as sombras das flores que incendiavam as fachadas brancas.

Aquela era a terra do meu pai. Onde, porém, buscar suas pegadas? Não correria eu o mesmo perigo que corri no Peru, buscando alguém sem saber direito quem era? Em Lima, persegui os passos de um herói e temi encontrar um traidor, agora nos reinos andaluzes procurava um cristão velho e senti o temor de me encontrar com um mouro convertido, de descobrir que pelas minhas veias só corriam sangues proscritos. Fiquei alarmado (a você, que é meu amigo, posso confessar) com o deleite que provocavam em mim as marcas dos mouros: os arcos dos edifícios, o desenho das fachadas, os frescos átrios de azulejos; até a frescura da palavra *azul* parecia ter um sentido perigoso e fascinante naquele mundo cristão tosco e implacável, muito menos delicado que tudo que deixaram nele os que dele fugiram. Recordo o lugar onde me hospedei em Sevilha naquela ocasião, e como a primeira coisa que vi foi uma estante de madeira talhada onde havia duas adagas de Albacete, e umas tesouras de gravados finos nas folhas, de pontas muito agudas e com um cabo de meias--luas que delatava por completo a sua origem.

Tudo na Espanha está axadrezado de mouro, imbricado de desenhos geométricos, os móveis, os pisos, os chapeados metálicos, as grades e fechaduras. Apagar esse passado exigiria arrasar coisas que até os cristãos olham com orgulho. Você sabe muito bem que a primeira coisa que Carlos V fez depois da sua boda com Isabel de Portugal foi visitar a cidade que seus avós tinham reconquistado, passar sua noite de bodas na Alhambra e engendrar ali o filho de seus amores, o futuro rei Felipe, como se confessasse em segredo que ninguém conseguiria governar a Espanha se não criasse raízes, de um jeito ou de outro, mesmo que através de símbolos, nesse passado nítido e luminoso como um arco de lua.

Para trás ficaram os muros e os comércios e os conventos e os quartéis e as ciganas e os mendigos e os gerânios e as fontes e as ruas perfumadas de flor de laranjeira; e a Torre do Ouro, na distância, tornou-se uma pitorra mínima quando embarquei de novo pelo Guadalquivir à procura do barco que me levaria até a Itália. Senti que estava há anos sem baixar de um barco, mas era muito diferente aquela navegação da que padecemos pelo rio, debaixo de velas improvisadas com roupas velhas e mantas mal cosidas, porque as naus que percorrem o Mediterrâneo têm, sim, o esplendor do império, o casco pintado de vermelho e ouro, os mascarões da proa feitos por grandes entalhadores e pintados com arte, as velas com emblemas de cruzes vermelhas e águias azuis girando no vento, os canhões de bronze com máscaras de leões e acantos, e a fileira simétrica dos remos movendo-se ao ritmo da chibata como um mecanismo de relojoaria.

Foi naquela viagem que tive pela primeira vez consciência do poderio do império, porque perto do golfo de León avistamos na distância o povoado de castelos flutuantes da Armada Imperial. Mais tarde, tive tempo para ficar sabendo que, depois da sua amarga derrota em Argel, o imperador tinha voltado para a Espanha para deixar a metade do seu reino nas mãos do seu filho adolescente, e que após uma longa viagem atravessando a península havia chegado em Barcelona para embarcar, rumo também à costa da Itália. A Catalunha estava açoitada por bandoleiros sem entranhas, mas o pior é que aqueles meliantes eram financiados pelos altos senhores da nobreza. Depois de legislar contra eles, Carlos V deu-se ao vento com sua frota de cento e quarenta navios, entre os quais se destacavam como joias cinquenta galeras, e todas aquelas proas apontavam para o porto de Gênova.

Era a primavera do ano 43. O ano em que Carlos V se reuniu com Paulo III em Cremona, para firmar o contrato que cederia o Milanesado à corte papal a troco de dois milhões de ducados, uma soma que ele necessitava com urgência para financiar a guerra nossa de cada dia. Na Europa aprendi que Carlos V só acabava uma guerra para começar a seguinte, e que até seu filho Felipe se desesperava pelas contínuas demandas de dinheiro que seu régio pai fazia, porque a existência dos que tratam de viver em paz só tem perdão se seus impostos financiam a guerra insaciável. Mas as rixas, as travessias, os conflitos religiosos e civis, as batalhas que pisoteavam os povos, as alianças matrimoniais, as rupturas sangrentas, os assédios às fortalezas, o mar avermelhado pelas espadas, os avanços e retrocessos, os saqueios, os incêndios, as chuvas de sangue e de lágrimas, só obedeciam aos três grandes problemas que cobriam de brumas os pensamentos de Carlos V: Mahomet, Lutero e Francisco I. Uma religião hostil, o cisma no próprio seio do império, e uma nação inimiga.

Em suas matanças por terras e mares sobre os turcos de altos turbantes, em seu esforço para impedir que a rebelião de Lutero afundasse a Igreja de Roma e alentasse a sublevação dos príncipes alemães, e em seus infinitos movimentos bélicos contra os franceses, através de um continente arruinado pelos machados e pelos fogos da guerra, compreendi que estas Índias não tinham para o imperador outro sentido que aliviar as finanças da Coroa, sua inesgotável necessidade de ouro e de prata. Quando se transformavam em outra coisa: denúncias dos clérigos pelas atrocidades da Conquista, exigências de recursos para financiar as expedições, insurreições de rebeldes como os irmãos Pizarros, Carlos V montava em cólera feito um possesso, e para ele a realidade dos reinos de ultramar parecia um pesadelo.

Feito uma nuvem fantástica, a frota real desapareceu na distância. Navegamos perto de um rochedo que era uma catedral imensa com muitas palmeiras, cruzamos entre ilhas negras ao amanhecer, e num meio-dia de primavera chegamos à costa da Itália para enfrentar a cavalgada final.

Eu não tinha acabado de tirar dos sonhos o lodo do rio e já estava às portas da cidade da Loba.

Roma, aos meus olhos, estava demasiado viva e demasiado morta. É bonito ver uma cidade viva e poderosa, mas também é bonito ver o cadáver de uma cidade sublime. Na primeira noite, eu andava tão assombrado que pensei que os gatos miavam no céu, mas eram as gaivotas de Roma que voam queixando-se sobre as ruínas do fórum imperial. Pelas ruelas negras que a luz pontual das tochas mal e mal alivia, busquei a hospedaria que Oviedo havia me recomendado, mas não a encontrei. Haviam se passado mais de trinta anos desde a visita do meu mestre, e se tão pouco tempo não muda nada na pele formigante da coluna Trajana, na escura Boca da Verdade ou nas colunas quebradas do Palatino, muda tudo no diário viver de negociantes e clérigos. Num albergue perto do Tibre me receberam depois da meia-noite, e ali tive minha primeira troca de frases em latim com aventureiros de passado mais turvo que o meu.

A segunda cidade da qual me lembro também me chegou nas palavras: era a descrição da Roma imperial que eu tinha lido nos livros da biblioteca de Oviedo. Eu podia enumerar, como se os tivesse vivido, uns lugares precisos de quinze séculos atrás: termas de Diocleciano visitadas por cônsules gordos e solenes, jovens soldados gritões celebrando diante do templo de Marte, a paisagem imponente do recinto semicircular do teatro de Marcelo, diante do rio, com uma ponte para passar para a ilha Tiberina. Parecia que eu conhecia tudo aquilo, grupos de mulheres na frente dos maciços de ciprestes e envoltas num vento de plantas medicinais ao redor do templo de Esculápio, no extremo da ilha, que tinha a ponta de pedra como a proa de um barco; e o templo retangular de Júpiter Máximo, com seus arúspices e suas vestais, onde vigiavam dia e noite os intérpretes do voo das aves no alto do penhasco. Eu pensava nos arcos sobrepostos do grande aqueduto de Cláudio, nas termas fumegantes de Trajano diante das termas de Tito, na severa avenida dos atletas, a dilatada calçada central onde se sucediam monumentos de mármore, arcos e estátuas e colunas e monolitos, ao longo da arena do Circo Máximo, cheia de gladiadores de pele azeitonada, no pórtico de Pompeu diante do Odeão de Domiciano, onde os jovens músicos ensaiavam, na estátua excessiva de Nero diante do arco de Constantino, nos inquietantes lupanares sagrados que havia um pouco além do mausoléu de Adriano, e até nos adivinhadores e nos vates que deram seu nome à colina vaticana.

Mas, de novo, o que vi foram ruínas: o casco mordido do Coliseu, os capitéis degolados, juntas de bois arando a terra onde se erguiam a academia de Júpiter Politano e o colégio das Virgens Vestais. E, à diferença de Quzco, aqui eu não podia atribuir aquele desmoronamento a alguém: via-se as devastações do tempo, mas já não se via suas mãos. Tinham construído outra cidade: igrejas imensas se erguiam sobre os mármores humilhados, e subindo as empinadas escadarias de São Pedro Acorrentado era possível encontrar coisas tão prodigiosas como foram as da Roma antiga: sobretudo aquele Titã a ponto de se erguer, o Moisés indignado de olhos de fogo, cuja força é a própria força da Ira.

Ainda faltava me encontrar com algo mais poderoso que os edifícios e as relíquias de Roma: seu espírito, e foi isso que achei nos palácios do outro lado do Tibre, à sombra da cúpula do templo maior da cristandade, quando encontrei aquele ancião para quem eu levava desde La Española a carta de Oviedo.

29.

POUCA GENTE SABE QUE O PRIMEIRO LUGAR DA EUROPA onde se soube do encontro com as amazonas foi nos luxuosos palácios do Vaticano, e que os primeiros que falaram do assunto, com os olhos brilhando de assombro e, às vezes, de luxúria, foram os velhos cardeais de Roma. Bembo já não era o rapaz atormentado que meu mestre Oviedo recordava: havia nascido em Veneza setenta anos antes, e acabava de se transformar no cardeal Pietro Bembo, guardião das chaves do trono e secretário-geral de Alexandre Farnésio, que em 1534 tinha subido ao trono com o nome de Paulo III.

Bembo tinha sido leal servidor de três papas, e essa pode ter sido a razão para que nenhum deles concedesse a ele o capelo de cardeal. Finalmente a ave sagrada da Trindade havia designado como pontífice um príncipe que Bembo conhecia menos, e o novo papa notou em seguida seus méritos, a utilidade de ter uma pessoa como ele cuidando das muitas encruzilhadas daquela fortaleza de palácios e orações. Ninguém conhecia tanto a cultura clássica, ninguém conhecia como ele ao mesmo tempo os labirintos da língua latina e os sinuosos labirintos do Vaticano, onde espreitam o tempo todo anjos e venenos, orações que abrem o céu e repetidos punhais que apagam o mundo.

Encontrar Bembo, porém, não foi fácil. Ele havia partido com o papa rumo a Cremona, para uma entrevista com o imperador, e isso me obrigou a esperar muitos dias. O encontro daquelas potestades foi cheio de reprimendas amargas, porque as relações entre o império e o papado passavam por um dos seus momentos mais difíceis. A barba prateada do velho papa se bifurcava como seus pensamentos. Sabia que ninguém havia lutado tanto pela Igreja como o imperador, mas sentia também que Carlos V protegia os reformistas e que Lutero costumava sair para defendê-lo quando o papa o criticava em alguns dos seus documentos. Sabia que Francisco I às vezes se aliava com os turcos, mas queria convocá-lo a participar no Concílio que deveria salvar a Igreja dos ataques da Reforma. A Tiara e a Coroa fizeram, uma à outra, amargas reclamações e a mais forte foi quando o papa, enfurecido, recriminou o imperador por sua aliança com Henrique VIII, o pai do cisma anglicano.

Mas o papa não se atreveria a levar longe demais sua oposição e suas recriminações, porque na memória de nenhum pontífice e de nenhum romano se apagavam os fatos terríveis de quinze anos antes, em 1527, quando as tropas do império, furiosas por causa da falta de pagamento pelos seus serviços, e deixadas sem renda por causa da morte do príncipe Carlos, seu chefe, caíram sobre Roma feito uma praga de gafanhotos, e mantiveram o papa preso durante semanas no castelo de Sant'Angelo, até que o pontífice pagou um resgate de 400 mil ducados ao imperador, que fingia estar indignado pelo proceder de suas tropas, mas recebeu com muito gosto o pagamento do sequestro; e saquearam e degolaram e encheram os poços de sangue e as casas de incêndios e as almas romanas de pânico, numa campanha infernal que recordava o arrasamento da cidade de Montezuma e a pilhagem da cidade de Atahualpa, para que a humanidade soubesse que não apenas o reino dos astecas e o reino dos incas, mas a própria Roma, eram considerados butim de conquista pelos soldados mais brutais do mundo.

Nada justificava aquela barbárie. Mas eu tampouco levaria muito tempo a entender por que alguns diziam que basta ver Roma para perder a fé. A frase *"Roma veduta, fede perduta"* era frequente até mesmo nos lábios dos cardeais, significando que muitas das coisas que aconteciam em Roma convocavam escândalo. Lutero, que também tinha lá sua ferocidade, havia escrito um verdadeiro saltério negro de denúncias contra os costumes do clero, e a verdade é que o próprio papa Farnésio, que alentava a ideia de um concílio que regeneraria os hábitos da Igreja, tinha levado o nepotismo romano a tal extremo que nomeou cardeais seus netos Guido Ascanio Sforza, de 16 anos, e Alexandre Farnésio, de 14.

Como você pode ver, não me faltam histórias para contar daqueles tempos nos reinos da Europa, e começo a temer que se nosso barco demora mais tempo você vai acabar sabendo até o jeito que o imperador posou para Ticiano depois da batalha de Mühlberg. Para encurtar, digo a você que eu já estava familiarizado com as intrigas e os rituais e até mesmo com os perigos das vielas de Roma quando, finalmente, soube que o cardeal tinha voltado com a corte do papa, depois de não ter resolvido nada em seu encontro de Cremona.

Roma continuava sendo palco de violências. Todos os dias falava-se de crimes nos bairros do Trastevere, bandos de assaltantes que tinham entrado a galope nos palácios vizinhos ao mausoléu de Adriano e subiram a cavalo pelas enormes escadarias atapetadas, derrubando jarrões e destroçando cortinas. Por aqueles dias também houve mãos que tentaram incendiar, em atos que pareciam recordar os excessos do saque de 27, as lojas dos vendedores de tecidos da *via* Corso, uma rua que, vista do alto de Trinità dei Monti, dá a ilusão de ser uma coluna. Tumultos perigosos se espalhavam pela cidade naqueles dias, quando enfim consegui me encaminhar até a colina vaticana à procura do destinatário da carta de Oviedo.

Pietro Bembo me recebeu em seu estúdio com a janela aberta sobre as coloridas e amontoadas colinas de Roma. Ao fundo, avistavam-se as alturas do Palatino e de Santa Maria Maggiore, campos de cultivo com camponeses ceifando e atando seus feixes ao lado do casco do Coliseu, pastores empurrando seus rebanhos ao lado dos barrancos do rio, e no meio dos campos, com colunas em ruínas e pirâmides distantes, as igrejas luxuosas e os fóruns. Ele ficou um bom tempo lendo a carta de Oviedo, e a cada tanto lançava uma exclamação em latim, um grito de assombro ou de aprovação ou de escândalo.

"Suponho que você não fale italiano", me disse primeiro em italiano e depois, diante da minha mudez, em espanhol. Expressou sua satisfação pelas notícias de Oviedo que eu trazia a ele, e sua admiração pela aventura que eu acabara de viver. Em meus braços e no meu pescoço ainda havia marcas das mordidas dos insetos da selva. Bembo reuniu na semana seguinte mais de vinte cardeais, opulentos, majestosos, rodeados por nuvens de criados e guardiões, e contou a eles o que tinha acabado de ler. Fez, contrariando seus hábitos, em latim, para que eu entendesse. "Uma tropa de espanhóis", disse ele, "perdidos nos montes das Índias Ocidentais, não apenas acaba de descobrir o maior rio do mundo e a selva de proporções inauditas que o rodeia, como encontraram, sem ter se proposto, o país das amazonas". Um vozerio de assombro ergueu-se em seguida, uma mescla de medo, de consternação e de curiosidade, e todos começaram a fazer perguntas ao mesmo tempo.

Aquele rumor de vozes graves, fanhas, gritonas, serenas, exaltadas, profundas, queria saber onde estavam aquelas mulheres, quem eram, como eram, quem era sua rainha, como tinham conseguido viajar para tão longe das suas terras de origem e quando teriam feito essa viagem. Também queriam saber se eram descendentes das mulheres da Atlântida ou se estavam aparentadas com a raça de guerreiras de um peito só que tinha invadido a Trácia e a Capadócia e que haviam acampado nas ribeiras do Termodonte. Se eram brancas como as que combateram em Troia contra os gregos, quando Aquiles derrotou e deu morte a Pentesileia no momento em que sentiu que tinha se apaixonado por ela, e se eram enormes como as que combateram Héracles, quando a própria Hipólita por amor ofereceu a ele seu cinturão e o deus matou-a enganado pelas artes de Hera.

Bembo precisou tocar uma sineta de prata que tinha em sua escrivaninha para chamar à ordem. E me apresentou como testemunha presencial do encontro e como um dos afortunados descobridores daquele país incrível, e me pediu que falasse a eles da minha viagem. Minha ignorância do italiano pôde ser compensada com meu mediano conhecimento da língua latina, e foi o latim a língua em que procurei contar a eles detalhes da travessia e responder a suas perguntas estranhas. Logo me interromperam. A canela não interessava a eles, nem a expedição com seus milhares de índios, lhamas, porcos e cães selvagens, nem os penhascos de gelo nem os povos índios de Aparia e de Maracapana, nem seus rituais nem suas canoas nem suas flechas nem suas zarabatanas. Só as amazonas interessavam, e num minuto estavam discutindo entre si se as que nós tínhamos encontrado, e que não me haviam permitido descrever, eram horrendas como as que lutaram com Teseu e contra Belerofonte, ou se eram formosas como as que fundaram Mitilene junto aos canais da ilha de Lesbos; se eram da raça de Taléstris ou se manejavam as magias de Calipso; se eram da mesma nação que se apoderou do Éfeso e que fundou o templo de Ártemis, aquela que protege o amor entre mulheres; em suma, se cavalgavam sobre cavalos ou sobre animais selvagens, se tinham um ou dois peitos, se fornicavam com seus próprios filhos e se degolavam os varões com quem tinham acabado de acasalar.

Nunca vi gente menos interessada em ficar sabendo o que acontecia no mundo nem mais indiferente aos fatos quando os fatos não coincidiam com suas ideias. Agora cada um sabia mais que o outro, e pareciam mais decididos a esclarecer suas próprias ideias e costumes que a pensar no descobrimento. Durante muitos dias não se falou de outra coisa. As amazonas eram o tema, mas eram, acima de tudo, o pretexto para que os cardeais ostentassem a sua erudição. Bembo parecia divertir-se com aquele alvoroço de comadres purpuradas. Às vezes eclesiásticos mais jovens, inclusive alguns bispos e abades quase adolescentes, participavam dos debates, rostos pálidos de grandes olheiras, narizes de sabujo, mãos de longos dedos de aranha, lábios sinuosos, e às vezes algum efebo romano de cabelos encaracolados e olhos de mel, metido num grande traje de príncipe da Igreja e coberto com uma capa de seda amarela.

O que mais governava aquelas polêmicas era certo ódio pelas mulheres em geral, mas sobretudo o rechaço frente à ideia de mulheres acostumadas a organizar sua vida sem homens, entregues sem dúvida a amores entre elas e sem freios diante da luxúria, dadas a tarefas sujas e cruéis da guerra e capazes de escravizar seus amantes e até mesmo de matá-los quando as estorvavam. "Se uma coisa está clara", disseram, "é que a vida pecaminosa daquela nação de fêmeas bárbaras é a pior expressão do paganismo de que se tenha tido notícia".

Bembo, que como bom humanista acreditava em Deus e na Trindade, mas se deleitava com outras mitologias, perguntou em voz alta, para escandalizá-los, se também os deuses pagãos teriam estabelecido seu reino em terras remotas e se aquelas raças humanas teriam algum parentesco com os povos extraviados da antiguidade. Quis saber se os índios sentiam pudor pela sua nudez ou se eram tão inocentes como Adão nos pomares do Paraíso, e, a instância dele, precisei responder diante dos grandes prelados da corte cardinalícia, muitas vezes improvisando as respostas a um monte de perguntas absurdas.

Agora fico assombrado ao recordar que durante muitos dias, nas grandes avenidas de mármore dos palácios romanos, os anciãos de barbas cinzentas e seus jovens abades luxuriosos não falavam de outra coisa senão das amazonas nuas que acabavam de aparecer nas selvas do Novo Mundo. Mas apesar das minhas objeções, imaginavam tudo sobre um fundo de palácios e muralhas, de cúpulas e colunas, fantasiavam uma Roma de violência e voluptuosidade trançada de serpentes e de cipós do lado de lá do mar, e deixavam voar esses sonhos, numa desordem de frases latinas entre os mantos brancos das virgens de mármore e os belos adolescentes com asas de pedra que choram ao pé das tumbas de seus bispos.

Depressa tinham deixado de falar da carta de Oviedo e da minha própria viagem. E, se permitiam que eu continuasse ali, era para poder fundar numa testemunha de carne e osso suas próprias fantasias sobre o mundo e sua réstia de dogmas, mas faziam o possível para não me ouvir, e a carta de Oviedo era apenas a semente de seus acalorados debates. Já sabiam tudo de antemão, e o que ignoravam iam inventando ao calor da polêmica, sem fazer nenhuma concessão aos fatos. Durante vários meses levei a estranha vida dos palácios da Igreja, no meio dos acontecimentos turbulentos daquele ano de 1543, e no ano seguinte ainda acompanhei Bembo em algumas das suas viagens, uma delas seguindo de longe a corte papal, rumo a um novo encontro com o imperador na cidade de Lucca.

Pietro Bembo também pensava que todas as coisas desejam ser narradas. Tinha razão Orellana em querer encher de anotações as folhas de papel que levava no bergantim San Pedro, e ainda mais razão o febril e doloroso irmão Carvajal quando madrugava para copiar, diante das selvas inundadas, os detalhes da nossa expedição. Roma vivia a secreta satisfação de que um genovês fosse o descobridor das Índias e um florentino tivesse dado seu nome a elas. As palavras Colombo e Américo frequentavam os lábios dos humanistas, e para Bembo tinha grande importância a forma como a língua revelava os descobrimentos. Se para mim viajar para a selva e o rio foi uma aventura, em Roma vivi a aventura de que tudo aquilo pudesse ser chamado pelo nome, e minha chegada com a carta de Oviedo me fez sentir como o primeiro mensageiro de um mundo. Bembo chegou a me apreciar por algo mais que minha viagem e minhas desgraças: compreendeu que eu compartilhava seu amor pelas letras, e teve tempo, algumas tardes, para me pedir que falasse de Oviedo, que ele recordava em seus anos jovens em Ferrara e em Roma, e de quem recebia de vez em quando cartas com relatos curiosos.

Só uma vez me falou da história de amor que Oviedo tinha mencionado. Era um fato penoso do seu passado, mas eu tinha ouvido dizer que as feridas de amor não fecham nunca, e foi assim que só pela iniciativa dele soube daquela formosa jovem, Lucrécia, a filha de Alexandre VI, que havia sido sua amante nuns meses tórridos do começo do século, e que tinha dirigido a ele algumas ardentes cartas de amor. Bembo as conservava e recordava ter escrito a ela cartas igualmente apaixonadas, que ela precisou destruir para evitar que caíssem nas mãos de Afonso d'Este, seu marido, ou de seu irmão César, que também sentia, disse Bembo, ciúme dela. Aquele mundo romano tinha um lado não menos selvagem que qualquer outro, mas uma fina teia de aranhas de intrigas e maquinações, de cerimônias e dissimulações, que o tornava talvez ainda mais perigoso.

Há homens que dedicam a vida para construir sua própria lenda e que são recordados no centro dos acontecimentos: foi assim com Dante Alighieri, que fez o relato da sua própria viagem, que se pintou para sempre junto à dama que nunca foi sua na vida, e que se eternizou ao lado dos grandes poetas da antiguidade; aconteceu com Leonardo, que se lavrou uma lenda de beleza e destreza, e se pintou com um rosto que as gerações irão recordar; e assim foi com Colombo, que encontrou um mundo novo e o transformou no pedestal da sua estátua. Há, porém, homens que se dedicam a engrandecer os outros, que fazem visível tudo que os rodeia, mas não alcançam a ser tocados pela luz da glória. Bembo era um deles: por seu amor, tornou mítica a mulher que foi sua desdita; por seu talento, fez grandes os seus amigos e levou-os até o trono da Igreja, que nunca coube a ele; por sua sabedoria, fez grande a língua italiana e a ajudou a fecundar outras línguas latinas, mas ele permaneceu numa eficiente penumbra. Suspeito que, para a posteridade, aquele homem que teve como poucos as chaves do céu será sempre influente, mas quase desconhecido, e mesmo que a humanidade fique familiarizada com suas obras ou com seu rosto, poucos irão saber que essas obras são dele, e ninguém dirá que é dele esse rosto.

Foi no palácio de Bembo que encontrei o retrato de Andrea Navaggiero que Rafael pintou. Basta ver esse retrato para sentir que conhecemos um ser humano, e neste caso, um grande ser humano: o homem que não apenas aconselhou Juan Boscán a escrever na maneira de Dante e de Petrarca, mas que, para a minha alegria, traduziu ao italiano os livros do meu mestre Oviedo. Aproveitei para perguntar ao cardeal se ele tinha conhecido Rafael, o autor do retrato, e Bembo, com aquele seu estilo inconfundível de não dizer tudo, mas de fazer um gesto que significava "espera e verá que tenho uma surpresa para você", não me respondeu nada, mas me levou pelas galerias vaticanas, até a Stanza de la Signatura, e me mostrou o grande afresco que chamam de *La escuela de Atenas*.

Lá estavam todos os grandes espíritos da antiguidade representados com a estampa dos grandes personagens do presente da Itália, e posso dizer a você que aquela visita para ver uma obra de arte sublime foi um dos grandes momentos da minha vida. Não só porque era a parede pintada pelo gênio Rafael, porque havia retratado Leonardo no papel de Platão, Michelangelo no papel de Heráclito, e Bramante no papel de Euclides, mas porque naquele dia era Pietro Bembo quem me guiava, e depois de me explicar cada figura do grande afresco do Renascimento, me mostrou no extremo direito o autorretrato do artista, ao lado de Ptolomeu, que, de costas, leva nas mãos o globo terrestre, e apontando ao lado a figura de Zoroastro, que leva nas dele a esfera celeste, me disse: "Talvez isso responda a sua pergunta". O rosto de Zoroastro, segurando sua esfera de estrelas, era o retrato fiel do cardeal Pietro Bembo.

30.

PIETRO BEMBO VIVEU MAIS QUATRO ANOS esperando a dignidade maior que estava prometida ao seu mérito, uma cúspide que na opinião de todos chegaria cedo ou tarde, porque era o mais respeitado e ilustre dos príncipes da Igreja, e ninguém duvidava que ao final a tiara tríplice cairia sobre sua fronte e o peso da cristandade, sobre suas costas. Eu andava, uma vez mais, assombrado pelo meu destino, perguntando-me quando e como o filho de uma nativa de La Española e talvez de um mouro convertido sepultado vivo no Peru, depois de se extraviar por uma selva sufocante e de derivar por um rio sem margens, havia chegado naquela selva de mármore ainda mais inexplicável, onde a vida girava ao redor de coisas invisíveis, onde se administravam reinos mais estranhos que a selva e o rio. Não era exatamente ao jardim da civilização que eu havia chegado: lá também podia ver dia após dia os peixes grandes devorando os pequenos, os delírios primando sobre os fatos, e a morte, mais poderosa que os poderosos, impondo sua lei de desvelo, de peste e de guerra sobre povos e príncipes.

E aconteceu que, antes de que o Espírito Santo fizesse cair na fronte de Pietro Bembo a tripla coroa papal, um belo dia a morte entrou furtivamente pelos salões vaticanos, e passou diante do afresco de Rafael na capela da Signatura, e depois diante das habitações do papa, onde está pintada a *Visão da Cruz,* de Constantino, e subiu pelas escadas consistoriais, e atravessou os corredores dos gobelinos, e deixou para trás os grandes mapas e os salões das joias sagradas, e deixou também para trás as salas cheias de pernas secas de mortos e de falanges murchas de mártires e de frascos de azeite dos santos, e entrou sem se fazer ouvir na sala onde, com os olhos fechados, meditava o cardeal Pietro Bembo, e transformou o maior sábio de Roma num punhado de ossos vestidos de púrpura.

Depois dos seus funerais, em 1547, e chamado por uma carta comovedora, fiz uma breve viagem à Espanha, onde estava desde o ano anterior meu mestre Oviedo. Encontrei-o escrevendo o terceiro tomo da sua *Crônica das Índias*, com o relato da conquista do Peru, embora, fiel à sua infatigável tarefa de estudioso, o que mais o desvelava naquela época fosse uma investigação sobre as propriedades curativas do guáiaco e as virtudes do pau-santo como depurativo do sangue para combater o morbo gálico, que também chamavam de sífilis. Eu tinha me despedido dele cinco anos antes, em La Española, temendo, por causa da sua idade e pela precariedade da minha viagem, que aquela despedida seria para sempre. Mas quem decide é o destino, e lá na corte de Valladolid pude contar a ele como foram os últimos dias daquele amigo da sua juventude, que ele nunca mais tinha tornado a ver, o rapaz veneziano que eu tinha encontrado transformado num ancião de rosto pálido e olhos profundos, com uma barba de cinzas sombreando a casula de seda cor de sangue.

E assim me foi dado fechar o círculo daquela amizade. Quis a vida que fosse eu quem contasse a Oviedo a morte de Bembo, e quem dissesse a ele como aquele poeta que teve em seu abraço a filha do papa, que me protegeu como um pai nas turvas colinas de Roma, que me conduziu pelas suas galerias e me ensinou a entender aquela outra selva de mirra e de pórfido onde a linguagem também é um veneno, tinha dormido para sempre debaixo de uma das lápides do altar de santa Maria sopra Minerva, perto do Panteão, na frente da praça empedrada onde um elefante de mármore leva nas costas, e sem rumo, um monólito egípcio.

E depois, em minha memória, as viagens se confundem. Cavalguei com mercadores de Roma a Udine, remontei como comerciante os Alpes Dolomitas, de onde há séculos desceram os pilares de pinho sobre os quais repousa Veneza, e viajei beirando os lagos alpinos e os cumes nevados para descer até Genebra e Ratisbona. Lembro de ter sentido, vendo a igreja palatina de Innsbruck, que, naquele mundo de guerras insensatas e eternas, os únicos que estavam bem seguros e protegidos eram os mortos, adormecidos em leitos de mármore, custodiados por reis imóveis, mergulhados na música dos coros e com um céu de vitrais góticos resplandecendo sobre seu sono.

Durante algum tempo vivi a vida dos aventureiros e dos mercenários. Soube como foram os caminhos do imperador quando esteve a ponto de se apoderar de Paris em 1544. De Innsbruck a Stuttgart, de Sttutgart a Heidelberg, em barcaças grandes cheias de frutas e de gansos, e de Heidelberg a Koblenz, de Koblenz a Bonn, de Bonn a Liège, a guerra e a necessidade, a surpresa e a derrota, arrastaram-me. O império é uma trança de conflitos em todos os pontos cardeais; o imperador queria deter os mouros que avançavam sobre Viena, dominar os napolitanos, controlar os reformistas, selar a unidade dos principados alemães, manter o controle sobre as províncias flamengas, casar os rebentos das casas de Holanda com as virgens da casas de Saboia, e nós não passávamos de peças de um xadrez imenso disperso pela neve e pelos trigais, pelos rios que beiram campos saqueados e pelas águas azuis do mar cheio de tumbas.

E ao cabo das viagens recordo aquela pensão de Flandres onde conheci Teofrasto. Não era esse o nome dele, mas foi esse nome que me acostumei a dar a ele, porque era o nome de um médico e alquimista morto poucos anos antes, que tinha sido seu mestre. A primeira frase que dele ouvi me predispôs a ser seu amigo e quase seu discípulo. Estava falando com alguém numa mesa ao lado sobre o espírito do Universo, e, de repente, repetindo sem dúvida o seu mestre, disse: "Dorme no mineral, sonha no vegetal, desperta no animal e fala no humano". Senti como se alguém estivesse abrindo o véu da ignorância e me revelasse, pela primeira vez, a paisagem do mundo.

Durante um tempo, compartilhou comigo sua vida e seu saber, e que alívio foi para mim, numa rotina de guerra e desordem, encontrar um ser humano que estava interessado em dar vida e não morte, em estudar as plantas, em venerar os bosques em vez de destruí-los. Eu achava que vinha de uma região onde a natureza era tudo; com ele, por ele, aprendi que também na Europa restava um reduto de velhos saberes, um paganismo alegre e delicado que sabia ver normas sagradas nos bosques e nos rios, emblemas mágicos nas folhas e nos frutos; alguém que conhecia suas propriedades curativas, que sabia fazer licores com as folhas caídas do pessegueiro, que era capaz de mergulhar no verão pelos bosques noturnos só para ouvir cantar os rouxinóis. "Nada é veneno", me disse um belo dia, "mas tudo é veneno: a diferença está na dose".

Era o ser mais alegre que conheci, combinava o desvelo pelos livros e o amor pela música com a paixão pela natureza, e o hábito de sobreviver subtraindo frutas e comida dos mercados, e gêneros dos armazéns. Sorrindo, se definia como ladrão e impostor, e depois acrescentava que só é lícito roubar o indispensável e que mentir é, segundo Platão, o ofício de todo poeta. Creio que pertencia a uma seita secreta de nigromantes, e pensava como Diógenes, o grego, que se nos dedicamos ao pensamento e ao serviço da humanidade, a cidade humana nos deve o fundamental. "Não se preocupe com as aparentes diferenças entre os homens", me disse, "à luz da Lua não se vê as cores". Aquilo foi como se eu me encontrasse com o lado mais surpreendente do meu próprio ser. Cheguei a me perguntar por que Teofrasto não era mulher para poder amá-lo plenamente, mas nossa amizade forte e ardente foi o mais parecido ao amor que conheci naqueles verões, uma pausa de camaradagem entre guerras malignas.

Acreditava no influxo das estrelas, afirmava que conforme se encontre a abóbada estelar no momento do nosso nascimento se fixará em nós o céu interior. E recordo uma viagem cheia de perigos que fizemos entre Paris e Stuttgart, pela mais incendiada das fronteiras, levados por carretas infelizes e acompanhados por Ricardo, o flautista, um dos seus amigos. Perambulando certa noite ao lado de maciços de ciprestes, perto de Estrasburgo, nos explicou que os quatro elementos têm, cada um, seus próprios hóspedes: a terra, gnomos; a água, ondinas; o ar, silfos; e o fogo, salamandras. E recordo a subida a cavalo pela Floresta Negra, temendo inimigos nas ribanceiras e guardas em todos os caminhos, até chegar à luz de prata e aos cumes já refrescados pelos ventos de julho. Nos sentíamos jovens e livres descendo a galope rumo aos trigais calcinados da Suábia, e buscamos refúgio em Tubinga, cujas fachadas coloridas se acendiam na luz prolongada do entardecer.

O tempo foi breve, mas sinto que falamos de todas as coisas. Foi Teofrasto quem me iniciou na ciência dos números e me falou dos desvelos dos alquimistas, quem me curou da ferida de Mühlberg que não terminava de sarar, quem me aliviou dos pesadelos que as rodas de Flandres tinham me deixado, e quem finalmente pronunciou sobre a minha viagem pela selva aquelas palavras que eu disse a você no começo deste relato. Da mesma forma que é duro voltar a contar fatos atrozes, é belo calar o que a mente gostaria de guardar para sempre. Não o incluí na lista daqueles a quem relatei minha viagem porque bastaram poucos dados para entender o que havia acontecido, e não perguntou mais: entendeu que eu queria esquecer aquelas coisas. Tudo no mundo estimulava a sua mente; teria jogado seus livros no rio se fosse esse o preço para poder deslizar livre numa barca descobrindo os segredos das margens. Para ele, eu vinha de um reino de selvas e crocodilos, de sereias e amazonas, e quase me via como uma criatura de fábula, como uma pluma desprendida de uma ave exótica, ou uma folha vinda de bosques misteriosos, mas qualquer humano, de qualquer comarca, era, para ele, emissário de reinos inexplicáveis. Foi o primeiro homem daquele mundo europeu que não me fez sentir uma criatura anômala. Para ele, só pelo fato de sermos humanos, éramos todos criaturas fantásticas, e não ocultou que estava citando seu mestre quando me disse:

"Deves contemplar o homem como um pedaço de natureza contido no céu".

Graças a Teofrasto, mais que a ninguém, o abismo que havia entre meu sangue espanhol e meu sangue índio se reduziu; por ele senti que os trigais da Suábia eram tanto a minha casa como as ilhas do Caribe. Vaguei ao seu lado um ano, esquivando tropas, dormindo em telheiros abandonados, desfrutando da hospitalidade dos pobres camponeses das aldeias. E depois de tantas aventuras que nos faziam esquecer, por momentos, as guerras e as pestes, finalmente perdi Teofrasto no litoral de Marselha. Perseguido por soldados, teve que escapar sem me dizer onde ia, e numa perplexa manhã entendi que não o veria nunca mais. Outra vez fui levado pelas tropas, e acabei embarcando nas galeras do almirante Andrea Doria, que pretendia resgatar, das mãos de Jeireddín Barbarroja, o corsário turco, mil e quinhentos cristãos capturados com a cumplicidade do duque de Enghien no litoral de Nice.

No espelho partido das guerras do imperador, comprovei que as potestades europeias não têm tempo para os conflitos das Índias, e nem mesmo para se inquietar pelos seus crimes. É tão urgente, tão imperioso, tão selvagem tudo que se vive no Velho Mundo, tão brutal a sequência de suas batalhas, existem lá tantos sequestros, tantas extorsões, tantas intrigas, que não há como pensar em coisas mais distantes, e por isso as Índias não são mais do que um longínquo e primitivo fornecedor de riquezas, para onde são destinados os piores barcos, um mundo que foi deixado nas piores mãos, para que a gente verdadeira possa viver seus ódios e seus dogmas. Já quase esquecido da selva e do rio, fui perdendo de vista o mal-estar de onde vinha, e por um tempo o diálogo indelével daquele amigo, suas conversas sempre diáfanas num francês que eu entendia como se tivesse conhecido desde sempre, me fez sentir que, embora a natureza nas Índias fosse mais exuberante e misteriosa, a luz do norte dá às coisas uma aura de lenda, e quase que de milagre.

Depois voltei aos mares, e ergui minha mão contra as luxuosas galeras dos mouros, e os anos se foram em noites de paciência e dias de rajadas. E como levado pela mão por um desígnio oculto, um dia cheguei à Casa de Mendoza, um desses reinos atrás dos reinos, uma dessas colunas que afundam suas raízes nos séculos e sobre as quais repousa o império espanhol. Grandes senhores de Mendoza dirigiam galeras no Mediterrâneo quando cheguei à sua sombra, e lá entrevi o verdadeiro poder da tradição. Dom Andrés Hurtado de Mendoza y Bobadilla, marquês de Cañete, um dia me tomou como seu secretário, depois de saber da minha velha amizade com Oviedo e com Bembo, e juro a você que nada tinha a invejar dos passadiços de Roma e de seus mil poderes cobertos de púrpura aquela velha Casa de Mendoza, cujos príncipes foram durante séculos mais estáveis e fortes que os reis. Dono de propriedades por toda a Espanha, por campos de Granada e castelos em Álava e senhorios em Cuenca, só a tranquila cordialidade do marquês fazia possível suportar os trinta títulos de nobreza que recaíam sobre sua cabeça. Títulos acumulados por seus antepassados em Granada, em Navarra, em Astúrias, marquesados de Moya e Cabrera, o marquesado de Mendivil, o ducado de Monte de los Muertos e o principado de Castilla, antes de que ele mesmo se fizesse guardião-mor de Cuenca e tesoureiro-mor de Castilla e senhor da torre de Mendoza e acompanhante pessoal do imperador em suas campanhas pela Alemanha e por Flandres.

E aquele homem afogado em títulos, aos que já nem prestava atenção, fez outra vez brotar dos meus lábios velhas recordações. Agora eram mais pálidas, pareciam de uma vida que já não era a minha; eu falava daquelas coisas como se tivessem acontecido com outro. E assim terminaram minhas andanças pelos velhos reinos onde você nasceu e não teve tempo de percorrer. Não conto outras coisas porque não estão relacionadas à minha viagem à selva, e porque acaba o tempo da nossa espera. Nos informam que o Pachacámac ancorou no cais do Panamá, diante dos muros da cidade incendiada, e que dentro de algumas horas zarparemos rumo a El Callao. Agora quase preciso me explicar como, depois daquela vida pelas pedras da Itália e pelos cerrados de Flandres, onde acreditei ter esquecido de mim, como, depois de anos de viver outra luz e outras línguas, volto de repente a me encontrar nas vizinhanças da selva e revivendo a viagem dos meus anos moços.

Se alguém tivesse me dito nessas campanhas, ou no meu escuro escritório de Valladolid, onde cuidava da correspondência do marquês de Cañete, que um dia voltaria a estar nas Índias, que a serpente tornaria a silvar em meu ouvido, que alguém me convidaria a viajar de novo rumo à selva e ao rio onde minha juventude morreu, teria dado risada, com a certeza absoluta de que esse não seria o meu destino. Consegui ser outro homem e viver outra vida, e sonhei que essa dádiva do destino ou do céu seria para sempre.

E agora olhe só para mim, na beira da selva, olhe para mim conversando numa praia indiana com alguém empenhado em que eu o acompanhe pela segunda vez ao inferno.

31.

Faz apenas dez meses que o marquês de Cañete aceitou a nomeação como vice-rei do Peru feita pelo rei Felipe. Tinha seu sonho de ultramar desde que La Gasca levou a notícia de que as Índias estavam de novo de joelhos diante do poder imperial. Os barcos que chegam a Cádiz levam multiplicado em lendas o ouro que atopeta seus porões. Eu, que não queria voltar, ouvia admirado os relatos de reinos e cidades, via esses relatos respaldados por uma eficaz fusão de lingotes e fábulas. La Gasca havia deixado os reinos bem seguros debaixo da Coroa, e notícias de uma infinita jazida de prata no morro de Potosí enfermava de cobiça os nobres e o povo. Da corte às aldeias poeirentas aquelas notícias transformavam os rapazes tranquilos em aventureiros brutais, e a cada domingo santos clérigos davam graças a Deus porque enfim havia ofício para os milhares de índios que tinham ficado sem terra e sem destino.

Assisti com cautela a investidura do vice-rei sob o cetro de Felipe II. Prometi a ele acompanhá-lo em sua luxuosa cavalgada a Sevilha, e secundei sem pressentimentos os preparativos da viagem. Eu não tinha intenção de voltar. Quando o marquês me contou da sua nomeação, eu disse a mim mesmo que precisaria conseguir outro emprego, e lamentei me separar de alguém que me honrava com sua confiança. Eu havia apagado tanto as Índias do meu horizonte, que me surpreendeu saber que o marquês contava comigo para a viagem. Tornei a explicar uma situação que ele conhecia, mas ele não demorou a replicar que havia aceitado a nomeação porque se sabia assistido por um veterano das Índias, alguém que poderia ajudá-lo a entender aquele mundo e se estabelecer nele, e por isso mesmo não podia prescindir dos meus serviços.

Aquela noite, dormir foi difícil. Sonhei que a serpente fechava seus anéis em cima de mim, vi caras ferozes que se abriam no rosto impassível da selva. Para mim, uma tumba em La Española e outra nos litorais peruanos já eram todo o meu passado nas Índias, e o ouro da pilhagem de Quzco tinha se dissipado com a canela no vento da selva. Mas havia laços de gratidão que me atavam a Oviedo, e também com a memória de Pietro Bembo, que me haviam encaminhado ao meu então atual ofício, e o marquês de Cañete, novo senhor das Índias, declarou com tanta convicção que via em mim um apoio definitivo para cumprir suas tarefas que, mais que aceitar, obedeci. Logo estava zarpando numa viagem cheia de dúvidas e de pressentimentos.

Eu havia cruzado o mar rumo à Espanha aos 21 anos, num barco velho que por sorte encontrou bom tempo, porque talvez não tivesse resistido a uma tempestade. Agora voltava num galeão luxuoso e bem armado, desfrutando das comodidades que uma nau espanhola pode oferecer a uma corte vice-real. Que, aliás, cumpria suas missões de desdém e altanaria. Alfaiates, barbeiros, cozinheiros, ferreiros, pajens e damas de companhia vacilavam no tombadilho entre a férula do marquês e a tirania do mar, passando sem fim da reverência à agonia. Dom Andrés custodiava seus grandes cofres de couro, pesados de joias e documentos, que tinham em relevo toda a heráldica da sua família, elmos com plumas e leões alados e rampantes. Sua guarda pessoal não o desamparava. Superados os enjoos da primeira semana, nos ocupava o dia inteiro: ditava cartas, revisava relatórios, tornou a me pedir detalhes da minha entrada na selva.

Debaixo de um vasto sistema de mastros e velas, de cordas e marinheiros e gritos, de ventos molhados e lunetas que escrutam o meio-dia, tudo ia bem até que a brusca enfermidade de Jerónimo Alderete trouxe sombra para os ânimos e nos fez temer que seu mal se propagasse pelo barco. Era um homem sem idade, de grandes olhos mansos e corpo fino, que tinha participado da conquista do Chile com Valdivia e vinha de defender o governo do seu chefe diante da corte. Já tinham concedido a ele o mando sobre as regiões do gelo quando chegou a novidade da morte de

Valdivia, e Alderete recebeu o repentino título de governador de todo aquele reino.

Mas falou-se que foram uns alimentos estragados que serviram a ele sem querer nos primeiros dias e que despertaram nele uma reação pavorosa. Seu mal-estar se confundiu com um enjoo qualquer, mas quando na noite seguinte não conseguiu dormir e começou a respirar com dificuldade, houve alarme na corte, e mãos nervosas comprovaram que tinha febre alta.

Enquanto tentavam reduzir a febre com cataplasmas e sangrias, sua respiração se fazia cada vez mais difícil; a saliva era vermelha e sua pele ia ficando amarela. Jerónimo Alderete sentiu que as febres que incendiavam seu corpo iam arrebatar-lhe a vida porque desesperou, e em delírio começou a pedir ao marquês que o levassem de novo à Espanha. O vice-rei explicou a ele que teria melhor sorte chegando às Índias, distantes duas semanas, que desandando as águas durante mais de um mês.

Ninguém imaginou que a situação de Alderete fosse tão grave. Um dia depois parou de se queixar, pareceu melhorar, a febre se apagava em seu corpo. Contentes com seu estado, naquela noite fomos dormir, enquanto marinheiros distantes lançavam seus pregões da gávea, e a Lua como um punhal turco balançava entre os mastros.

Ao amanhecer, o grito do sobrinho de Jerónimo, David Alderete, que não se desprendia do seu lado, nos despertou com a notícia de que o homem de cara amarela estava se afogando em náuseas negras. O jovem David parecia querer tirar o ar de seus próprios pulmões para colocá-lo naquele corpo querido que se contraía tentando agarrar um pouco do infinito ar que soprava do firmamento. Assim morreu Jerónimo Alderete, afogado a céu aberto, e David chorou o dia inteiro e cantou para ele canções da sua terra, advertido pelos clérigos que só admitiam rezas lúgubres, e vestiu o cadáver como para uma festa, e pouco faltou para que ele também se jogasse ao abismo, quando soltamos o corpo do governador para que se nutrissem dele as medusas luminosas do mar.

Só depois passamos por barcos que iam de regresso, carregados como sempre de ouro, de cochonilha, de anil, de mogno, de pérolas, de pau-campeche e de pau-brasil, de plantas medicinais como a jalapa e a barba-de-pau, eficazes contra a sífilis, e também de canafístula, liquidâmbar e salsaparrilha. Tive outra vez a sensação de que o clima que rodeava os barcos parecia brotar deles mesmos, ser parte do destino de suas tripulações mais que uma obra do oceano. Basta pensar naquele barco aziago que você mencionou para mim, que levava Pedro de Heredia e os ouvidores da Audiência de Santa Fé, Góngora e Galarza, aquele barco perseguido por uma tempestade que não se afastava do seu casco desde Cartagena das Índias até o litoral de Cádiz, e essa tempestade não se contentou em engolir a nau, arrojava tentáculos de água para agarrar os náufragos que tentavam alcançar a costa nadando.

Numa das tardes daquela viagem encontrei, em sonhos, uma ponte sobre uma planície muito ampla que era cruzada por vários rios. Nos confins se erguia uma cidade que no sonho era Quzco mas também era Roma, e de repente tudo começou a se desmoronar feito uma muralha de areia. Vi que, das portas, vinha uma aluvião de gente. Dando meia-volta, corri na frente da multidão, mas, por um capricho do sonho, embora eu desse as costas a ela continuava vendo as pessoas virem, e entre aqueles milhares de rostos havia um que olhava fixamente para mim. O rosto endurecido e escuro me olhava com cólera e entendi que sua única razão de existir era me destruir. Soube que não conseguiria combatê-lo: seu poder não era deste mundo. Havia em frente um portal de onde também brotavam multidões, e quis abrir caminho entre a correnteza. Quase sentia as mãos do perseguidor sobre meus ombros, e quanto mais tratava de avançar, mais os que corriam em sentido contrário impediam minha marcha. Brotavam de uma grande escada em forma de caracol, cuja base se perdia nas trevas. Quando o inimigo já estava me alcançando, sem voltar os olhos procurei a balaustrada de bronze e me atirei nas profundidades. Num instante estava no andar inferior, onde nascia a escada, e lá, diante de mim, quando já sentia que tinha me salvado, estava o verdugo. Senti seu olhar frio, senti seus braços aniquiladores, e só então encontrei o fio da meada do sonho e despertei no galeão com um grito nos lábios.

    Anoitecia. Sobre o barco ondulante, mal e mal me aliviando do peso morto do meu pesadelo, se abriam no céu muito azul as primeiras estrelas. Agora, vejo claramente o que o sonho dizia: que a única coisa da qual procurei me esquivar na vida é isto ao que retorno sem sossego. E me vejo em La Española contando a Oviedo, que só estava interessado na selva, as visões da viagem. As árvores que vimos, os pássaros que ouvimos, os animais da terra e da água que nos alimentaram. Cascos de tartarugas, bulício dos bandos de louros, ilhas de macacos nas águas imensas. Fascinado por aquele rio de golfinhos rosados, Oviedo me pedia detalhes, o tamanho das antas, as flores dos troncos, as ávidas trepadeiras que ocultavam árvores, as anacondas grossas como o torso de um tigre. Bastou chegar a Roma para que outra vez a maldição me alcançasse. Eu, que só pedia um bálsamo para esquecer, precisei viver da memória. E recordei a maneira que Bembo se desvelava com as lendas: não queria saber só das amazonas, perguntava pelas sereias do mar dos caribes, pelos gigantes de Maracaibo, pelos homens acéfalos que carregavam o rosto no peito, e embora eu declarasse que não tinha visto aqueles seres, o testemunho de um homem cuja experiência era apenas um rio não pode valer mais que o de muitos viajantes fatigados de águas e de ilhas. Talvez por isso, preferi deixar-me arrastar pelas guerras: nada como o perigo para escapar do feitiço das coisas passadas. Porém, alguém mais quis saber daquelas histórias e assim cheguei às redes do marquês de Cañete. Por que iria gostar de mim, se não fosse justamente porque eu tinha feito parte daquela expedição? Não estava interessado nos papagaios e nas tartarugas, nem em seres fabulosos de terra e água, mas nos meandros da política, as violências da viagem, as intrigas dos capitães. Se primeiro eu tinha me sentido como um aluno fazendo um exame e depois como um pecador se confessando a um clérigo, agora me sentia como uma testemunha declarando diante de um magistrado. O vice-rei fazia perguntas de juiz e governador. Estava inquieto para descobrir se tínhamos sido vítimas de um acidente, ou se nossa deriva pelo rio tinha sido consequência de uma traição. Nunca antes, como naquela viagem de regresso, senti que meu passado me perseguia.

"Vamos ver", dizia o marquês, "se finalmente deciframos o enigma. Você me contou que Orellana era o mais descontente, e o que mais se pronunciou a favor de que evitassem a selva e tomassem a rota de Belalcázar. Como podemos entender que no momento em que construíram o bergantim, de repente tenha se tornado o mais entusiasta da ideia de ir rio adentro à procura de provisões?". Respondi que Orellana tinha boa experiência como marinheiro. "Não é má explicação", replicou, "mas também pode-se dizer que o barco era o único instrumento hábil para escapar de uma campanha pela qual Orellana tinha perdido todo interesse". "Pizarro não viu desse jeito", disse a ele. "Pizarro, feroz e desconfiado do jeito que era, tinha certeza de que Orellana voltaria, e todos tínhamos a mesma intenção." "Vamos admitir", dizia o marquês, "que todos estivessem decididos a voltar. Isso não impede que, quando as coisas se tornaram mais difíceis, tenha surgido o desejo de se salvar, antes que o de resgatar os que tinham ficado na selva". "Senhor", eu disse, "quando tentamos navegar águas acima, a correnteza já era ingovernável". "Você diz que naquela altura o rio tem mais de quatrocentos pés de largura", respondeu Cañete, "e isso permite qualquer manobra de um bergantim, que também não é um barco gigantesco". "Mas o senhor não está levando em consideração a força daqueles rios encaixotados que vêm da cordilheira. Se mais abaixo, quando a terra já é plana, o rio ainda corre com força como se fosse por um plano inclinado, tente imaginar a força que as águas trazem quando acabam de baixar da montanha".

Eu insistia em meus argumentos, embora no fundo da minha consciência uma inquietação fosse abrindo caminho: não de que Orellana tivesse traído Pizarro, mas de que a todos nós nos assistia a certeza de que não haveria outra salvação a não ser continuar no barco até onde nos levassem as águas. Pode ser que tivéssemos feito menos esforços para regressar do que pensamos que fazíamos. Afinal, para que tudo fosse um acidente, bastava não opor uma resistência demasiado cega na força da água. Mas isto, eu pensava só para mim, porque a desesperada defesa da vida não pertence ao império dos tribunais, mas à liberdade do coração humano, e no coração só as leis divinas governam.

Agora eu já não saberia afirmar se a água nos arrastou em sua violência, ou se algo em nós, menos parecido à malignidade que ao desespero, se deixou arrastar pelo rio. Naquele momento, e diante da ignorância do que haveria mais adiante, o rio não era menos perigoso que a selva, e ninguém podia ver um caminho claro, mas não me custa nada reconhecer que sua correnteza, nossa perdição segura, era ao mesmo tempo o vago pressentimento de uma salvação possível.

Portanto, capitão, sendo tão diferentes pelo seu som e pelo seu sentido as palavras "acidente" e "traição", no mundo dos fatos, que não é verbal, é possível que sejam menos distantes, sua diferença menos nítida, e é possível que aquela fuga fosse ao mesmo tempo voluntária e involuntária. Não queríamos deixar nossos companheiros abandonados, e ao mesmo tempo tínhamos de nos salvar. Quando seguramos o corpo de um amigo que balança sobre o abismo e que ameaça nos arrastar em sua queda, é acidente ou traição o momento em que nossa força fraqueja?

32.

JÁ FALTA POUCO PARA QUE NOSSO BARCO ZARPE rumo ao Peru. Seu dono o batizou de Pachacámac, em homenagem às terras e aos encargos que possui nessa região perto do litoral, mas esse nome não deixa de me causar inquietação, porque recordo muito bem quando os veteranos da conquista me contaram como foi sua primeira viagem, saindo de Cajamarca, buscando pelas montanhas a cidade dourada de Quzco.

O sol ainda estava vivo, mas sua sombra já ia crescendo, e os ginetes dirigidos por Hernando Pizarro e acompanhados por grandes príncipes incas, guerreiros e sacerdotes, tinham viajado vinte dias em seus cavalos beirando os caminhos que os nativos percorrem a pé, buscando justamente o santuário de Pachacámac que Atahualpa havia aconselhado visitar.

Uma das provas mais difíceis daqueles primeiros dias foi atravessar as pontes que uniam os caminhos sobre o abismo, pontes tecidas com grossas cordas vegetais e com piso de tábuas bem atadas uma atrás da outra, mas que tremiam e balançavam sob o peso dos caminhantes e que inicialmente provocaram o pavor dos cavalos. Finalmente os espanhóis se atreveram e os animais se deixaram levar sobre as tábuas, que oscilavam no vazio.

Alguns dias mais tarde, avançando perto do litoral, houve um terremoto muito forte que outra vez desembestou os cavalos e apavorou os índios. Disseram que Pachacámac estava furioso com os visitantes e que não seriam bem-vindos ao santuário, que estava ao lado da cidade. Aquela foi uma visita ainda mais estranha que a chegada a Quzco, porque pareciam avançar e avançar sem chegar a lugar nenhum. Depois de muitas montanhas, muitas planícies, e em seguida os abismos e as pontes sucessivas, finalmente avistaram a cidade na distância, mas o estranho é que a cidade parecia se afastar conforme os espanhóis avançavam para ela.

Os índios chegaram a insinuar que abandonassem o propósito de chegar ao adoratório de Pachacámac, e conforme era seu plano, seguissem para Quzco, mas os guerreiros já estavam intrigados pela demora misteriosa e, claro, começaram a pressentir que o que havia ali era um grande tesouro. "O que esses índios querem é salvar o tesouro que guardam, por isso nos fazem crer que o avanço é muito difícil", disse Hernando Pizarro. "Tenho a sensação de que a cada dia eles dão um jeito para desviar-nos um pouco do caminho."

Entretanto, graças à sua obstinação, finalmente chegaram à entrada da cidade. Viram ali uma porta e, nela, dois porteiros. Esses porteiros lembraram a eles que aquele era o principal santuário do reino e o oratório de um deus poderoso, e pediram que não passassem da entrada, porque só os incas podiam passar para o espaço sagrado. Pizarro respondeu que tinham vindo de muito longe para ver o deus, e que não iam se deter. Entraram numa região de corredores e novas portas e escadas de pedra em caracol que davam a um novo portal.

Ali, outros guardiões disseram a eles que não podiam seguir adiante, e que se tivessem alguma mensagem para o deus, os sacerdotes levariam. Faltava, a ambos guardiões, o dedo mindinho da mão direita, e Pizarro não deixou de perceber isso. Uma vez mais, disse a eles que não tinha mensagem alguma, e que queria vê-lo pessoalmente, e seguiu com seus homens até chegar ao ponto mais alto do adoratório. Havia três ou quatro cercas ascendentes em forma de espiral, que os viajantes pensaram ser mais próprias para uma fortaleza militar que para um templo, e depois um pátio pequeno com postes guarnecidos de ouro e prata, e uma série de ramos entrelaçados e entremeados com adornos e tecidos valiosos.

A sensação de que sempre faltava chegar a mais um espaço causou neles cansaço, e cresceu a expectativa do tesouro que estaria no fim de tantas antessalas. Passado aquele labirinto de portas, corredores e escadas, eles se encontraram diante da abóbada central do santuário. E viram que, no final de um último corredor, onde só cabia um homem, havia uma porta estranhíssima, lavrada com muitos materiais diferentes, com cristais e turquesas, com corais e conchas furta-cor. Todos concordaram que era a porta mais estranha e mais incompreensível que tinham visto na vida, e não lhes deixou a impressão de riqueza, mas de um fato inexplicável e, principalmente, desagradável.

Os guardas índios não se atreviam a tocar na porta, e foi preciso que um dos sacerdotes que acompanhavam Hernando desde Cajamarca finalmente a empurrasse, para dar acesso à gruta central. Era uma cova estreita e tosca, de pedra negra sem polir, e em seu interior tudo era escuridão e fetidez. Precisaram acender uma tocha para ver rebrilhar no chão de terra uns quantos objetos de ouro e alguns cristais. E à sua luz viram que na cova não havia outra coisa que um tronco tosco cravado na terra, e em cima dele uma figura de madeira com forma vagamente humana, mal talhada e mal moldada, que produzia temor e repulsa. A gruta presidida por aquela divindade tosca era a coisa mais sombria e mais desoladora que se pudesse ver, e era ainda muito mais por todas as fadigas que tinha custado. Encontrá-la de repente em qualquer lugar aberto não produziria jamais o efeito de desalento e frustração que causava depois de tão minuciosas e desesperantes demoras. E nada preparava tanto a frustração como a estranha e bela porta que permitia adentrar no nicho. Era como colocar uma porta de ouro num antro detestável, como adornar com todos os atributos da grandeza e do mistério a boca de um poço de dejetos, como pôr uma coroa de gemas sobre um ser repulsivo e deformado.

Ninguém soube descrever com precisão o mal-estar que aquela descoberta produziu neles, mas meu amigo Teofrasto diria que aquele mal-estar bem que podia ser uma das formas mais extremas do contato com a divindade. É claro: nenhum daqueles viajantes sequer pensou nisso, nem soube dar nomes aos sentimentos que o santuário de Pachacámac produzia, porque sua esperança era apenas encontrar um tesouro de metal ou de cristais, e não passar pela experiência da carne em contato com a substância primitiva do mundo. Mas eu muitas vezes disse a mim mesmo que o destino é pródigo dessas experiências em que se entra por portas magníficas a vazios horrendos, em que começam com grandes palavras uns silêncios indecifráveis, e creio que os incas realmente guardavam naquele santuário algo indizível. Uma divindade secreta feita de espera e ansiedade, de expectativa e frustração, de ambição e de amargo fracasso, uma divindade que não estava no final do caminho, mas em cada um dos seus passos, tecida de sensações e de pensamentos, de buscas precisas e de descobertas nebulosas.

O que Hernando Pizarro não soube nunca é que a imagem que encontraram no templo de Pachacámac estava lá no lugar de outra, que era de pedra negra rodeada por incontáveis espigas de ouro, mas para essa era proibido até mesmo olhar. O santuário foi concebido para que até a frustração de encontrar o deus fosse falsa, para que seu mal-estar fosse apenas a réplica de outro mal-estar, porque aquele deus vinha da noite anterior à origem, e estava naquele lugar antes do próprio templo, antes das horas que precederam a véspera da criação.

A gente acha que sabe o que procura, mas só no final, quando encontra, compreende realmente o que andava buscando. E bem poderia ser que o que rege o destino do homem não fosse Cristo nem Júpiter nem Alá nem Moloch, mas Pachacámac, o deus dos avanços rumo a lugar nenhum, o deus da sabedoria que chega um dia depois do fracasso.

33.

Tem dias em que volto a recordar o País da Canela, porque de tanto pensar nele, de tanto procurá-lo, é como se eu tivesse estado lá. Torno a vê-lo na imaginação, com seus extensos bosques vermelhos, suas casas de madeira e de pedra, seus anciãos sábios e fortes, que nadam nos rios turbulentos e caçam peixes com longos dardos de louro; sinto no vento um perfume de canela e de flores; vejo cruzar, montadas em suas antas imensas, as valentes amazonas de um peito só, que levam enormes arcos e alforjes cheios de flechas com ponta de osso e de pedra polida; vejo muralhas enormes das cidades da selva, os cestos para pescar e as lanças, os povos vestidos de cores e os exércitos diademados de ouro preparando-se para mais guerras cruéis, e chego a sonhar que alguma vez vivi lá, que fui um deles.

E o País da Canela, com suas riquezas imensas, com suas plantas medicinais, com suas cidades saudáveis, com suas multidões que peregrinam para adorar os rios, com suas anciãs que descobrem debaixo da luz do entardecer entre as massas de árvores qual delas é um santo e deve se converter em lugar de peregrinação e oração, vai se transformando para mim no símbolo de tudo que legiões de homens cruéis e dementes procuraram sem fim ao longo das idades: a beleza em cuja busca foram destruídas tantas belezas, a verdade em cuja perseguição se profanaram tantas verdades, o lugar de descanso pelo qual se perdeu todo repouso.

No meio da sua atrocidade, algo de belo tiveram essas buscas, e se me perguntassem qual é o país mais belo que conheci, eu diria que é aquele que sonhávamos, que buscamos com frio e com dor, com fome e com espanto atrás de uns penhascos e desfiladeiros quase invencíveis. E que aqueles desfiladeiros e penhascos eram suportáveis porque o radiante País da Canela estava atrás, porque ainda não sabíamos que era um sonho. Há tantas coisas que a humanidade nunca teria feito se não fosse arrastada por um fantasma, fatos reais que só foram alcançados perseguindo a irrealidade. O sonho era belo e tentador, e não justificava tantos horrores, mas nós acreditávamos nele. Duro e cruel para mim seria voltar agora, quando sei que o país maravilhoso já não está esperando em lugar algum. O que você poderia me oferecer que justifique tantas privações, tanta incerteza? Você torna a falar, louco feito lunático, da cidade de ouro com que está sonhando desde que era menino. O condor de ouro nas ladeiras de neve, o puma de ouro nos vales sagrados, a serpente de ouro lá embaixo, nas selvas ocultas.

Eu, na verdade, diria que existe algo no homem que quer voltar à dor, que desfruta de ceder ao perigo e em entregar-se de novo ao demônio que uma vez já esteve a ponto de agarrá-lo. Você escapou da morte tantas vezes que acha que ela se esqueceu de você, tatuou tantas cicatrizes em seu corpo que pensa, como os guerreiros da selva, que cada cicatriz é apenas mais uma que passa despercebida entre tantas. Algo no meu sangue me diz que o que destruímos era mais belo do que o que procurávamos. Mas talvez, agora que penso nisso, a procura da cidade de ouro, a busca das amazonas e das sereias, dos remos encantados e das barcas que obedecem ao pensamento, a busca da fonte da eterna juventude e do palácio no rochedo rodeado de cascatas vertiginosas, talvez seja apenas a nossa maneira de cobrir com uma máscara algo mais obscuro, mais inominável, que vamos procurando e que inevitavelmente encontraremos.

E assim chegamos a este dia e a esta hora. Não deixa de me assombrar que uma história tão longa como a que acabo de contar a você termine justamente onde tudo começa. Todo presente é o desenlace de milhares de histórias e também é o começo de milhares mais. Aqui estamos, como diria Teofrasto, no ápice do relógio de areia, onde todas as coisas que foram se transformam em todas as coisas que serão.

    Estar agora aqui, no Panamá, conversando com você, é a melhor prova de que não consegui escapar à marca do rio e ao influxo opressivo do meu passado. Talvez ainda existam em mim muitas perguntas para fazer à selva. Percorri nestas horas minha vida inteira, como se estivesse desandando os passos andados. Graças a você, voltei à minha aventura com a selva e com o rio com uma minúcia que nunca havia tentado antes. E me surpreende que a experiência mais penosa e mais rechaçada da minha vida tenha se tornado, nesta ocasião, um relato quase emocionante. Foi mais ingrato descrever a selva para Oviedo, falar das amazonas para Bembo, falar com o marquês de Cañete sobre Pizarro e Orellana, que fazer para você este novo relato da minha viagem, porque você escuta tudo com tanta emoção, com tanta curiosidade, sente tanta admiração diante das nossas penas, que faz com que seja quase admirável o que vivi como um pesadelo. Já me pergunto se não serei eu como o cântaro, que desceu tantas vezes até a água porque seu destino era se arrebentar contra o fundo do poço.

    Claro que você não me convenceu a descer de novo às profundezas, que acompanhe você na selva sem rumos nem ao rio que esquece suas margens. Só estou confessando que foi mais grato falar dessas coisas com você que com todos aqueles que me interrogaram antes. Pelo menos com este relato pude dar a você advertências, cautelas que todo aquele que corre o risco de se internar na selva precisa ter. Mais que outras vezes, pelo afeto e pela gratidão que devo a você, era meu dever contar tudo, para que pelo menos você não possa dizer que não sabia o que estava à sua espera.

    Você irá voltar com o conto dos grandes tesouros, mas levo um quarto de século me alimentando desses relatos, e recolhendo depois os ossos de quem os contava. Se ainda restarem tesouros nas Índias, serão de outra espécie. Pelo caminho que percorri, já não há terra que possa ser cultivada, nem minas que não estejam encouraçadas de orações e venenos, nem reinos que não estejam cercados de dentes afiados e flechas, nem riquezas que não cobrem seu preço em loucura e sangue.

E termino dizendo que por mais que você confie na sua força e na sua estrela, você é um homem, amigo, só um pequeno mortal que sonha em ser o amo de um reino que ninguém pode abarcar. Sua ambição é maior que a de Orellana; talvez maior que a de Gonzalo Pizarro. Talvez se você quisesse apenas conhecer, viver o assombro dos cipós e dos pântanos, das árvores gigantes que enchem o mundo, daquela umidade penetrante, dos rugidos e dos venenos, daquelas noites com asas de morcego, daquelas manhãs em que a neblina nos cega, daqueles reinos inexploráveis de fogueiras e tambores, daquelas chuvas monótonas e desesperantes; talvez se você quisesse apenas encher seus olhos com o prodígio e os ouvidos com o mistério... eu até faria companhia. Só para ver o seu assombro, para ver você comprovar na própria carne a verdade das minhas advertências. Mas você sonha em governar a imensidão, submeter as feras do Velho Testamento, domar a serpente de água, vencer os reis da selva, subjugar as guerreiras nuas, e eu não posso anunciar nada de bom a você: sofrimento e loucura será a única coisa que você e seus soldados encontrarão.

Avance se puder, Ursúa, rumo à perdição, rumo ao pânico. Ande e meça suas forças com a selva; oponha o poder do seu deus navarro aos deuses da umidade e da tormenta, da fome e da terra. Demonstre que vale mais a sua vontade que a serpente sem olhos em que o abismo se reflete...

Tudo está me gritando que detenha você, mas... se você vai nessa viagem, se insiste em descer até o rio, em desafiar a selva, em chocar com os povos que moram na selva, se você insiste em enfrentar seus deuses, se está ansiando comer lagartas e mastigar carne fibrosa de micos azuis, se quer se resignar a ouvir só o chiado das araras, o relato do rio que não acaba, da névoa que não quer se desprender da água, se você está empenhado em sofrer, em se perder do mundo dos homens e afundar no lodo e na sombra, temo não ser capaz de deixar você correr esse risco sozinho, e então irei junto, Pedro de Ursúa, embora saiba o que nos espera, e me transformarei na sua sombra, embora seja a última coisa que nos deixem fazer neste mundo.

E outra história nasceu naquela tarde: o avanço inventando tropas a partir do nada, o encontro de Ursúa com o sangue do Inca, os trezentos cavalos que abandonamos na selva, a história paralela dos dois vice-reis, uma rebelião florescendo na mente do homem mais leal que conheci. Assim se forjaram os passos de um capitão, selecionando, entre rufiões, os mais arrojados e os mais terríveis, sem saber que não estava escolhendo suas hostes, mas, sim, seus verdugos, assim vimos chegar uma noite amorosa na cidade de barro de Chan Chan, debaixo dos olhos cúmplices das estrelas, e a loucura do homem que foi capaz de matar numa selva estranha o único companheiro de sua infância perdida, e a loucura atroz do homem que foi capaz de matar em Barquisimeto sua própria filha, porque ela era a única coisa inocente que restava a ele. E assim chegamos ao sonho da cidade dos condores, ao sonho da serpente de ouro que se retorce pelas selvas, e à primeira manhã sangrenta de um ano em que tudo foi morte e em que tudo foi ressurreição.

Não posso não pensar que aquela tarde já tinham sido forjadas dez espadas, já se estava tecendo a jaula que conteria a cabeça do tirano, já estavam vivos os cavalos que depois se enfrentaram às serpentes, já estava Inés de Atienza chorando o seu homem, morto num duelo de honra, já um milhar de canoas cheias de índios vinha remontando os rios do leste, e já um lugar da selva, perto do lugar onde o grande rio tem duas cores, havia sido assinalado pelos deuses sem nome para ser o sepulcro sem lápide dos amantes.

Mas o futuro é mudo e sem rosto, embora esteja a poucos passos de distância. Nada disso pressentimos nas praias do Panamá, vendo chegar o barco que nos levaria ao Peru, ouvindo o grito dos alcatrazes sobre aquele mar que se apagava em vermelho. A longa espera havia terminado. Enquanto subíamos pela escada do barco, sem que nem Ursúa nem eu nos déssemos conta, foi-se formando sobre o céu do sul, cada vez mais escuro, ainda ilegível, o signo da nossa derrota, e então recordei outras palavras de Teofrasto, que depois, diante do perigo, foram mais poderosas que espadas.

"E isso que você deixou é o que você persegue, e se quiser saber o que você é, terá de perguntar às pedras e à água, se quiser decifrar o idioma em que falam os bruxos dos seus sonhos, interrogue as fábulas que contaram a você na primeira noite diante do fogo. Porque não há rio que não seja o seu sangue, não há selva que não esteja nas suas entranhas, não há vento que não seja secretamente a sua voz e não há estrelas que não sejam misteriosamente os seus olhos. Aonde quer que você vá, levará essas velhas perguntas, nada encontrará nas suas viagens que não estivesse com você desde sempre, e quando você enfrentar as coisas mais desconhecidas, descobrirá que foram elas que acalantaram a sua infância."

Nota

Nem todo o ouro de Cusco foi investido na expedição da canela, mas, sim, uma parte importante. Como costuma acontecer com os relatos históricos, o mais inverossímil acaba sendo o mais verdadeiro: a expedição de Gonzalo Pizarro foi como aqui é contada; a multidão de lhamas, de cães e de porcos está documentada por todos os cronistas; a assombrosa construção do bergantim é um fato indubitável; a polêmica sobre a partida de Orellana pelo rio obcecou os historiadores; a agitada vida de Gonzalo Fernández de Oviedo mereceria um romance; a carta de Oviedo a Pietro Bembo andou perdida muito tempo, mas foi encontrada de novo e publicada.

Vários soldados que fizeram a viagem com Orellana foram capazes de voltar para a selva vinte anos depois, "conquistados" por Pedro de Ursúa. Embora o "contador de histórias" não nos conte seu nome nunca, há razões para se pensar que se trata de Cristóbal de Aguilar y Medina, filho de Marcos de Aguilar, que introduziu os primeiros livros nas Antilhas, e de uma indígena de La Española. Oviedo o menciona uma só vez em sua crônica da viagem ao Amazonas, como um dos que chegaram à ilha com Orellana, mas o tom em que é mencionado parece comprovar o afeto que tem por ele. No entanto, não há provas de que Marcos de Aguilar tenha estado no Peru, e ficou claro que não foi um dos doze da fama que acompanharam Pizarro na ilha do Galo. Tampouco há testemunhos de que Oviedo tenha tido discípulos na Fortaleza de São Domingos, e não sabemos com quem enviou sua famosa carta a Pietro Bembo, datada a princípios de 1543.

O relato de sua própria vida que nos faz o narrador é verossímil, mas padece de demasiadas casualidades para que se acredite em sua totalidade. Que tenha sido mestiço e filho de um mouro converso é algo muito possível, que muito jovem tenha participado na expedição de Orellana e vinte anos depois na de Pedro de Ursúa é verossímil, já que pelo menos três soldados fizeram ambas viagens, mas que também tenha tido a oportunidade de ser o portador da carta de Oviedo ao secretário de Paulo III roça a irrealidade. Provavelmente se atribui uma missão cumprida por algum amigo, para poder contar a história completa.

O narrador quer nos fazer crer que o que está escrevendo foi narrado num único dia a Pedro de Ursúa nas marismas do Panamá, mas um relato tão copioso necessariamente tomaria mais tempo; além disso, o tom em que o texto está escrito corresponde imperfeitamente a um relato oral, embora isso possa se dever a que é uma história que ele contou muitas vezes. Há quem considere que o texto possa ser o relato de um relato, seguindo a famosa fórmula de Castellanos "como me contaram, conto", uma vez que o narrador inclui poucas recordações pessoais precisas.

tipologia Abril
papel Polén Soft 70 g
impresso por Edições Loyola para Mundaréu
São Paulo, novembro de 2017